JN328482

［新装版］

増補 日本浪曼派批判序説

橋川文三

未來社

〔新装版〕

増補 日本浪曼派批判序説

目次

I　日本浪曼派批判序説

III　停滞と挫折を超えるもの

I

日本浪曼派批判序説

――耽美的パトリオティズムの系譜――

ギリシヤの神々は、すでに一度、アイスキュロスの捕われのプロメテゥスにおいて、悲劇的な死をとげたが、さらにもう一度、ルキアノスの対話編において、喜劇的な死をとげなければならなかった。歴史がかく歩む所以は如何？　人類をしてその過去より朗かに離別せしめるためである。

――マルクス「ヘーゲル法哲学批判」

一 問題の提起

日本ロマン派の批判がいまごろ行われる必要があるかどうかは、人によって意見がことなると思われる。私の見たかぎりで、日本ロマン派の批判らしきものを含んだ文章は必ずしも少いわけではないが、しかし、一般的には、この特異なウルトラ・ナショナリストの文学グループは、むしろ戦後は忘れられていた。それはあの戦争とファシズムの時代の奇怪な悪夢として、あるいはその悪夢の中に生れたおぞましい神がかりの現象として、いまさら思い出すのも胸くその悪いような錯乱の記憶として、文学史の片すみにおき去りにされている。竹内好のいうように、「戦後にあらわれた文学評論の類が、少数の例外を除いて、ほとんどすべて『日本ロマン派』を不問に附しているさまは、ことに多少でも『日本ロマン派』に関係のあった人までがアリバイ提出にいそがしいさまは、ちょっと奇妙である」(「近代主義と民族の問題」)。竹内好がこれを書いたのは一九五一年九月であるが、この頃から、学界やジャーナリズムで、民族の問題が新たな照明をあびるようになったことは知られている。同年の政治学、歴史学、文学など各領域における学会が民族の問題を一致して議題としたこと、翌年一月の「中央公論」が「アジアのナショナリズム」を特集したことも記憶に新たである。

しかし、重ねていえば、「日本ロマン派」そのものが問題として提起されたのは、恐らく竹内の右の発言をきっかけとしたものであって、それ以前には正式な批判の口火は切られていないといえよう。勿論、日本ロマン派に対する批判がなかったわけではなく、「いや、不問に附しているのではない、大いに攻撃している、という反対論が、ことに左翼派から」出るであろうこともたしかである。しかし、私の知る限り、この竹内論文の以前に、日本ロマン派を確実に主題とした批判の文章は少いようである。杉浦明平が『暗い夜の記念に』に収めた幾つかの文章はその数少いものの一つであるが、それは敗戦後私が初めて見た日本ロマン派批判の文字であった。その中には、敗戦の翌年「大学新聞」に書かれた「我々はもうだまされない」や「文学時標」に書かれた「保田与重郎」があり、戦争中に書かれて発表されなかった「或る暗い日に」がある。これらはいずれも日本ロマン派に対する満腔の憎悪をぶちまけたものであり、戦争前一時保田与重郎にいかれた覚えのある私などに、戦慄的な印象を与えたものであった。とくに、「もうだまされない」の中に書かれたいかにも杉浦らしい表現——「だからわれわれは自分たちの力、自分たちの手で、大は保田とか、浅野とかいう参謀本部お抱えの公娼を始め、そこらで笑を売っている雑魚どもを捕え、それぞれ正しく裁き、しかして或るものは他の分野におけるミリタリストや国民の敵たちと一緒に、宮城前の松の木の一本々々に吊し柿のように吊してやる」という文章は、敗戦後の混乱と激動の雰囲気の記憶とともに、鮮かに思い出に記されている。その後私は板垣直子

『現代の文芸評論』や片岡良一『近代日本文学の展望』が早く戦前に日本ロマン派ないし保田を批判しているのを知った。しかしその印象の強烈さにおいて、それらは到底杉浦の批判的激怒には及ばなかった。

私の戦後の貧しい精神形成史をふりかえるとき、その基本的構造を決定したものがマルキシズムの方法であったことは否定できないが、同時に、その有効性と統一性のテスト・ケースとして、私がつねに日本ロマン派の問題をいだいていたことも否定できない。したがって、私はひそかに日本ロマン派に関するすべての発言に耳をかたむけようとした。たんなる罵詈と軽蔑と嘲弄でなしに、竹内のいう「相手の発生根拠に立ち入った」批判を望んでいた。しかし、その点では、私はほとんど満足させられたことがなかった。その批判の多くが「極端にいえば、ザマ見やがれの調子である。これでは相手を否定することはできない」と思われるものであった。

そうした点でもっとも特徴的なものが「近代文学」の一部の同人の態度であった。左翼はといえば、むしろ日本ロマン派などにもたつくことさえ「反動」とよばれかねない勢であったし、下手に保田や亀井勝一郎の問題性をとりあげることもためらわれた。「近代文学」の場合は、かれら自身がかつてのプロレタリア共産主義運動の本質追求をその戦後的出発の課題としたにもかかわらず、したがって、そのアンチ・テーゼとしての日本ロマン派に無関心でありえない筈にもかかわらず、意外なほどその無理解は甚しいようである。たとえば荒正人などは、「竹内さんという人はナショナリズムが気質的にも好きな人だろうと思うんですね。昭和十年以後における日本ロマン派の評価の仕方というものは、理論というよりもっと全体にナショナリズムが好きだというところから始っている感じがして、私なんか邪推してしまうわけです。私などは実にナショナリズムは気質的にも、体質的にも嫌いなんだな」などといっている。これは前記の竹内論文に始まる一連の「国民文学論」に対する荒の感想をのべたものであるが、私はこの箇所には唖然としてしまった。荒はなお竹内に向って、「それはつまり、コスモポリタニズムよりファシズムをとるという立場でしょう」などと平然といっている。日本ロマン派やナショナリズム（実は日本ロマン派がナショナリズムであるか否かはまさに一つの問題である）を好悪や「体質」で論じようとするその態度は、荒の「気質」を鮮かに示しているとはいえ、ほとんど取るに足りない批評的立場である。また平野謙も、「保田与重郎は殆ど読んでいないし、読んでもわからないので読むのを諦めていた……保田与重郎の文学に典型的に現われている天皇制イデオロギーの美化というものは、ぼくなんか軽蔑できなくて、なにかしらこわかった。さわらぬ神にたたりなしで、ひそかに見送っていたわけだ」といっている。これは正直な感想ではあるが、やはり彼が保田や日本ロマン派を少くとも体験としてはとおらなかった人間であることを明示している。そのような場合、保田批判も日本ロマン派の解明も、いくらか外部からの図式的解釈におわる可能性がつよいことはいうまでもない。平野は同人との共著『昭和文学史』のなかで保田批判の重要性をとき、竹内好の問題提起が大切な示唆であることは認めているが、すべての批判は「まだ今後にかかっている」としかのべていない。私には、荒はいうまでもなく、平野にも、日本ロマン派の問題の核心がどこにあるのかわかっていないように思われる。

むしろ私にとって興味ぶかいことは、「近代文学」同人よりも年長の世代である中野重治が、竹内とともに、問題の本質に対して正しい勘をもっているように思われることである。私は中野が戦前において、日本ロマン派をまともに取りあげた文章を書いているかどうか知らない。昭和十二年に書かれた「文学における新官僚主義」や「一般的なものに対する呪い」などがもっともそれに近いものであろうが、それはむしろ当時の日本主義の風潮に対する明敏なポレミークであり、主に小林秀雄、浅野晃、横光利一、林房雄などを槍玉にあげたものであった。保田も「真実は下等でありうるか」で言及されているが、意外にその言葉はおだやかである。そして戦後、竹内論文に対する答えの意味をも含めて中野の書いた「第二『文学界』・『日本浪曼派』などについて」（『近代日本文学史講座』Ⅳ）でも、中野の日本ロマン派に対する態度はきわめて慎重である。そこに書かれた次のような言葉こそ、私が戦後久しく待望した種類のものであった。

「大体からいうと、第二『文学界』や『日本浪曼派』などが何だったかということはこんにちまだ明かになっていない。これはわたしがそう考える。わたしの知る限りでは第二『文学界』や『日本浪曼派』グループについて、それが何をしたかということは一おう明かにされているが、どうして、なぜ、それをすることになったかは明かにされていない。（これはしかし、かれらが『何をしたか』が明らかにされていないということである）」。

これは、とりようによっては、まことにおどろくべき言葉である。「文学界」はしばらくおいて、日本ロマン派が悪名高い「東洋的ファシスト」「帝国主義その断末魔の刹那のチンドン屋、オベンチャラ、ペテン師、欺偽漢、たいこ持ち」（杉浦明平）であったことは知られている。そして、それゆえに保田などは追放されたのであるが、いわばそうした事柄の成行だけはわかっていても、かれらが「何をしたか」はあまりハッキリしないというのである。犯罪があり、断罪が行われた。しかも、かれらの犯行内容は不明というのでは、いささか奇異の感じを与えないでもない。たとえば、杉浦が書いている保田のスパイ活動――「彼の最大の功績はそういうニイチエや折口信夫の改ざんによって年に何十冊かの本を出し、而してあの悩ましく怪しげな美文で若者を戦争にかり立てた点にあるのではなく、むしろ経済学の難波田春夫などと同じく、思想探偵として、犬のように鋭敏で、他人の本の中の赤い臭をかいではこれを参謀本部第何課に報告する仕事にあった」といわれる事実についても、私たちはそれをどういう事実の、どういう解釈であるかを知らないのである。勿論ここで中野が「何をしたか」といっている意味は、こうした政治的な外面的行動に限られない筈である。保田が何をしたかという場合、保田は何を書いたか、その書かれたものはいかなる作用をもったか、ということを含む。いいかえれば、かれら日本ロマン派が何であったかということは、かれらの書いたものが何であったかという問に大部分要約されるのである。

私はこの中野の率直な言葉によって、ふと小さな安堵感をいだいたのを覚えている。かつて私たちの見たあの明かな体験像は、たんなる幻影にすぎなかったのかという疑念にとらえられたとき、竹内や中野の発言は私を安心させ、鼓舞した。それほど私にとって、日本ロマン派の問題は重要であった。それはたんに昭和の精神史の到達したある極端な様相として、そこに日本帝国主義イデオロギーの構造的秘密がこもっていると思われるばかりではなく、また、私自身の精神的体験を究明する有力な手がかりもあると思われたからであった。そのことを、私は次のような仮設の提示によって示してみたい。

第一に、私の考えでは、昭和の精神史を決定した基本的な体験の型として、まず共産主義＝プロレタリア運動があり、次に、世代の順を追って「転向」の体験があり、最後に、日本ロマン派体験がある。このそれぞれの体験は、概して現在の五十代、四十代、三十代のそれぞれの精神的造型の根本様式となっており、相互の間に対応ないし対偶の関係がある。この三者は、精神史的類型の立場からみれば、等価である。

第二に、こうしたいわば原体験としての日本ロマン派は敗戦の衝撃によって亡びたとされているが、それは事実としても正しくないばかりでなく、この種のロマン主義、この種の民族主義を醱酵させた母胎としての心性は、とくに三十代以下の世代に、広汎に認められる。

第三に、戦後におけるウルトラ・ナショナリズムの思想史・精神史的究明は、主として「軍国支配者の精神形態」というテーマに集中され、もしくは、「青年将校」の心理と行動様式の分析に集中された。それは、たとえば丸山真男の「超国家主義の論理と心理」によって最初の透徹した照明を与えられ、精密な論理的見透しを与えられたものであるが、そのさい、多かれ少かれ論理的仮設としての「純粋ファシスト」が基準的操作概念とされ、日本的ナショナリストはその消極的偏差の量によって測定されることになった。とくに日本ロマン派に関する限り、私などの実際の経験からいっても、これをファシスト・イデオローグとするには、なお幾つかの中間項の挿入と基準概念の修正を必要とするであろう。たとえば、日本ファシズムを構成する基本的性格概念としての「神輿」「官僚」「無法者」という分類をとってみても、日本ロマン派をこの種の「無

となり、その徹底性と急激性において極度の集約性をおびていた。この事情は、思想史的に十分に究明されていると思われないものであるが、かりにその傾向の典型的代表者を小林秀雄とすることは間違いでないであろう。彼が、『私小説論』に託した文明批判において、「マルクシズム文学が輸入されるに至って、作家等の日常生活に対する反抗ははじめて決定的なものとなった。輸入されたものは文学的技法ではなく、社会的思想であったということは、言って見れば当り前の事の様だが、作家の個人的技法のうちに解消し難い絶対的な普遍的な姿で、思想というものが文壇に輸入されたという事は、我国近代小説が遭遇した新事件だったのであって、この事件の新しさということを置いて、つづいて起った文学界の混乱を説明し難いのである」と正しく指摘したのは昭和十年であったが、そのことと、同じ彼が、昭和十二年春の頃には、「何でもいい、信じる人がでなくちゃだめだ、ありのままの日本の現実を信じる」人が出なくちゃだめだといい、あらゆる理性的判断の無意味と無効性とを説き始めたこととの間に、この間の急激な精神史的基盤の地すべり、転換があらわれている。私には、「近代文学」の一派は、このような座標の断絶、視座の錯乱の中で、いまだにその傷痕をと見こう見しているように思われる。それほど、昭和十年代初めの思想史的状況は決定的に新しい変質を意味した。

ところで、もし、現在の五十代のように共産主義・プロレタリア運動の体験もなく、現在の四十代のように「転向」と解体の直接的体験もない世代の眼から見るならば、昭和精神史の内部構造はいかなるものに見えるであろうか？　そもそも、また、そのような視座がそれ以下の世代によっていだかれているとするならば、かれらの原体験にはいかなる思想史的形象が対応するか？

私はそのような世代的体験の核心として広義の「日本ロマン派」を考えているのであり、いわば昭和精神史を構成する第三の視座様式として、この特異なロマン主義を数えたいのである。

　鶴見俊輔によれば「村山知義、高見順、太宰治、埴谷雄高、椎名麟三、三好十郎らの転向文学が、日本における実存主義の最初のあらわれである。社会科学および哲学の領域では、転向の事実を直視し、これと正面からとりくむ人がいなかったために、竹内好、武田泰淳、梯明秀の仕事がとくに記憶される」といわれるが、彼はそのさい、転向の体験と戦後の実存主義とを直接に媒介しているようである。しかし、戦後における戦後派の思想潮流の中には「転向」を媒介としない実存的ロマンチシズムの一系譜があるのであり、事実としても、鶴見が右にのべたような人々と、戦後のかなり広汎な青年層の精神形態との間には、概して直接の関係はない。私は、その両者のいわば中間項として「日本ロマン派」の思想的情緒的影響ということを想定しているのであり、それは時代の序列からいっても、鶴見のいわゆる実存主義の展開系列からいっても、当然に考察さるべき思想史的形象であると考える。もしそれを無視するならば、たとえば三島由紀夫の精神史的意味なども、必ずしも正確には規定できないであろう。つまり、三島が戦後いちはやく自己の立場を「重症者の兇器」において宣言し、「不治の健康」をいだいた世代群があることを示唆するとともに、「思想的煩悶は人間を殺すか？——否。悲哀は人間を殺すか？——否。人間を殺すものは古今東西唯一の《死》があるだけである、かう考へると人生は簡単明瞭なものとなつてしまふ。この簡単明瞭な人生を、私は一生かかつて信じたいのだ」と述べたことと、いわば実存主義的作家の本命と見られる椎名麟三の思想に対する態度との異同も明白でなくなると思われる。たとえば椎名の思想というものに対する観念は、むしろ小林の立場に近いものを含むが、三島のそれは小林以後の立場をむしろ多く含んでいる。いいかえれば、「転向」に始まる実存主義の系譜は、日本ロマン派において微妙な変質をとげ、その変質の影響の下に、いわゆる第一次戦後派（純粋戦後派と区別されるもの、戦中派ともよばれる）の精神的原型が形づくられると考えるのである。

以上は私の日本ロマン派に対する関心の輪廓をスケッチしたものである。これまでのところでも、日本ロマン派に関する通念に必ずしも合致しない点は少くないと思う。たとえば、いま鶴見俊輔を引いてのべたところでも、日本ロマン派と「実存主義」の間になんらかの類推を推定しようとすることさえ、一種異様な錯誤と思われるかもしれない。勿論私はそれを単純に類推しようとは思わない。それは昭和十年代に関する政治的、歴史的、思想史的検討を含めた様々な媒介的操作を通じてのみ行われねばならぬものであるが、ただ少くとも、日本ロマン派をいわば歴史的に背理的な事件として、箸にも棒にもかからぬ例外的神がかりとして、むしろ個々人の精神病理の問題として解消することは不可であり、事実にも論理にも合致しないということは強調せねばならない。たとえば栗原幸夫はその周到な「ナルプ解体前後」の中で、「この二つの雑誌〔「日本浪曼派」と「人民文庫」〕の文学史的位置はきわめて興味あるものである。やがて、我国の文化運動史が書かれる時、この二つの雑誌の成立事情、その文学史的意義と位置づけのためには、……少からぬページを割くべきだとわたしは思っている」と書いているが、私はそれに賛成である。しかもそのさい、難解晦渋として敬遠される保田の作品についても、一定の手つづきによる正しい評価が行われねばならない。そのような手づきの一つとして鶴見のいう意味での「実存」的思考の検出作業も必然的に必要となってくるであろうと思うのである。

さらに、日本ロマン派におけるロマン主義の本質がどんなものであったか、そのことも十分に考えられねばならない。それは一方では明治以後の文学・思想史の文脈における解明として、他方ではドイツ・ロマンティクなどとの類型的比較の問題として、検討されねばならないものである。また、日本ファシズム思想（政治的・国家論的）一般のなかで、日本ロマン派、とくに保田の観念的展開の位置づけを見のがすことはできない。いわゆる右翼・ファシスト的観念論に嫌悪を感じていた若い世代が、保田の国粋的神秘主義にはかなり容易にいかれたということ、この点の解明が大切であろうと思う。そのさい、一般に保田ファンのおかれた階級的・職業的基礎の特徴や、その階層自体の歴史的状況の検討も必至となるであろう。保田の思想にあらわれた農本主義的色調の階級的基礎、その保田美学への反映、一般に自然村的秩序とよばれる原始的共同体の理念と昭和十年代の歴史的状況の交錯関係の追求、これらが、以下の小論のテーマとなるわけである。さしあたり、それらの点に関する私の一般的態度を予めいうならば、私は、日本ファシズムの成立根拠を、自然村的秩序の自覚的追求過程として把握する立場をとり、日本ファシズムの特質を、「天皇制権力は、その基礎（＝自然村的実体）の動揺・分裂の所在をつきとめることなくその再編・強化を求め、同時にまたそれをつきとめなかったが故に体制自体をファシズム化した」という点に認める神島二郎（「庶民の意識における分極と統合」）の要約を正しいと思っている。私の見解では、この基本的シェーマと、日本ロマン派の形成過程にはほぼ正確な対応が見られるのであり、いわば日本ファシズムの必然的崩壊・頽廃の精密な縮図が日本ロマン派の中に内在的に展開されていると思う。それはいわば「敗北」の必然に対する予感的な構想でさえあったのであり、この点において、それは、現代的実存の課題と結びついてくるのである。

　序論をおわるに当って若干の追加的考察を試みるなら、私は、日本ロマン派の発生基礎、その特異な美意識の解析は、現代の日本文学にあらわれた「ビーダーマイヤー」の現象を解釈する手がかりにもなると思われる。私は、三島由紀夫その他の作家の傾向に、ドイツの前世紀、いわゆる三月前期《フォルメルツ》の時代の文学様式の再生を感じていたが、のちに、服部達が同じく現代新人作家にビーダーマイヤーを認めているのを知った（「われらにとって美は存在するか」）。したがって、いま頃日本ロマン派などにとりくむことの意味は、次のようなルカチの言葉によっても、正当に承認されるであろうと思う。

「近代の文学史家は、ドイツ文学史の中に『ビーダーマイヤー』の時代を導入しようとしている。ところでビーダーマイヤーはロマン主義的イデオロギーの大衆の中での支配の時代、ドイツの俗物性へのロマン主義の浸透の時代でなくて、何であろうか？……何故ならロマン主義こそは、ドイツ的貧困のさなかにあったインテリゲンチャの地位に、一方では彼らの根柢の喪失に、他方では客観的に誤った社会的に危険な『深刻さ』で貧困を克服しようとする試みに、もっともよく対応するものではなかったか。

　ロマン主義の批判が、ドイツ文学史の最も現実的《アクテュエル》な任務の一つであるのは、かかる理由によるのである」（「ドイツ文学小史」）。

この言葉と、加藤周一の述べている近代日本文学史に関する解釈——「私見によれば、一八六八年以来（明治以来）の日本文学は、もしヨーロッパの文学理念を用いて名づけるとすれば、総じて、浪曼的というほかはない。むろん、そのばあいに、『浪曼的』という内容は、ヨーロッパでの歴史的内容と、本質的に似通うものをもちながら、また著しくかけはなれている」（「浪曼主義の文学運動」）という一般的視野とを併せ考える時、私が、日本ロマン派に対する接近をいかなる点から試みるかは、ほぼつくされているといってよい。

二　日本浪曼派の問題点

ある種の、恐らくはマルクス主義的な批評家などの中には、現在日本ロマン派の文章をよみかえして、それがなぜあのように猖獗をきわめたのか、ほとほと理解に苦しむといった表情をする人がある。まず、保田なら保田の文章の異様な晦渋さに当惑と憤慨を感じ、「日本的なものを説くのなら、日本語くらい満足に書いたらどうだ！」と罵しり、その論旨・内容などには立入るまでもなく、そのような錯乱・無意味が風靡したのは、けっきょく時代が悪かったのだと論じたりするのがその一例であろう。これは平野謙などにもある傾向で、いわば保田の中のあからさまに奇怪さの目立つ文章の例を引き、その背理・錯乱を衝いてそれでおわりとはしないまでも、ひとまず批判しおえたとする傾向である。私は、そのような批判は、やや手のこんだ「罵倒」ではあるかもしれないが、「批判」「断罪」にはならぬと思う。ある種の奇怪な文章を書いたものは、なにも保田に限らないからであり、それは問題の真の難かしさと晦冥さを回避するものであるからだ。

しかし、勿論、日本ロマン派＝保田批判のより正確な提示がないわけではない。竹内・中野の前記二論文がその例であり、さらに西田勝「日本浪曼派の問題」（「新日本文学」一九五四年十一月号）などもその一つであろう。竹内・中野の論文は私がこの「序説」をかくのに常に念頭においたものであり、多くの人が日本ロマン派の問題を考える場合の手引となるものである。西田の論文は非常に集約された形で「日本浪曼派」（つまり雑誌としてのそれを主として）を分析しており、私などには論理的にもっとも鮮かなものと思われた。それはある立場からする典型的な解決方式を提示したものであるといえよう。

私は、自分の問題意識を明かにするために、この西田論文に対する疑念から始めようと思う。西田によれば、日本ロマン派が現代日本文学に提出した最重要な問題は、「民族」と「芸術的デカダンス」という二つの問題であったといわれる。そして「完成した『日本浪曼派』の完成した実体からいえばこの二つは同列におかれてしかるべきもの」だが、「この運動の展開過程からすれば、芸術的デカダンス問題、いいかえれば政治と文学の問題から〈民族〉の問題がとび出してき、後者は前者を一層刺戟したという関係」にあるとされる。即ち、人間的象徴でいえば、「若き日の亀井勝一郎の頭の中からどのようにして保田与重郎・浅野晃たちがとび出してきたか」という問題として要約される。私はこの要約はプロレタリア文学の展開・頽廃過程の論理的分析を前提するかぎりでは正しいと思う。いわゆる「ナルプ解体前後」というプロレタリア文学史上最大の問題点の一つ――とくに戦後における問題意識の集中地点としての昭和八、九、十年の状況を基点とするかぎり「日本浪曼派」の位置づけはそれ以外には求められないと思う。これは、プロレタリア文学・近代文学の内在的論理設定から必然的に生れる要約方式であり、それにしたがえば、日本ロマン派は、昭和十年代を特徴づける「転向」の歴史の中にくみこまれ、その特殊・異常な展開様式として問題とされることになる。

　しかし、ここに奇妙な事情があると思われる。「日本浪曼派」が「人民文庫」などと同じく、「ナルプ解体後」の焦燥・絶望を基盤とする「異母兄弟」であり、「左翼くずれ」の一変種であるということは、実は事実認定の問題としてたんに明白であることがらにすぎないのに、なにかそれが問題の終局点であるかのように見られていることである。このことは、「日本浪曼派」廃刊（昭和十三年）後の同人のめざましいジャーナリズムへの進出（西田のいう「完成された日本浪曼派」の段階）が、いまなお異常につよい印象をとどめていることと関係があると思われるが、ともかくその実体を「転向」の文脈にくみ入れることによって、どうやらこの異常現象を分析のコオスにのせえたとする安心のようなものがある。私が奇妙な感じをいだくのはその点である。なぜ、それほど、日本ロマン派を「ナルプ解体」の論理に符合せしめねばならないのか？　私たちの体験した日本ロマン派は、微妙に、しかし明白にそれと異るという印象が鮮かである。「亀井の頭の中からいかに保田その他がとび出してきたか」という要約についても同様である。私にはその関係はまさに逆と思われるばかりか、そもそも保田は別個のユニークな批判的体系として私たちに印象されていたのであり、何かからとび出して来たとしても、それは少くとも「亀井の頭」などからではなく、「ナルプ解体」「政治と文学」からでさえないと思われるのである。少しく粗雑ないい方になるが、「なぜ、転向も頽廃もそのものとしては知らなかった私たち、当時のティーンエージャーが、保田の文章と思想に心酔することが可能であったか？」という問題は、そうした論理では分析されないように思われる。

　改めていうまでもないと思うが、私たちにとって、日本ロマン派とは保田与重郎以外のものではなかった。亀井勝一郎、芳賀檀などは、私たち少年の目には、あるあいまいな文学的ジャーナリストにすぎなかったし、浅野晃以下にいたっては、殆ど問題にもされなかったと思う。保田はいわば完全に「浪曼派」とは無関係に私たちに読まれたといえるのであり（事実、私は最近まで雑誌「日本浪曼派」を見たこともなかった）、亀井との関連なども曖昧にしか考慮されることはなかった。私たちの精神形成は早く見ても昭和十二年以降、つまりファシズムの体制的完成期に行われたものであり、「転向」の可能性は事実的にも論理的にもありえなかったことはいうまでもない。そうした状況のもとで私たちが日本ロマン派―保田にいかれた事情については、日本ロマン派を主として転向の論理から見る方式は、何ごとも語らないにちかい。

　西田論文の必然的な帰結として、日本ロマン派のライト・モチーフは亀井の精神過程にあることになり、保田は相互作用をともないつつも、せいぜい有能な伴奏者にすぎないことになる。このことは、プロレタリア文学史の戦後における再検討が日本ロマン派に指向した場合、意外なほど、保田そのものの書きものの分析が等閑視され（したがって「コギト」が論じられることもなく）、その精神史・精神構造の解明が行われないでいることと関係があるだろう。また、たとえば、竹内好が「近代文学」（一九五四年十二月号）で語っているような事実――保田が大阪高校在学中、パリパリのアジ・プロ小説を書いて懲戒をくらったことなども、事実としても知られていなかったし、それが知られた後においても保田批判の新たなデータとしてつっこんで考察されているようすもない。それよりも、一体に、保田の個々の作品が検討されることがあまりに少い。私の関心にふれる形で保田の文章そのものを論じていたと思われるのは中野重治くらいのものであった。彼は保田の文章を近代民族語の発達の問題とむすびつけ、その本質を「頽廃期の檀林の俳諧風」と規定していた。それは彼が文学者としての責任において、まともに保田の文章を読んだことを示す心にくい指摘であったと思う。内容は勿論、文章もナンセンスきわまるもので、要するにそれが流行したのは世の中が悪かったんだというような批評は、私には、批評家としても無責任だと思われる。更に、竹内好の言葉をアレンジして引けば、「天皇をいい出したのは後の段階なんです。最初考えていたのは、神というと大袈裟になるんだがね、なにかそういう絶対的なものを追求していた……そういう意味での保田与重郎批判はまだ出てないんですよ、そこの分析が、日本ファシズム論としてまだできてないんじゃないか」(「近代文学」同上)という問題がある。この問題なども、たとえば私などが初めて保田のものをよんだころ、ルソーの『人間不平等起源論』と併せてよみふけったというような事実と符合することを含めて、「抹殺でないところの厳密な評価」(中野)は行われていないわけだ。ちょっと問題点を考えて見ても、保田という「天才」的な人間の精神内容において、マルクス主義、国学、ドイツ・ロマン派がどのような意味で同時併存することができたか(事実そうであったことはのちにのべる)、「生粋の」日本主義イデオローグとしていわばカリスマ的存在であった保田の「転向」とは現代精神史のいかなる形象に対応するものか(保田が特殊な転向者であったこともものちにのべる)、保田の非政治主義はプロレタリア文学頽廃過程のどこに思想的結びつきをもったか、保田の日本文学史に関する一種の発見と厖大な註釈論とは果して学問的に正しいのか、まやかしなのか——これらの指標的問題はいずれも意識的には追求せられていない。私は、また私たちの体験した日本ロマン派が、当時、一種の反封建運動として感じられたという鮮かな記憶についても、ともかくも言及された例を知らない。要するに、保田の特徴的な文章のどれかが、まともに分析された例を見ないのである。私は、そのことは、現代の「進歩主義」のかなり根ぶかい弱点に関係があると思うし、最近の主要な論争《イシュ》点となっている諸問題——スターリン批判・ハンガリー問題・昭和史論争・大衆社会論論争などとの連関のもとに考えてみたいことも少くないが、ここでは次のような中野の言葉を引いておくにとどめる。

「戦後の『民主主義』の復活は、この種の民族主義にたいして、戦前、戦争のはじめの時期、こういうグループが排外主義・侵略主義へ走りこむ姿勢を取った時期に、日本の民主陣営・プロレタリア陣営がわが与えた不十分な批判と同等、等価なものを与えただけであって、それ以上たち入った批判を与えていないということである。批判はいくらか表面的な対症療法に終っていると見られる。……病源が正確に決定されないまま今にいたっているため、そのために同じものの同じ形での進行が見られることになったものとわたしは考える」（中野、上掲論文）。

三　日本浪曼派の背景

私は、日本ロマン派の起源は、精神史上の事件としての満州事変にさかのぼると思う。私がその推定の根拠とし、私の批判の基点としたのは、次のような保田の文章である。これは、私の見た範囲でいえば、もっとも要約的に保田＝日本ロマン派の精神史・精神構造を示す文章であると思われるから、少し長いが原文のまま引用する。傍点はのちの論述に関係がある箇所に私のつけたものである。

「満洲事変がその世界観的純潔さを以て心ゆさぶつた対象は、我々の同時代の青年たちの一部だつた。その時代の一等最後のやうなマルクス主義的だつた学生は、転向と言つた形でなく、政治的なもののどんな汚れもうけない形で、もつと素直にこの新しい世界観の表現にうたれた。時の新しい決意は、当時の左翼経済学の意見をしりめにして進んだ、又国の運命は彼らの云ひふらした見透しを打破するやうな結果を次々に生んだ、と我々はその頃判断してゐた。事実がどうか知らないが、さうして明白に満洲国は前進した。即ち『満洲国』は今なほ、フランス共和国、ソヴェート連邦以降初めての、別個に新しい果敢な文明理想とその世界観の表現である。
我々の世界観を、本当の地上表現を伴ふものとして教へたのは、やはりマルクス主義だつた。この『マルクス主義』は、ある日にはすでに純粋にソヴエートと関係なく、マルクスとさへ関係ない正義を闘はうとする心持になつてゐた。日本の状態を世界の規模から改革するといふ考へ方から、しかしさういふ心情の合言葉になつたころにマルクス主義は本質的に変化したのである。
さて『満洲国』といふ思想が、新思想として、また革命的世界観として、いくらか理解された頃に、我々の日本浪曼派は萌芽状態を表現してゐたのである。しかも、さういふ理解が生れたころは、一等若い青年のあるデスパレートな心情であつたといふことは、すべての人々に幾度も要求する事実である。……現在の満洲国の理想や現実といつたものを思想としての満洲国といふのではない。私のいふのはもつとさきの日本の浪曼主義である」(「『満洲国皇帝旗に捧げる曲』について」)。

これは昭和十五年十二月に「コギト」に書かれた文章の一部である。このような文章の文章法と内容は今では理解しにくいところも多いと思う。保田の文体の問題についてはのちに少しふれるが、私がこの文章を日本ロマン派解釈の恰好な素材と考えるのは、そこにロマン主義的精神構造のおびただしい証拠があらわれているからである。その内容の分析に立入る前に、同じく保田の次のような文章を引いてみよう。

「……昭和初年にはヂャーナリズムを風靡し、天下の青少年を傘下にした〔社会主義〕運動も昭和七八年ごろ青年の生活が最悪の失業状態を経験したとき、この青年のヒュマニズムに立つた運動はじつに極端に頽廃化し、デスパレートとなり、そのデスパレートなものを、真向に権力に向つて叩きつけるすべを見失つてゐたのである。青年のデスパレートな気持は、その時代よりずつと最近にまでつゞいた。……即ち日本浪曼派の運動は……時代に対する絶望を生きぬくために、文芸の我国に於けるあり方を発見したといふことが、最大の身上であると私は考へる」（『近代の終焉』所収「我国に於ける浪曼主義の概観」昭和十五年八月）。

　これらの文章にいわれる「青年のデスパレートな気持」「一等若い青年のあるデスパレートな心情」というのは、実は戦争、敗戦、戦後の時期を通じて、つねに再生産されたなつかしい昭和精神史の基音《トニカ》にほかならない。最近も私たちは「太陽族」とよばれる「あるデスパレートな心情」の噴出を見せられたが、ここでいう昭和七、八、九年頃の挫折・失意・頽廃の状況こそ、そのような昭和の青春像の原型を打ち出したものであった。その頃、警視庁保安部の都下各大学専門学校長宛の通牒によれば、「近時都下風紀取締の実情に徴すれば学生々徒にして特殊飲食店あるいは舞踏場等へ出入する者極めて多く……あるいは放縦淫逸に流れ、頽廃無節操の弊風に感染し……国家風教上まことに深憂に堪えず……云々」と述べられている。同じ頃、小林秀雄は「自分には第一の故郷も第二の故郷も、いやそもそも故郷という意味がわからぬと深く感じ」当時の中間層に浸透した「郷土喪失」「根柢喪失」の感情にふれて、「そう思うと近頃の登山の流行などには容易に信用がおけない。年々病人の数がふえる。そんな気がする」（昭和八年「故郷を失った文学」）などと書いた。羽仁五郎は「今や、人口の十分の九は既に完全に郷土から放逐され、いずこにも郷土を有せない」（「郷土なき郷土科学」）と論じた。「不安」の思想がニーチェ、シェストフ、キェルケゴールの新たな回想をよびおこしていた。フロムのいわゆる「自由からの逃走」のパトロギッシュな状況が我国知識層の根底に浸潤しつつあった。それは明かに「時代閉塞の現状」の再現であり、その反射として「深い夢を宿した強い政治」への渇望が不吉な醱酵を開始するエポックであった。

こうした状況の発生の経済史的分析はくりかえし説かれている。それは要するに第一次大戦前後に始まる我国独占資本主義の急速な――しかし跛行的な――発達・巨大化にともなう数次の大恐慌過程において、とくに農村を基盤とする我国中間層が未曽有の解体を経過したことを意味する。昭和七、八、九年という時期は、いわばそれに先行するおよそ十年間の歴史の収斂過程であり、同じ意味で、それまでの社会主義運動全体が一つのサイクルを完了する時期であった。それは大正十一年の日本共産党成立の後、昭和二年の福本イズム批判、昭和三年にはナップ、昭和四年にはナルプ、昭和七年にはコップの各成立の過程であるとともに、反面、天皇制権力による残虐無比の弾圧強化が進められ、運動のプチブル・インテリゲンチャ的性格があらゆる努力にもかかわらず克服されることがなく、昭和八年の佐野・鍋山転向声明、翌九年のナルプ解体につらなってゆく時期でもあった。

私がこの過程に関心を払うのは、先の保田の文章からもうかがわれるように、日本ロマン派の成立は「ナルプ解体」を直接動機とするというより、むしろ大正・昭和初年にかけての時代的状況に基盤を有するものであること、また、プロレタリア的インテリゲンチャの挫折感を媒介としながらも、もっと広汎な我国中間層の一般的失望・抑圧感覚に対応するものとして、その過程の全構造に関連しつつ形成されたものであるという観点を提示したいからである。のちに保田の独自な政治思想としての農本主義的神政理論の内容を考える予定であるが、この思想の成熟過程を系統的に理解するためにも、「ナルプ解体」の論理から一おうそれを切離すことが必要だと思われる。その方が、私には、現実の日本ロマン派の影響範囲・内容を見るのにより有効であると思われる。

ここで、私のひそかな仮設をいえば、私は、日本ロマン派は、前期共産主義の理論と運動に初めから随伴したある革命的なレゾナンツであり、結果として一種の倒錯的な革命方式に収斂したものにすぎないのではないかと考えている。私たち何も知らなかった少年たちが「革命」以外のものに関心をひかれ、魅惑されたということは不自然ではないか、といえば、人の失笑を買うことになるかもしれないが、少くとも、現実的に見て、福本イズムに象徴される共産主義運動が政治的に無効であったことと、日本ロマン派が同じく政治的に無効であったこととは、正に等価であるというほかはないのではないか？　いずれもが、大戦後の急激な大衆的疎外現象——いわゆる、マス化・アトマイゼーションをともなう二重の疎外に対応するための応急な「過激ロマン主義」の流れであったことは否定できないのではないか？　たとえば次のような文章がある——

「人為的に勝手に描き出した抽象的影像から出発し、現実の関係を明かにすべく努力するかわりに、理論的範疇の提起と調和の遊戯にふけっている」——私は、このような言葉で批判されるものは、まさにロマン主義的精神構造以外の何ものでもないと考える。古くドイツ・ロマン派の思想遊戯に対して行われた批判に、これと全く同じものがなかったであろうか？　しかし、これは保田とか小林秀雄、亀井勝一郎などのロマン的ピエティストに対していわれたものではなく、まさに福本に対する二七年テーゼの批判にほかならなかった。右の文章の中、「抽象的影像」を「美的影像」に、「理論的範疇」を「神典的範疇」におきかえるならば、それはほぼ思想としての日本ロマン派、とくに保田の思考内容に対してもあてはまるというのが私の考えである。いいかえれば、日本ロマン派は、現実の「革命運動」につねに随伴しながら、その挫折の内面的必然性を非政治的形象に媒介・移行させることによって、同じく過激なある種の反帝国主義に結晶したものと私は思う。その組織論が「日本美論」であり、その戦略が「反文明開化官僚主義」であったといえば私のいう意味も明白であろう。「心情の合言葉」としてのマルクス主義という奇怪な倒錯的表現は、それが非政治化され、情緒化された形での革命思想であったという解釈に私をみちびく。いわば政治から疎外された革命感情の「美」に向っての後退・噴出であり（ロマンティジールングとはそもそもそういうものだ）、デスパレートな飛躍であったと考える。これが奇矯な解釈に見えることは勿論私も心えている。しかし日本ファシズムの奇怪さはまだすべてが明かになっているわけではないし、また、日本ロマン派の破壊・荒廃作用の激しさを結果から考えるとき、私にはどうも別の考え方がなりたたない。前にもふれたが、たとえば三島由紀夫という真の耽美主義者に感じられる純粋型ニヒリズムがどうして日本ロマン派からとび出して来たか、＊そしてまた、「私は思想を信じない」と淡々という竹内好がどうして「コギト」からとび出して来たか、＊＊もしくは、やはり思想など信じていそうもない五味康祐の「秘剣」は保田与重郎のいかなる指導によって鋳られたか、＊＊＊これらのことを含めて考えるとき、勿論「ナルプ解体」の衝撃はそれとしても、問題の文脈をひろく我国中間層における総体としての「政治的と非政治的」の問題に拡大し、政治的リアリズムとそのアンチテーゼとしての日本的美意識の問題にまで結びつける必要があるように感じる。

このことを具体的な保田批判の問題にあてはめていえば、保田がドイツの勝利を希望したことはいうまでもないとしても、ナチスに対しては殆ど終始批判的であったこと、また、我国の暗黒時代を横行した「日本主義者」「東亜協同体論者」「世界史の哲学論者」等々に対して、もっとも根本的ないみで批判的であった事実、また、私たちの体験からいえば、当時、ともかくも私たち普通の（つまり専門ということをもたない）学生たちを、日本の古典にみちびいた唯一の運動が日本ロマン派であったこと、それはともかく私たちの失われた根柢に対する熱烈な郷愁をかきたてた存在であったこと、その他、いわゆる「純粋な」日本主義イデオローグといわれる保田についてのさまざまな問題を分析する必要があるということにほかならない。

＊　三島については、昭和十八年八月の「文学」に蓮田善明が次のように書いている（蓮田は『回想と予言』『神韻の文学』などの著者であり、保田与重郎、伊東静雄などとともに、「純粋な」ロマン派文学者と見られた一人であり、敗戦後、戦地で自殺した）。

「交遊に乏しい私も、一年に二人か一人くらいづつ、このやうに国文学の前にたたづみ、立ちつくしてゐる少年を見出でる。『文芸文化』（蓮田が中日戦争頃から出していた国文学冊子―筆者註）に〈花ざかりの森〉〈世々に残さん〉を書いている二十歳にならぬ少年も亦その一人であるが、悉皆国文学の中から語りいでられた霊のような人である……」。

ここに現代の耽美作家と日本ロマン派との微かな交渉が暗示されているが、一方、三島の書いた「伊東静雄」論も、この「コギト」詩人の死を通じて、はるかに挫折した日本ロマン派の青春像を回想したものであった。因に、三島の初期の作品中「軽王子と衣通姫」は日本ロマン派の発想の微妙な影響を留めたものとして、記念的な作品になっていると私は思っている。そこに描かれた意識と無意識の悲劇的な交渉を象徴する古代的形象は、転向も挫折も知らない私たちが、日本ロマン派の内面的悲劇性をいかなる形で先取したかを描いていると思われる。これは、三島の「潮騒」の不思議な現実喪失性を抒情的に先取した形態であるといえないであろうか？

＊＊　竹内は「コギト」に名をつらねはしたが、作品は発表しなかった。古い「コギト」の広告ページに竹内の名前を見るのは一種異様な感じである。私は現在、日本ロマン派の問題提起をもっともオーソドックスな形で継承している唯一の人が竹内ではないかと思っている。むしろ、竹内と保田を含めた形で、文明批判の体系としての日本ロマン派の意味をキチンと考えておくべき時期が来ているし、あるいは少しおそいくらいだと思っている。

＊＊＊　些かこじつけの意見になるが、五味康祐は日本ロマン派の美意識の右翼的・通俗的継承者であり、その意味で、三島はその急進的・革命的発展者であったともいえよう。経済学の豊田四郎（だったと思う）が五味の小説をよんで、こんな不合理な小説は初めてだと何かに書いているのを見て、私は失笑せざるをえなかった。五味の保田与重郎、前川佐美雄、亀井勝一郎などとの交渉を書いた「その人の名をさして」は、私には珍重すべき日本ロマン派論の材料であると思われる。

四　イロニイと文体

これまでの不完全な記述からも、保田をもってたんなる復古主義者・古代主義者として規定することがいかに不十分であるかは想像されるであろう。保田はしばしば自己を近代として、むしろそのもっともラジカルな形態として、弁明している。

「……彼ら現代の人々は万葉集の研究に於ても、さういふ近代主義の感覚をもととし、ことあげの上では、なほ太古の醇樸を尊ぶとは言ふが、集のもつ上代とか、神といふものを、詩歌思想として又歴史伝統として検討しえなかつたのである。……しかし何故かくも単純に彼らが近代の文芸学思潮の考へ方を唯一の金科玉条としたかといふことは、ただ彼らが古代の思想への自覚にかけてゐたといふだけの理由ではないと思ふ。……それ以上の理由は、彼らが近代主義の自覚の中に自然《オノズカラ》に住んでゐなかつたからと思ふのである。かうしてこのことはその人々には考へも及ばぬ批判であらう。どのやうに言つても古代をいふ我々の方が、いまのところでは最も尖鋭な近代と、又すでに頽廃する以外に更生法のない現代の皮層の尖端にあきらかに暁通してゐるのである……現代の国学の歴史とその大思想家達を見ても……彼らが十分の自信をもってそれを闘ひえたのは彼らが最も斬新な近代を己れの中にもつてゐたからである」（『万葉集の精神』参照）。

保田のいわんとすることは明白である。世のいわゆる「近代主義者」「我々インテリゲンチャ」の「近代」は「封建」を内蔵した虚偽の近代であり、開明官僚的人工人為の近代のカリカチュアにすぎないとし、復古保守を説く保田らこそが、最も斬新な近代主義者であるといっているわけだ。この問題は、現在においては、竹内の「マルクス主義を含めての近代主義」批判にそのまま継承されており、さらに、竹内が、加藤周一の近代主義を高く評価する問題意識ともつながっている。また、直接的には、中野重治がその『斎藤茂吉ノオト』のなかで保田のアララギ批判の文章を引用し、その指摘の重要性を認めていることと関係している。いずれにせよ、保田における「近代」の問題はその文明開化に対する系統的な批判とにらみあわせて、公正に検討すべき問題を含んでいるといえよう。

保田は「コギト」（昭和十二年四月号）の「雑記帖」の中で、「日本浪曼派は非文化と野蛮と封建的残存への闘争である」と明言しているが、その槍玉にあげられたのは「大正官僚的気質」「官僚風の衒学性」を濃厚に背負いこんだ「唯物論研究会」にほかならなかった。それはいわば非近代と非文化と封建的気質の象徴みたいにされたわけだ。こういうところから「保田の階級的本質」を見抜いたところで私はあまり役に立たないと思う。それは中野のいう「不十分な批判」としてすでに検証ずみであった筈だからだ。保田に対する「近代主義」の側からの嘲笑冷罵が加わるにつれて、保田の側もいよいよ高踏的に同じ反論をこころみる。「今日でもなほ近代を肉体化せよなど、老婆心を強要するていの言説もあるが、これらは大体のところ近代の少年期に一歩ふみ入つた位の人がいつてゐるにすぎない」（昭和十七年十二月「天造の思想」）。

保田を嘲笑憎悪する人々は、これらの文章から冷罵の材料をいくつも引き出すことができるであろう。しかし、くりかえしのべるように、そのような冷評の多くは、いぜんとして保田が提起したある問題体系の意味を無視することによって行われている。私は、むしろ、保田の「近代批判」がそのまま成立するものとして、その意味内容・論理構造・心理構造をときほぐすというところから始めたいと思う。

保田の思想と文章の発想を支えている有力な基盤として、三つの体系的構造が考えられる。マルクス主義、国学、ドイツ・ロマン派の三要因がそれである。そして、これらの異質の思想が保田の中に統一の契機を見出したとすれば、そのインテグリティを成立させているものは「イロニイ」という思想にほかならないと私は考える。保田が近代を批判するときも、そのもっとも常套の手段としたものは、ロマン的イロニイにほかならなかった。さきの文章でいえば、もっとも尖鋭な近代につうじ、さらにその頽廃の必要を了解するという精神態度がイロニイの現われであろう。とくにこのロマン主義特有の心的態度は、保田の場合、その悪名高い文体の問題にも通じているので、ここでその文章の問題と併せて考察しておきたい。

保田の文体を批判することは特別に重要である。それは一般に文体と思想が不離のものであるという以外に、保田がある時期に殆んど呪術的な魅力をもって一世を風靡したことには、その文体のもつ性格が与って大きかったからである。それはたしかに異様な文章であった。高見順が初期の保田の文章を見てめくらめくような印象を受け、自分たちの時代は去ったのかと嘆息したことを平野謙がつたえているが、それはまさに私たちが見たこともなく、これから見ることもないような文章であった。それは或は板垣直子によって「清らかな気品のある、悠揚迫らざる文体と感情」をもつと評され（尤も板垣はもっとも早い保田批判者の一人であった）、或は川端康成によって、谷崎の『陰翳礼讃』と並べて「近頃感嘆して読んだもの」と讃えられる反面、片岡良一以下無数の論者によってことあるごとに嘲笑されたものであった。勿論保田の初期のものと後期のものとには文体の変化があり、少年の純情と郷愁にあふれた種類のものと、勅語風の空疎な硬直に退化したものとの区別はあるが、全体として、保田の文章にある混沌とした時代の異相がただよっていたことは何人も否定できない。保田はかつて宮沢賢治を論じ、「ややえたいの知れない、やや神秘なそのリズムを世の中の声とできないだらうか」（「コギト」昭和十二年四月号）と書いているが、これはある意味では保田の文章そのものに当てはまる言葉と思われる。これと関連して、中野重治は保田の文体について、前述のように「頽廃期の檀林の俳諧風」と評している。保田自身、昭和初年から、七、八年にかけての近代小説について、「それらのたどった道はどこか檀林末期の有心の方である」（『後鳥羽院』参照）と評しているが、中野の評語はそれと見合ったものであろう。しかし、そのような俳諧的聯想様式の畸型的影響ということと錯綜した形で、いわば舶来のロマン主義的イロニイの作用が明かであった。むしろ、後者の発想から始まった保田の文章活動は、その展開の過程で、我国特有の文章法のおどろの中に迷い入ったものといえるかもしれない。したがって、私は、保田におけるイロニイの展開に沿って分析しさえすれば、保田の思想内容の展開過程が明かになるとさえ思っている。いずれにせよ、保田の文体が私たちを魅惑したことは、現在、たとえば三島のスタイルが十代の少年を魅惑するよりも甚しいものがあったと思われるが、その牽引力の中心がイロニイであったといえよう。それは、効果としては、たとえば当時同じく私たちをとらえたヴァレリイ風の明晰さが、ついに私たちの周辺にその対応者を見出すことができなかったのに対し、明かに私たちの内と外の混沌に対応する様式であったといえよう。

イロニイの概念を説明することは困難ではない。しかしその多様な発現様式を綜合的に批判することは容易ではない。いうまでもなく、それはドイツ・ロマン派の特異な自己批判形式＝創作理論として展開したものであり、いわば頽廃と緊張の中間に、無限に自己決定を留保する心的態度のあらわれであった。一般的にいえば、ある種の政治的無能力状態におかれた中間層的知識層が多少ともに獲得する資質に属するものであって、現実的には道徳的無責任と政治的逃避の心情を匂わせるものであった。アダム・ミュラー、シュレーゲルのような政治的ロマン主義者の経歴の中に、私たちは、人間の形をとったイロニイの姿を認めることができる。先に引いた「欅林末期の有心」というのがその実質においてこれに近いことは想像されると思う。

私たちは保田から亀井にいたるまで、このようなイロニイのあらわれをその思想と文章の中に見出すことができる。とくにその発現は保田の場合きわめて過激であり、シュレーゲルについていわれたように、「イロニイとは嘲弄（Persiflage）そのものである」という言葉をさえ連想させられる。「日本の新しい精神の混沌と未形の状態や、破壊と建設を同時的に確保した自由な日本のイロニイ、さらに進んではイロニイとしての日本といつたものへのリアリズムが、日本ロマン派の基盤となつた」（「我国に於ける浪曼主義の概観」）などという曖昧な文章は、しかし極めて明白に保田のイロニイと近代批判の方法を説明している。私が傍点を附した部分などは、「イロニイの中には、あらゆる無限定の可能性を留保しようとする衝動がある」というカール・シュミットの規定をそのままに思わせるし、同時に、それが現実への嘲弄であることも明かである。本来、それは、「我々はまず破壊を考えた。我々は建設の役をしようとは思わなかった。ただ破壊すれば、何人かが建設の役をやってくれるという見透しはあった……」という五・一五事件の青年将校に見られる神話的オプティミズムの行動性とも異るものであり、ろこつな非政治的表現としてあらわれるものであった。次のような文章もある極限的なイロニイの例である。

「私は看客として言ふのである……看客としてドイツが勝つた方が面白からうし、これは文化の一部門を歴史を通して考へて来た私の希望でもある。さうして神々はいつも歴史を面白く面白くとふりむけてゆくやうに、私には考へられる」（昭和十四年十一月「文士の処生について」）。これも歴史へのイロニイであり、歴史を動かすものへの恐怖の感情を「面白し」という古語的発想の中に解消する試みである。ここにもある種の心理的欺瞞と詐謀（Intrigue）というロマン主義的精神構造が見られる。さらに、殆どイロニイがイロニイとしての性格を喪うほどの過激な表現もある。

「この戦争（＝中日戦争）がたとへ無償にをはつても、日本は世界史を画する大遠征をなしたのだ。蒙古を流れる黄河に立つたとき、私は初めて、日本の大陸政策の世界史に於ける位置を感じた……思想としての立場からは、今、戦争が無償にをはる時を空想しても、実に雄大なロマンチシズムである」(「新潮」昭和十三年十一月号)。そうして、事実、戦争が「無償」どころか、破壊と荒廃のみをもっておわったとき、このような破滅的イロニイの究極の表現として、例の悪名高い亀井勝一郎の「日月明し」が書かれるという順序になる。すべてこの類のイロニイの態度からは、いかなる政治的行動のリアリズムも生れえないことは明白である。空襲の被害を「業火」と観じ、鴨長明ばりの発想に永劫の人間苦を叙情する亀井が「聖徳太子」の原稿をいだいて逃げ廻ることが必然であったとすれば、上海で俘虜となった保田が初めて「鬼畜米英」の兵士たちを見て、「あな面白」と素朴な驚嘆の念をいだいたという私のきいたエピソードなども、私には、当然の結果であったと思われる。

しかし、私は、このような過激なイロニイの中に、ともすれば、殆ど革命を想像したくさえなるのである。保田の主張に国学的発想がつよくあらわれてくるにつれて、一切の政治的リアリズムの排斥、あらゆる情勢分析の拒否がつよく正面に押し出され、科学的思考の絶滅がほとんど必死の勢でとかれるにいたる。それは、私に、殆ど敗戦と大崩壊を予感的に促進するもののようにさえ感じられる。ドイツ的イロニイに出発した保田は、国学的な絶対的現状容認《ピエテート》を通じて、さいごには近代兵器の成立ちを説くことさえ、英米的(=から心的)謀略のあらわれと断ずるようになる。これは現実的には敗戦と没落を肯定追求する心情にほかならない。事実、私たちと同年のある若者は、保田の説くことがらの究極的様相を感じとり、古事記をいだいてただ南海のジャングルに腐らんした屍となることを熱望していた! 少くとも「純心な」青年の場合、保田のイロニイの帰結はそのような形をとったと思われる。これは甚しくナチズムの心理構造とことなる形である。ナチズムのニヒリズムは、「我々は闘わねばならぬ《ヴィア・ミュッセン・ケンペン》！」という呪われた無窮動にあらわれるが、しかし、私たちの感じとった日本ロマン派は、まさに「私たちは死なねばならぬ《ヴィア・ミュッセン・シュテルベン》！」という以外のものではなかった。私がさきに「敗北の必然に対する予感的構想」を日本ロマン派に認めたく思ったのはそのためであった。

なお、保田の文体の異様さを決定したものは、このようなイロニイに必然的にともなう一種の焦燥的な熟成の熱望であった。それはある明確に与えられた現実的限界のリアリズムをさけて、自我《エゴ》の可能性を上へ追い上げようとする衝動から生れてくる。ロマンティクの心性の傾向として過早育成（Auftreibung）の衝動があることが指摘されている。このドイツ語が上へ追いやるという意味と、速成栽培の意味とをもつことはいうまでもない。この種の衝動がいわば「未成年」の精神をとらえ易いことも明かであり、その古典的形象はたとえば『論語』などにも認めることのできるものである。闕党の童子を評して、欲速成者也と孔子はいっているが、これはあるいは世代の問題を通じて、つねにあらわれてくる人生上の問題であるともいえよう。保田の場合には、一方において強固なプロレタリア文学の一枚岩があり、一方においては自然主義以来の根づよい文学的伝統があった。かれは、そのいずれに対しても、「一等若い」世代として登場したのである。彼はしばしば、いく分のてらいをポーズしながらも、「その〔己れの〕文章の品下れるありさま」に慄然とするといい、「アカデミズムのもつおだやかな大成をいつも思いつつ、ヒステリな雑文を書きちらしてゐる」と自嘲している。そしてそのような「詩とも文章ともいふべきでない」と祖父に戒められた文章が生れたのは、「……それだけのこと〔後鳥羽院を中心とする日本美学の構想〕をいふためには、私はあくまで精緻をのちに期して、いらだたしく拙速を尊びたい気持」（昭和十六年四月「時代と詩精神」）をいだいていたからだと弁じている。これは時代の不安と危機感に敏感であった青年たちの、ある意味では必然的な歩みであったともいえよう。私が保田のものにいかれた時期は正に私の未成年期であり、文字どおりドストエフスキイの「未成年」と、保田の「ウェルテルは何故死んだか」とは同じ昭和十六年の秋に私の読んだものであった。これは閉塞された時代の中で、「神というと大げさになるが、何かそういう絶対的なもの」を追求する過程での不吉な偶然であった!?　私たちの不毛な時代の中での形成的衝動のリズムは、そのような「いらだたしい」保田の文体のリズムに合致したわけであろう。

五　イロニイと政治

「イロニイとしての日本といつたものへのリアリズムが、日本浪曼派の基盤となつた」という保田の文章を前に引いた。そしてそれが極めて胡乱な文章であるにもかかわらず、日本ロマン派の本質規定をその中に含むものとしては、かなり正確なものであることをも示唆しておいた。以下にはそのことを少しく検討することにしたい。

昭和十年代初期の一般的状況が「時代閉塞」の著しい様相をおびたことはくりかえさない。しかもそれが、たとえば昭和十二年初めから急激にジャーナリズムにさえその様相を現わしたにせよ、その本質的な萌芽は、すでに満州事変の時期に始まっていたことも改めてはいわない。ただこのような混沌末形の時代的感情が、ある「絶望の終末観」（保田）といったいろどりをおびていたことは、保田とともに強調しておかねばなるまい。というのは、日本ロマン派が、いわば奇想天外の着想であったのではなく、或はまた広い意味での日本の合理主義・啓蒙主義（文学上の自然主義もそれに含まれる）にたいする「背後からの匕首」といったものではなく、まさに一個の

「リアリズム」を時代との関連のもとに主張しえたことをいうためである。

この事情はすでに「日本浪曼派広告」(「コギト」昭和九年十一月号)にもかなり明瞭に現われているといっても、附会の論ではないと私は考える。この一文についても、これまであまり多く論じられたものを見ないが、やはりそれは昭和精神史の微分構造を明かにするために、貴重な指標として考慮しうるものと思われる。いわばそれは時代の精神の著しい加速度を端的に示すもののように考えられるからである。

「日本浪曼派は、今日僕らの『時代青春』の歌である。僕ら専ら青春の歌の高き調べ以外を拒み、昨日の習俗を案ぜず、明日の真諦をめざして滞らぬ。わが時代の青春! 芸術人の天賦を真に意識し、現状反抗を強ひられし者の集ひである。日本浪曼派はここに自体が一つのイロニーである」(同上)。

このような文章を引用するたびに、私はその意味内容をいかに現代の一般のインテリジェンスに向って伝達するかにある苦渋を感じる。この困難の手前で、これを蒙昧主義のはしりとして片づけるのが近代批評家の慣例であったことはしばしば言及したが、私が本節でこころみたいことは、そこにいわれた「イロニイ」を一つの手がかりとして、日本ロマン派の一般的構造を解きほぐしてみたいということである。「イロニイ」という言葉は、僅に千五百字足らずの「広告」の中で、次のように二度ほど用いられている。

「茲に僕ら、文学の運動を否定するために、進んで文学の運動を開始する。卑近に対する高邁の主張に他ならぬ。流行に対する不易である。従俗に対する本道である。真理と誠実の侍女として存在するイロニーを、今遂ひに用いねばならぬ」(同上)。

このような文章が、当時、いかに同時代の作家・批評家の憎悪と軽侮をひきおこしたかは(現在も恐らくそうであるように)容易に想像されることである。この「広告」が出た直後、高見順は「文化集団」(同年十二月号)に次のように書いている。

「その広告を見ると、……いはば平穏無事な天上的な雰囲気のなかで、超然乎として為されてゐる。……即ち『日本浪曼派』は多少とも筆者が期待してゐたようなプロレタリア文学内に於ける浪曼的傾向の結実には非ずして、具体的に言へばその動向の『コギト』的自由主義的浪曼主義への陥没であるやに窺はれる」。

これは当時における、かなりなお同情のある立場からする平均的な見解であったのではないかと私は想像するが、そのような高見順の側における「期待」が、林房雄や亀井勝一郎の言説によっていかに育まれたのか、しかもその期待が「広告」によって裏切られた事情には、文壇史的にいかなる事実があったのか、それらについては、私は多く知るところがないので別の研究者に待ちたいところである。ただ初めに引いた保田の文章にあるように、日本ロマン派がある種の「リアリズム」の継承者としての意識をもち、それを殆ど終始そのポレミークの武器としてすてなかったことが重要だと考える。というのは、私はこの「リアリズム」をめぐる論争の雰囲気から、イロニイの主張と意識が生れ、「イロニイとしての日本といったものへのリアリズム」「それ自体が一つのイロニイとしての日本浪曼派」という奇妙な発想が展開したと考えるからである。つまり「イロニイとしての日本」と「イロニイとしての日本ロマン派」との相互否定的な媒介のなかに、リアリズムの主体的立場が考えられるのであり、そのことをすでに「広告」は論旨としてのべているのである。

私は、このようなイロニイの主張を促進したものがほかならぬ保田であったと思う。私は、厳密な意味で誰が「広告」の起草者であったかは知らないが、少くとも、ここにいわれているようなイロニイの唐突な現われ方は、「作家に理屈はいらぬとは、この国伝統の低俗なリアリズムの言葉だ。それが労働者の内部に入ると卑俗な経験主義になる。かくのごときリアリストは我々の敵である。無理論への復帰をもってロマンチシズムの精神と説く人もあるが、かくのごときロマンチストは我々の敵である」「ロマンティズムを、妄想であり観念の遊戯であるとみなす俗見は既にうち破られている。それはふかく現実に徹しようとするものの情熱の方向であり、現実のなかにただ現実をみるのみではなく、その可能性と未来性とをみる、言わばリアリストが故にこその夢である」といった亀井勝一郎などの常識的な発想と微妙に重なり合いながらも、しかもかなり尖鋭な差別のもとにあらわれたもののように思われる。概して日本ロマン派の出現はそのような亀井の立場と、林房雄のようなアンファンティリズムの交錯の上に構想されるのが一般であるらしいが、私はむしろそのようには考えないのである。いわば高見が「期待」を裏切られたところ、右に見たような平明で常識的な亀井の「リアリズム」のかわりに、「イロニイ」の発想が色こく滲出したところに、私たちの感じとった日本ロマン派の純粋形象が考えられると思うのである。

このことは、当時における資料の検討からも帰納できると私は考えているが、それを現在の立場から消極的に証拠だてているのは亀井の回想に現われた日本ロマン派の形姿であろう。亀井はしばしば日本ロマン派について、次のようなことをのべている。

「……しかし今でも不思議なのは、『日本浪曼派』というのが、なぜあんなに問題になるのか。ぼくは何のことだか判らないんだ。今その時のものを読んでみると、つまらないんだよ。何か一つの日本文壇における穴を衝いたことはあるのだろうがね」（高見順『対談現代日本文壇史』）。

同様のことを彼は『現代史の中の一人』でものべており、要するに一種熱っぽい若気の所業としてイロニカルに自ら批評している。これはすでに保田が現在においてもその思想的・批評的立場を少しも変えていないことと対蹠的である。一体亀井は、日本ロマン派についてのみならず、共産党についても、「とにかく今思うと実に若くて微弱な党だったわけで、なぜあんなに騒いだのかふしぎなくらいだ」（同上）というように悟りすまして（？）いるのだから、それも当然のことだろうとは思うが、ともかくそのような亀井の中から、私が前にのべた日本ロマン派の「激烈な破壊作用」が生まれてくる筈はなかったのである。

私がこのように亀井（ないし林）のラインと、保田のそれとを区別しようとすることは、簡明な思想史の必要からいえばどうでもよいことかもしれないが、私は保田における「イロニイ」に日本ロマン派の作用機能の核心を認めたいのだから、それだけの区別は少くとも示唆しておきたい。亀井の「回心」は、場合によっては「日本の伝統を勉強することによって、自分の転向を自発的に完成させる」といった、とりようによってはしたたかな小市民的エゴイズムと「教養主義」の匂いを強烈に放つものであるから、私はそこに、「イロニイとしての日本ロマン派」などは感じないのである。いわば、イロニイの本質としての「無限否定」の立場は、亀井の場合にはつらぬかれておらず、むしろ伝統的な日本的生活様式にたいする微妙な均衡感（一種の世俗的巧緻さ）がその資質であるように思われる。亀井のそのような感覚は彼を巧妙な精神風俗の批評家として成長させ、『現代史の課題』においては、完全に第一線批評家として復活（？）せしめたとさえいわせている。この点においても保田が戦後殆ど完全にジャーナリズムに現われようとせず、ただ彼が文明と文化の根本原理と思うもののみを語っていることと鮮明に対照される。批評家としては全く異質的母胎から生れているように私には思われるのである。

さてここで、私がしきりに拘泥するイロニイについて、すこしく検討しておきたい。というのは、私の気ままな考えではあるが、我国に幾度かくりかえされたロマンティシズムの運動のなかで、日本ロマン派がもっとも過激な存在であったことはいうまでもないとして、それが明治の中期あるいは後期のロマン主義をある形でふまえながらも、なぜあのように異形の運動形態として現われたかという特質は、それがイロニイという一種微妙な近代思想のもっともラジカルな最初の体現者であったという点に求められると思われるからである。

私は、我国にはじめて現われた明確で徹底的なロマンティク批判は啄木によって行われたと思う。「巻煙草」（明治四十二年十二月）、「性急な思想」（同四十三年二月）、「時代閉塞の現状」（同四十三年十二月）など一連の評論を指してそういうのであるが、私は今もこれらのいずれも短い論評を読むたびに、我国の思想史がここ百年の間に歩み来った途を回想し、啄木の過去と未来に対する洞察の的確さに殆ど暗然とすることがある。それらの文章は、いずれも啄木の短い生涯に対する峻烈な自己批判の結論として生れたものであり、いわば明治の全体を一挙に己の一身に生きた啄木の告白であるとともに、日本の思想にたいするトータルな批評となったものである。

「浪曼主義は弱き心の所産である。如何なる時代にも弱き心はある。従つて何時の時代にも跡を絶つ事はないであらう。最も強き心を持つた人には最も弱き心がある。最も強き心を持つた時代には最も弱き心がある」と記した啄木は、また「浪曼主義は恐らくは我々の心の底に永久に生きるものであらう」といい、そのような心情に対する「言ひがたき懐しさ」を述べている。私たちはこのような啄木の表白を通じて、明治の二つの戦争をへた日本人の心に、すでにある異様な幻滅とその裏がえしとしての「性急な思想」が忍びよっていたことを知ることができる。それは明治四十年を劃期とする文壇的・社会的小暴動――自然主義にほかならなかったが、啄木が「言ひがたき懐しさ」を感じたものはそうした自然主義にひそむ浪曼的要素のことであった。いいかえれば、啄木が試みた「性急な思想」＝「純正自然主義」（＝ロマン主義）の批判は、鷗外や二葉亭の開いた「明治」にたいするいいがたい郷愁とともに、それへの訣別を述べたものであったと思われる。彼は次のようにも書いている。

「『何か面白い事は無いかねえ』といふ言葉は不吉な言葉だ。此二、三年来、文学の事に携はつてゐる若い人たちから、私は何回此の不吉な言葉を聞かされたか知れない。無論自分でも言つた。……

時として散歩にでも出かける事がある。然し、心は何処かへ行きたくつても、何処といふ行くべき的も無い。世界の何処かには何か非常な事がありさうで、そしてそれと自分とは何時まで経つても関係が無さうに思はれる。……まるで、自分で自分の生命を持余してゐるやうなものだ。

何か面白い事は無いか！

それは凡ての人間の心に流れてゐる深い浪曼主義の嘆声だ。……」（「硝子窓」）。

私はこのような心情をその後五十年にわたる形成過程を含めて、総体として我国中間層の基本的意識構造であると考えるが、そのような意識の大正期を通じての幻想的な解放と内攻、そして大正末＝昭和初年のプロレタリア・共産主義運動というもう一つのトータルな試みとその挫折ののちに、啄木の場合と同じ心理的実質に支えられながら、それと著しく異った文明批評形式として日本ロマン派が生れたものと考える。そのさい、もっとも根本的な（殆ど認識論ないしメタフィジクの次元における倒錯）差別となったものは、啄木の文明批判が「時代閉塞の現状」のもとに、「強権（＝国家）」、純粋自然主義（＝中間層的意識）の最後及び明日の考察（＝抵抗）」というまさに現代的な構想をふくんだのにたいし、日本ロマン派の文明批判は、あたかも我国の「強権」が、まさにファシズムとして自己を悪無限的に再編せねばならなかったことに対応するように、「無限の自己否定」の志向としてのみ（即ちイロニイとしてのみ）自己を主張するという悲劇に終ったことである。

このような概括はいかにも不十分である（そして、これだけでは、なぜ日本ロマン派が「天心や鑑三やには行っても啄木には行かなかったか、なぜ形の上では透谷へ行きながら、透谷との関係において兆民へも秋水へも嶺雲にも行かなかったか」という中野重治の発問に答えることにもならない）が、私がここでいいたいことは、啄木が感じた時代の「性急な思想」の中には、いうまでもなく国民的規模における或る無力感が現れていたが、ただそれは純粋なイロニイとして現れるまでにはいたらなかったのに対し、日本ロマン派の場合には、時代の挫折感は中間層の規模の拡大に対応して拡大され、したがって、その無力感はより過激とならざるをえなかったということである。いわばその表白は、「自己自身の無力の深刻に正当な壮厳な告白」、「自己自身に対する嘲笑」（ハルトマン）というイロニイのレベルにまで激化したということである。したがって「日本浪曼派はここに自体が一つのイロニーである」という「広告」の言葉は、私にはたんなる高踏のポーズではなく、奇妙にこみ入った文脈においてではあるが、我国における「強権」の発展過程と、それにたいする反体制的底流の相互関係の中に正当に位置づけてしかるべき発言と考えられるのである。

イロニイについては「イロニイとはわれわれの政治的不自由の表現である」（「ドイツ・ロマン派」）というハイネの端的な規定があるが、何よりもその心情の古典的な批判はヘーゲルのそれであろう。

「……現実と絶対者への渇望を抱きながらも、しかも非現実的であり空虚である――よし内面的な純粋性は保たれているにせよ――というこの状態のなかから、病的な憧憬と美的狂熱とが生れてくる」（『美学講義』）。

これはシュレーゲル的なイロニイにたいしていわれたものであり、ロマンティク一般にたいする「悪魔的な破廉恥」というヘーゲルの断定の予備的考察をなすものであるが（そして同じヘーゲル的立場からする批判は、ハイネやブランデスから後のカール・シュミットあたりにまで及んでいるが)*、このような古典的ロマンティク批判の方法が、初めてそのまま適用されうるまでに成熟した我国のロマン主義が、実は、昭和十年代のそれであったと私は考えるのである。

たとえば保田与重郎がフランス革命、ソヴェト革命、満州事変(!)の三者を並べて、それを「果敢な文明理想とその世界観の表現である」と書いたことは、前に記したが、それはあたかもF・シュレーゲルがフランス革命、ゲーテの『ヴィルヘルム・マイステル』、フィヒテの『知識学』の三者を「世紀最大の徴候」として讃美したのと同じくあるロマン的空虚(=アイテルカイト=虚栄)の表明であったと思う。それはいずれも自己実現の可能性とそのリアリティを完全に近く失った政治的風土のもとで醗酵醸成される極限的な自己批判の産物であった。統一前の北方ドイツの中間層がいかにみじめな政治的状況の下にあったか、ヴィンケルマンやレッシングの生涯を思い浮べるだけで十分に想像される。彼らの姿は、三百にも分裂した専制的な小国のあれこれの間を流浪する「亡命者」のイメージを私に残しているが、同じ時期にスタール夫人の記した『ドイツ』の一節も鮮かにその時代を伝えたものの一つである。

「……大衆にとっては不幸であるが、政治生活の欠如は思想家にさらにより以上の自由を与えている。しかし一流の人物と二流の人物との間には大きな隔りがある。最も広遠な思索の高さにまで達しない人間には、何らの興味というものは存在せず、活動性の対象もないからである。ドイツに於て宇宙に専心せぬものは、まさに何ら為すべきことがないのである」。

このような文章は、「何か面白いことはないか!」という前記の日本的心情についてもそのままいえるのかもしれない。そしてまた日本ロマン派の時代は、おびただしい「国内亡命者」を輩出した時代でもあった。あたかもドイツ・ロマン派が、正当にフランス革命に対する「ドイツの回答」とよばれうる反面をもつとともに、その革命行動の成果はわずかに二、三のサロン的スキャンダル、コッツェブー殺害、ニコライ老人の粉砕といったていどのものであったと皮肉られるように、わが日本ロマン派においても、そのフランス革命・ソヴェト革命・満州事変にたいする「回答」の実際的帰結は、（もし同じ調子でいえば）保田についていわれる「スパイ活動」と、芳賀檀**による文壇的スキャンダルくらいのものであったといえるような一面をもったのである。

保田の場合、このようなイロニケルとしての面目がもっとも鮮明に現われており、それが国学の受動的性格と結びついて、「病的な憧憬と美的狂熱」を我国の古典ならびにその挫折形態としての中世美学に指向せしめたのであり、反面では、あらゆる「時務情勢論」の要請の拒否を介して、自らも認める無責任極まる戦争論の展開に赴かしめたのである。

この場合、ドイツ・ロマン派の極限的な主観性の立場は、その精神的・肉体的破滅の手前で、均しくカトリック教に「転向」することによって救済され、従ってまた、メッテルニヒ＝カトリック反動の文字通りの走狗となるにおわったが、わが日本ロマン派の場合には、なんらそのようなポジティヴな、綜合的な体系は存在しなかったがために、いささか奇妙な事態が生じたように思われる。

いうまでもなく、そのような全的体系として日本ロマン派に与えられたものは、天皇制国家以外の何ものでもなかった。しかしその国家の構造機能の実質が何であるかは、恐らくまたマルクス主義をくぐった日本ロマン派の知らないところではなかった。「イロニイとしての日本」ということは、「イロニイとしての天皇制」ということと等価であり、それは明かに機関説に数等懸絶する「不敬」な観念でなければならなかった。事実、私たちのまわりの少年ロマン派の仲間たちは、「天皇」にたいしては文字どおりイロニカルな、適度に不遜な嘲弄感をいだいていたし、しかも保田の著書などを愛誦しながらそうであったのである。

ここで、私が前に述べたような、日本ロマン派と現代実存主義とのある種の相似的な感覚が生れてくる***。つまり、サルトルのいう、神の不在の明かな認知と、それが極度に厄介な事実であることの矛盾感が蓄積され、その解決が迫られる。ロマン派の少年たちのある者は、その全的解決を恐しく過激な対象に求めた。その一つが前にのべたように「ぼくらは死なねばならぬ！」という死のメタフィジク****の追求であり、別の一つは、私が三島由紀夫などに象徴したく考える類いの「美」の構想である。恐らく日本ロマン派の影響の全幅は、この両者を中心とする厖大なロマン主義的楕円（シュレーゲル）の中に含まれると思われるが、その陰影と偏差の段階が無数の分化をとったことはいうまでもあるまい。

しかし、保田自身はどうであったか？　保田において、私が右にのべたようなイロニイの立場はどこまで貫徹されているか？　とくに前節において、保田の農本主義的テオクラシーの理論とよんだものは、このようなイロニイの立場といかに吻合するか？　これを以下において検討しなければならないが、それは同時に保田の美学と古典論とに深い関係があり、さらに日本における美、と、政治、の問題とにも深く関連するものである。

「イロニイとしての日本」という思想が昭和七、八年の「転換期」において、保田らの意志の方向を決定する意味をもったことについては、本文でも、また別のところでも言及した（「文学」一九五八年四月号）。その思想の論理的・心理的内容の実質が、ロマンティシェ・イロニイと国学的主情主義のもっとも頽廃的な結合によって規定されたものであることについても、不十分ながら同様に示唆しておいた。ここで問題となるのは、イロニイ、もしくは国学的主情主義が、日本ロマン派の実質的形成にとって、どのような機能的意味をもったかということであろう。その点について、要約的にいえば、それらの含む一定の批評的性格が、当時におけるプロレタリア・リアリズムの主張、ないし弁証法的唯物論に代替する意味をもったことを私は指摘しておいた。そのような要約から容易に推定することができるように、そのことは、わが国における唯物論＝革命思想の完全な変質＝倒錯化過程の決定的な表現となるものであった。保田の言葉にしたがえば、「そういう心情の合言葉になったころにマルクス主義は本質的に変化した」のである。

しかし、ここで保田がいうように、その本質的変化が昭和六年頃に始っているとしても、それから恐らく三、四年の間は、保田ないし日本ロマン派の思想形態としては、なお多分にマルクス主義へのルースな接触を含んだことは確実であろう。「戦旗」の発行責任者として、昭和九年八月下獄した山田清三郎は、その年の「文芸」（十〜十一月号）に「プロ文壇に遺す言葉」を書いたが、その中で、「……あとの諸君は最近擡頭した作家で、これら新人達の活躍は、プロレタリア文学界に、非常に活気を与えている」と記し、そこに、森山啓、窪川鶴次郎、亀井勝一郎、川口浩、神近市子などのほかに、阿部六郎、藤原定、高沖陽造、長谷川一郎とならべて、保田与重郎の名前を記している(『プロレタリア文学史』下巻)。この間の移行・変質のより具体的な検討については、私はいま十分にそれを行う力をもたない。ただ漠然といいうると思われることは、それがまさに当時におけるマルクス主義そのものの中に構造的理由を含んでいたということと同時に、大きく保田その人のパースナリティによって誘導されたということである。しばしばいわれることであるが、小林多喜二の名によって象徴される悲劇が、ナップの指導理論としての蔵原理論によって、直線的にもたらされたと論証することの正しさと不十分さに対応する意味において、保田＝日本ロマン派の展開過程においても、その方法としてのイロニイ＝頽廃が排外・侵略のコオスに移行する場合、保田のパースナリティの果した役割は大きかったと思われる。たしかに、保田の初期の評論群の中に、後年のいわゆる「日本ロマン派」として知られるもの——狂熱的国粋主義の意味を感じとることは容易に自明なことがらではない。むしろ日本ロマン派全体として見ても、そこに見られる数々の排外主義侵略主義の含みというものも(芳賀檀のような奇型的表現をのぞいて)あらわに現実の言葉で説かれたものではなく、模糊とした心情の言葉で語られたものであった(その点、箕克彦の著述の中に、追放該当項目に当るものを見出すことが困難であったといわれる事情と通じるものさえあるといってよいであろう)。

しかし、それなら、通念として、「アジア的ファシスト」とよばれる保田のパースナリティを通してみるとき、そのいわゆる「侵略主義」の本質とはどのようなものか? ここで、率直に私の感じ方をいうと、私は、保田に粗暴な右翼ゴロツキ的な性情を認めることもできないし、洗練された新官僚的ファシストの面貌をも認めにくい。ただ、保田には、全くといってよいほど、勇気がなかったと考える。もしくは、ゲーテの言葉でいえば、Mut verloren, alles verloren の状況において、彼は、ほとんど完璧な弱者として己の存在を決定したといえると思う。それを、三・一五以降のひきつづく白色テロルのことといってもよいであろうし、別個の名前を指してもよいであろう。しかし、より本質的であったことは、彼が、何ものをも敵と感じえなかったほどに、それほどに徹底したイロニカルな弱者であったということであろう。それは、ほとんど阿Qを思わせるほどに——周知のように、阿Qの「正伝」は、打つづく「勝利の記録」によって始っている。阿Qには打負かさねばならぬほどの敵というものがいない——純粋な奴隷の思想の表現となっている。保田自身（私はそう推定するが）、「本当に我々は、人がよくて敵の存在を知らなかったのだろうか。敵とは何かの実感がなかったのであろうか、多少思い当ることは、敵の実体がなかったということだ。自分の心理にない実感は、実体もなかったのではないか。口先で鬼畜と云い、鬼畜の実を知らないのは、日本人の善良さだった……」（「祖国」一九五四年四月号）と記している。これは、事実と論理において甚しく奇怪な表現である。「敵の実感」「敵の実体」をもたない日本軍隊は、それならただ抽象的暴力として、人間的責任とかかわりない亡霊集団として、大陸アジアにあれ狂ったということになるのであろうか？　それほどに無邪気なものとして、保田らがなおあの戦争を考えているとすれば、それは恐るべき倒錯である。それこそヘーゲルのいう「悪魔的破廉恥」であり、「悪魔的な無邪気さ」であろう。

ただ、ここで、保田の心情と主観においては、恐らく偽瞞は行われていないと私は考える、むしろそこには、柳田国男が虚偽から区別した意味での「うそ」の心持が保たれていることは想像することができる。保田はそこでは、一切を心情のレベルでのたのしいうそとして語り、その点でも無意識にイロニイを弄している。それが神典的用語で語られるとき、それは極度に鮮烈な好戦・排外の色彩をおびるのであるが、それはそのままに実践につながるものではなかった。敵を認めようとしない侵略主義とは、その外形の極端さの反面、実質的にはつねに自己矛盾を含んでおり、むろんナチスのそれと比較しうるものでは全くなかった。

戦後、保田は、「追放中は、京都で『祖国社』をおこし、『祖国』を月々刊行してきた」(筑摩版『現代日本文学全集』第九四巻)と自ら記しているように、「祖国」の指導的地位に立ち、夥しい論文を書いている。この雑誌については、別個の検討に値すると私は考えるが、ここでは、そこにあらわれている無抵抗主義と、「イロニイとしてのアジア」という思想とに注目することにしたい。前者は「絶対平和論」として、数回にわたり「祖国」に掲載されているが、それと「本質としてのアジア」(=イロニイとしてのアジア)の論とは、一体のものとして観念されているのが特徴的である。

「……平和しかない生活、そういう生活の計画を先とする平和論が絶対平和論です、これは理想に生きるという上で、全面講和論よりもさらに非現実的かもしれません、しかし理想と熱意と誇りと光栄をもつています。その生活からは、戦争する余力も、戦争の必要もそうした考え方も起つてこない——そういう生活という意味です、そのため我々は二つの命題を立てることができます。一つは近代生活を羨望せぬこと、一つは近代文明以上に高次な精神と道徳の文明の眺望を自覚すること、この二つです。……アジアの本質は、そういう意味で近代の反対です。この反対ということは、アジアの魂の生得としていうのでなく、アジアの魂を育むアジアの生活としていうのです」(「祖国」一九五二年九月号、傍点原文)。

ここには日本ロマン派以来の「反近代主義」がアジアのレベルにまで拡大されて主張されているこ とが明かである。そしてまたその主張が、従前とかわらぬ非政治的性格の強調をともなっていることも特徴である。「我々の思想は、考え方を示そうとしているのです。政治的結論を与えようとするのではありません」「我々は一つの絶対論を立て、それを指導論として、一つの思想とその党派を作る考えも毛頭ないのです」「また我々は、何人の特別の援助をもうけていないのです。それもある種の人々が安心するように申しておきます」(以上「祖国」一九五〇年三月号)などとくりかえしのべられる。そして、そのような主張の根柢にあるアジアとは、もっと端的にいえば、西欧「近代」の支配を否認する精神のことであり、そのもっとも激烈な現われとして、朝鮮戦争における北鮮軍の「人海戦術」をあげることができるものである。その点について、「祖国正論」(「祖国」の無署名欄)は次のように記している。

「この人海戦術を可能にしているものは、必ずしも強暴な権力の圧迫とのみは考えられない。我々はそこにアジアの民の数百年に亙つてもちつづけた、完全主権恢復への、熱病的な狂奔を感じる……人海戦術を反ヒュマニズムなどと評するおもい上つたわが新聞論説家は、人海戦術からヒュマニズムの傷いた美を見出し、アジアへの愛を思いおこすべきである……」（「祖国」一九五〇年十月号）。

もちろん、この筆者はそれによって、中共の支配を認めようとするのではない（概して、保田ら旧日本ロマン派のグループが共産主義＝アジア・ナショナリズムの二重コンプレックスに対して、甚しく分裂した態度をとっていることは、指摘するまでもなく、象徴的である）。そして、そのような矛盾的態度を強いるアジアの現実を、「祖国」の人々はイロニイとして捉える。

「アジアは永遠です。アジアの永遠の中にはディアレクティクは存在しないのです。……しかし近代とはディアレクティクだということはできます。近代史の進展、近代人の支配形式、権力様式、陰謀覇道、それらはすべてディアレクティクです……アジアの立場は決して近代を破壊しようとは申しません。それが無くなることを願います。それと無関係な生活を、強固に精神の面と即応しつつうち立てるのが、その念願です」（「祖国」一九五〇年九月号）というように述べられる。ここから、「祖国」を通じ、ガンジーへの言及がくりかえされ、「近代」と「ディアレクティク」と「西欧」の否定を通して、「絶対平和」が主張される。再軍備論争に関して、次のようにいわれるのがその要約である。

「今日、日本人の選ぶべき道は現実の判断として三つあります。一つはアメリカの陣営に属するゆき方、二つはソ連に属するゆき方、この二つは情勢論です。三つめは、大方にいうて憲法九条を守るというゆき方、これを守るには、ただ近代の観念では守りきれません。……この三つのうち、三番めのみちが……これだけが日本人の生きてゆく道です。そうしてそれが、わが民族神話の伝える、神々の生活の基本型だということです……そしてその生活がなお大風に現在しているという意味です……」(「祖国」一九五〇年三月号)。

ここで、論者の主張の要点は、その平和論が、「近代」の現状を維持したままで平和を達成しようとする行き方と異るという点である。たとえば、「それは近代文化を否定する意味ですか」という問いにたいして、「そうとられてもかまいません。いや、無関心なのです。汽車がめざわりだというのではありません。それを破壊しようと思いません、しかしそれがなくなる時代がきてもよいのです。むしろなくなる時代のくるのを希望するのです。これは人間の幸福と論理の問題からです。そして破壊するということは、我々の否定するところです。厳密な論理として、近代文化の生活を追求している者は、米国かソ連のいずれかにつかねばならぬ始末となるのです」(「祖国」一九五〇年三月号)というところに、論旨は要約されているといえよう。論者は、この思想がガンジーのものであり、むしろ、より典型的には宣長のものであると縷々繰返しているが、ここではこれ以上の引用は行わない。ただ、以上に引用した文章は、保田の『日本に祈る』(一九五〇年十一月刊)所収の文章と内容を等しくする点からも、私としては、保田のものとして紹介したわけである。

ひとは、これらの引用から、何をまず感じるであろうか? かつての排外・侵略・好戦主義のチャンピオンの、これを鮮かな変貌と見るであろうか? それとも、ここに、ロマンティカーに法則的な機会主義的精神構造を見るであろうか? 無恥と無責任を見るであろうか?

私は、いま、立ち入った評価を下すことができない。それは、もはや、日本ロマン派の問題をはるかにこえる問題――たとえば、我国の伝統思想としての国学思想全体の再検討にもつながるからであり、これまでもしばしば言及しておいた「農本主義」の問題体系にも関連するからである。私がいま、ここで関心をいだく方向を示唆的にいえば、それは「祖国」にあらわれた現代ユートピア思想の意味である。その明瞭な限定性とともに、その含意する一定の現代的意味の問題である。しかし、それらの問題については、以下において考察することにしたい。

* しかしシュミットの『政治的ロマン主義』（一九二五年）には、殆ど悲劇的ともいうべき峻烈さがその内面に潜んでいたように私には感じられる。彼の師M・ウェーバーの発言（たとえば、「職業としての学問」）の中にも、すでに同じような予感が流れているが、それらに感じられる脅やかすような暗鬱な調子は、第一次大戦直後のドイツのロマン的精神状況の確認と、ワイマールの悲劇への予感といったものを反映していたといえよう。ともかくそのような調子は、同じロマン主義に対するハイネの毒舌、ブランデスの糾弾には見られないものであった。

** 最近芳賀檀は「学閥との闘争三十年」という文章を書いた。同じ主題の陽画《ポジ》に相当するものが『古典の親衛隊』（昭和十四年）の冒頭に描かれている。それは高貴なる日本の騎士芳賀が、同じくゲルマンの騎士ベルトラムに邂逅する絢爛な魂の絵巻物として記されているが、彼と此が同じ素材から作られていたことを比較確認することによって、なによりも鮮かに芳賀という妙な人物の透視像がえられるであろう。

*** サルトルの実存主義を例とすれば、それが「ロマン的合理主義」とよばるべき要素をもち、かつその合理主義が「近代的世界の諸技術に嚙みあうというより、唯我論的《ソリプシスティク》、ロマン主義的で、現実的な営為の領域からは疎外されている」（アイリス・マードック）といわるべきものであるとすれば、現代実存主義の心理的実質、並びにそのメタフィジクな志向の内容は、いわば二十世紀中期におけるロマンティシズムの適応形象にほかならないといえるように思う。そして、それが「ヒュマニズムである」といわれる限り、ロマン主義一般もまたそうであるといえるであろう。その最後の、かつ終局の関心が人間の疎外の問題であった限りにおいて。

**** そのメタフィジクの様々な試みは『きけわだつみのこえ』に幾つか見出される。近代の日本において、「死」をカリキュラムとして与えられた世代はほかになかった。「私は、私の肉体をうまく敵にぶちあてる様に、夢中になって射角表をこしらえた」（和田稔）――この「射角表」作成の問題集を前に、中学生のように脳漿をしぼったのが私たちの世代であるが、そのために、戦後において、「生から死へ」ではなく、その倒錯を生きる一群の不思議なメタフィジシャンの集団が生まれた。その概括概念は非歴史主義、ということであろう。

六　日本浪曼派と農本主義

日本ロマン派と農本主義思想の間に、あるパラレルな思想史的意味があることを、私は、さきに示唆的に述べておいた。しかし、もちろん、この二つの思想・運動の間に、なんら具体的な交渉が存在しなかったことは明かであり、その思想形成の手つづきやその主体の内面構造において も、直接的な関連があるとは認められない。通念としても、両者は全く別個の思想形象として考えられている。

日本ロマン派は、いわば解体期におけるインテリゲンチャのデスパレートな自己主張のパトロギーから生れ、イロニイと頽廃をその自覚的方法として表現したものであり、とくに、昭和十年前後における都市インテリゲンチャの退行的な行動様式の極端な一翼を形づくるものであった。そしてその主張内容には、革命的政治行動の挫折と閉塞に起源する心情世界への逃避がおくめんもなく氾濫していたのであり、保田に終始一貫する「時務情勢論」の拒否に見られるように、あらゆる政治責任の放棄という主情的逆説がそのロマンチシズムの冠冕となっていた。そのような立場からは、「事変（日中戦争）の地盤を問うて、事態を楽観すべきか悲観すべきかと考えるには、私はすでに史輿と詩趣を感ずる詩人でありすぎる」（保田「アジアの廃墟」）というような手のつけられないイロニイも自然なものであり、戦争の帰趨についても「すでに成敗も問わない」（同上）ということが平然と口にされたのである。私は主に保田の大陸紀行に類する雑文にあふれるその種の「史輿」「詩趣」にふれるごとに、そして、たとえば朝鮮を論じた部分などに見られる恐るべき民族主義的耽溺にふれるごとに、いわば「神聖な破廉恥」ともいうべきものを感じざるをえない。* しかし、反面、私にとって重要な問題と思われるのは、そのような無責任な「詩趣」を感じる心情のあり方が、決して私たちの根柢から失われてはいないだろうということである。いわば、そこには、子供のように「素直」なある心情の相貌があらわれていると認められるということ、そして、そこに「素直」と感じられるものの中に、日本近代の歩みを挫折せしめたさまざまな問題がひしめいているということである。

私が、日本ロマン派の問題に関連して、「農本主義」とよばれる伝統的な一つの思想の流れを対比したいと思うのは、いわばそのような「素直」さのあり方について、より広汎なパースペクティヴを設定してみたいということにほかならない。つまり、私は、日本ロマン派の問題は、結局、日本ロマン派だけの問題におわらないだろうと感じているのであり、また、この小市民インテリゲンチャの思想運動は、同様にただ一種の小市民的文学運動として理解するのでは十分でないだろうと考えるのである。そのような意味から、かつて、私は、ロマン主義運動をたんに知的な、文学的な運動として見ることを否定し、その中に「急速に推移する一時期の社会的傾向の反映」を見ようとするA・アリスの文章を引用し、政治行動の場面においてあるいは指導性をもちえたであろう知識層のグループが、どのようにして「夢想とユートピア的理想」に逃避するにいたったかという交錯的なダイメンジョンにおいて問題に接近する態度の必要をのべた（「文学」一九五八年四月号）。農本主義の問題がそのようなアプローチに交錯してくるということは、のちに見るように、保田自身の文章からも理由づけられるのであるが、それよりも、まず、日本ロマン派の運動がおこった当時における、一種漠然とした「郷土主義」ともいうべきものの雰囲気をかえりみることによっても、その間の関連性は明かだといってよいであろう。たとえば、次のような定式化的判断がある――

「……農本主義と文学の世界における日本浪漫主義とは対応する。前者が『革新者』であれば、後者も又一つの『流行への挑戦』である（「日本浪漫派広告」『コギト』一九三四年十一月）。前のものが官僚機構の命令政治に反対して非政治的な自主的共同体をつくろうとする運動であるならば、後のものも『時務』すなわち政治を拒否して（保田与重郎）イロニーの世界で『孤高の反抗』を行わんとする（亀井勝一郎「浪漫的自我の問題」『日本浪漫派』一九三五年三月創刊号）。ただ後者はどこまでも美的感覚的体験――それ自身が抽象的世界の中にある――の世界を離れなかっただけである」（藤田省三「天皇制とファシズム」――講座『現代思想』V）。

藤田によれば、日本ファシズムのイデオロギー形成に参加したもろもろの要因のうち、農本的郷土主義における「具体的生活」の強調と、いわゆる「転向」の内面的論理としての「具体的状況の直接的感覚的体験」への復帰とはパラレルにとらえられ、いわば「生の哲学」の日本的な表現が「転向」から「八紘一宇」につらなる日本ファシズムの形成過程に認められるとしている。そして、この要約は、事実情況のそれとしても正しいといえるであろう。その間の消息に立入るいとぐちとして、たとえば、ここで小林秀雄の「故郷を失った文学」（昭和八年）を思い浮べることは必ずしも不当ではないであろう。そこには、次のような文章があった。

「いつだったか京都からの帰途滝井孝作氏と同車した折だったが、何処かのトンネルを出たころ、窓越しにチラリと見えた山際の小径を眺めて滝井氏が突然ひどく感動したので驚いた。ああいう山道をみると子供の頃の思い出が油然と湧いて来て胸一杯になる、云々と語るのを聞きながら、自分にはわからぬと強く感じた。自分には田舎がわからぬと感じたのではない、自分には第一の故郷も、第二の故郷も、いやそもそも故郷という意味がわからぬと深く感じたのだ。思い出のない処には故郷はない。確固たる環境が齎す確固たる印象の数々が、つもりつもって作りあげた強い思い出を持った人でなければ政郷という言葉の孕む健康な感動はわからないのであろう」。

これは、もし、あらゆる歴史的状況と切りはなして、小林というユニークなモラリストの単純な感想として見れば、まことに印象的な自意識の記述というものにすぎないだろう。ここで滝井について語られたような経験は、誰しもが車窓に倚るときにしばしば味うことがらにすぎまい。にもかかわらず、そこには、それが昭和八年という時期——あたかもヒットラーとシェストフと「学芸自由同盟」と「不安の思想」の時期に書かれたものということを抜きにしても、一種パセティクな、悲劇的ともいうべき感情の挫折があるのを私は感じる。多くの人々が「望郷」の詩情を述べた。しかし、小林のこの文章のなかには、ほとんど不吉な調子さえこもっていた。そこには、たとえば、「季節に認識ありやなしや／我れの持たざるものは一切なり」（「郷土望景詩」）という日本ロマン派の先師萩原朔太郎のそれにかよう怨恨の感情が感じられる。「確固たる環境がもたらす確固たる印象」の全い解体の果に、急速に旋廻を始めようとする精神の姿勢が感じられる。つまり、小林が、同じエッセイの結びにおいて、「歴史はいつも否応なく伝統を壊す様に働く。個人はつねに否応なく伝統のほんとうの発見に近づくように成熟する」と書いたとき、それは「確固たる環境」において「つもりつもって作りあげた強い思い出」への観念的傾斜を暗示するものにほかならなかっただろう。「郷土喪失」の感情は、感傷として、もしくは、主知的な決断として、いずれも「素直」に「日本への回帰」のコオスに吸収されていった。そして、その事情を促進したものとして、「郷土喪失」のいわば形而下的な、実体的な側面があったことは見のがすことができないであろう。つまり、そこにはもはや牧歌的な「故郷」の実体は存在しなかった。故郷というものがわからぬと小林は嘆じたが、故郷というものがわかる人々にとっても、事態はむしろより不吉なものであったといってよいであろう。[**] ほぼ同じ頃、愛郷塾々主橘孝三郎は書いている——

「私はかつて、或る友人から次のような話をきいたことがある。〈その友人の住んでいる村の娘という娘が都会にあこがれて、そこの紡績工場の女工や、カフエーの女給なぞになって出かけて行ってしまった結果、こんどはさびしさ、わびしさの余り、青年までが一人去り二人去り、大半都会へ出かけていって、村には中老年ばかりが、徳川封建農法そのままのものにかじりついて営々として、これまたわびしく労働しているような有様になってしまったのであると〉」（「土の日本」)。

ここに満州事変前夜の農村恐慌のことをくりかえすまでもあるまい。権藤成卿が記すところも同じ時代にかかわっている――

「我農村は実に甚しく疲弊せり、将さに疲弊より衰滅に近づかんとする状況である。……今や農村救済の声は、貴賤上下到る処に喧しく、百家百説暁々嘵々たる有様なるも、……彼の食糧局の米穀管理と云い、自作農保護政策と云い、繭糸保護政策と云い、肥料配給施設と云い、雑然紛然何の効果も挙げず、……一面に生産過剰、物価低落を唱えながら一面には東北地方に饑餓地を造り、一面には食糧局の倉庫内に鉅額の腐蝕米を蔵しながら、一面には学校庭内に欠食児童を出し、而も其不景気回復を唱導せる言下に、驚く可き失職者の増加を見る。今ま之を如何に冷静に観察するも、不安危虞の外何物も認められぬ」(昭和七年『農村自救論』)。

いわば、「郷土」の喪失は、知性の問題であるばかりでなく、また、形而下の事態でもあった。かつての急進的な社会主義運動は、あらゆる「郷土」的なるものの意味に関して、これを「民族的」なるものとしてとらえた。そしてそれはそれで正しかったが、事実においては、十分にとらえきっていなかったことは、やはり否定することができないであろう。*** そして、プロレタリアートの指導による労農同盟という定式以外に、有効なアプローチを行う余裕もなかったし、また、その力もなかったといえよう。橘や権藤の農本主義思想は、喪失した郷土の恢復という点において、それぞれの分析手続をことにしながらも、日本ロマン派が心情の世界において試みた逆説的な復古主義に対応する意味において、ただし、すべてロマンティックなイロニイの思考法を全く排除する形において、いずれも共通の意識によってつながっていた。ただ、後者がひっきょうするところ文学運動であったかぎり、都市インテリゲンチャの浮動心理にのみ訴えたのに対し、前者は、権藤の場合は「大江広元以来」といわれた制度学者として華族層国粋主義者以下の守旧層に訴えることによって、橘の場合は、そのロマンチックな人道主義的情熱によって非都会的インテリ層（＝青年将校）にそれぞれ訴えることによって、いずれも五・一五事件の背景となった。

しかし、そのように、農本イデオロギーと日本ロマン派の間にはその知的方法と主体の面において明かな差異があり、保田の場合にもっとも明かなように、その非政治的態度は農本主義の含む実践的性格（加藤完治をみよ）ととくに著しい対照をなしているが、はじめに引いた藤田の類推をかえりみるまでもなく、その間に、イデオロギー上幾つかのパラレリズムが存在することは疑えないであろう。

農本イデオロギーの最も特徴的な表現として権藤の「社稷」＊＊＊＊の観念をあげることは不当でないであろう。この特徴的な理念は、ほとんど明白な反国家主義といってよいものであり、その徹底的郷土主義は、「プロシア式国家主義を基礎とした官治制度」に対して、ほとんどアナーキズムの意味をすらおびるものであった。権藤のいう「プロシア式国家主義」とは、保田における「文明開化」主義の同義語であり、その担い手としての「官僚」政治に対する農本主義の批判は、保田においては、「唯物論研究会」を含む「大正官僚式」の「アカデミズム」批判としてあらわれたといえよう。いわばこの二つの思想に共通する反近代主義は、一は制度学の観念的論証によるユートピアな国家批判として、他方は、国学の主情主義的美学にもとづく文明批判として、ともに明治以降の新国家形成の原理に対し一貫した批判を加えたものであった。権藤のいわゆる「翻訳立法の新国」という形容は、開化期官僚の「人工人為」に対する保田の批判にそのまま転用することができるのである。

もとより、保田における美学的文明批判の展開が、どこまでいったところで、正統な農本主義になりきることのないものであろうことは、保田自身、「小生の説が所謂農本主義でないことと、又農家の生活を近代化するといふ、習合主義や経営農業主義でないことは漸時明らかとなるとおもふ」（『日本に祈る』所収「農村記」）という風に書いていることからも明らかであろう。事実、保田は、いわゆる農本主義について言及したこともないと思われるし、私の意図も、保田のとくに戦後における論述の中に農本主義の等価を証明しようなどとするものではない。ただ、保田の日本美論の形であらわれた近代批判と、農本主義の「社稷体統」の理念にあらわれた国家批判とがいわば日本の土着思想に根ざしながら、それぞれトータルな「政治」と「文学」の批判を展開したという点において、そこに多くの問題を感じるという立場から、若干の論点を整理してみたいというにほかならない。

日本ロマン派と農本主義が、ある意味において、日本近代に対するトータルな文明批判の意味を共有したことは前にふれたが、しかしまた、保田が自己の思想をいわゆる農本主義と区別したことも言及しておいた。あらかじめいえば、その相異は、「政治」と「制度」の解釈における差別から生じており、そしてその背後には、両者における「自然」もしくは「神」の理念に関する相違があったといえるであろう。

「この道（＝神の道）を万般におしひろめることは、所謂農本主義ではない。封建の制度を維持するための農本主義や、御一新後の富国強兵政策のためにとられた農の尊重は、支配の一つの方法であつて、従つて神道に立脚するものではない」（『日本に祈る』所収「にひなめととしごひ」）。

したがって、通常、農本主義と見られるさまざまな思想形態の多くは、保田の視点からすれば古神道の農業理念とは背馳するものとなるし、農本思想の明治以降の展開がウルトラ・ナショナリズム——アジア主義のコオスを歩んだことと、日本ロマン派が周知のように同じコオスに行ったこととは、その志向において異るはずのものとされる。

いわゆる正統派農本主義のイデオロギー性は、それが「国体」の理念と結びつく場合にもっとも鋭くあらわれる。たとえば、「……国体と、家族制度と、小農制とは不可分のものとなっている。……即ち、国情が小農性を支持し、小農性が家族制度を支持し、家族制度が国体擁護の支柱となる」（岡田温「農村更生の原理と計画」）と規定し、もしくは、一般に農村の伝統的モラールの担い手として在村地主層に注目し、そこに「日本の武士道の継承者、風紀の養成者、元気の維持者」（横井時敬）を承認する時、それらは、いずれも、農業生産と結びついた自然村的共同体秩序をして「国体の最終の細胞」（丸山真男）たらしめ、山県有朋のいわゆる「春風和気子ヲ育シ孫ヲ長スルノ地」をして国体の制度的底礎部分たらしめるイデオロギーにほかならなかった。即ち、通常いわゆる農本主義は、明治の新国家形成が、その基本的な矛盾克服のために創出した家父長制的国家観のイデオロギー的支柱をなすものとして、概して「富国強兵政策のためにとられた農の尊重」にほかならなかった。それに対して、保田の農業生産の理念は、何よりもそのテオクラティクな無政府主義ともいうべき思想において異相を示すのである。

保田によれば、「政治」という儒教的理念の本質は、「すべての人間の生命の根本を供与するものを、何かの力によつて、自ら働き生むことなく支配しようとする考へ方」（同上）にほかならなかつた。同じように、「……米作りをなさずして、米作り人の生産物を支配することは容易であつた。そのことが政治といはれた。覇道とはさういふしくみである。……その考へ方が儒教によつて政治とよばれたのである」（同上）ともいわれ、「儒教の教へはさういふ力の支配者のための人工の神を与へ、それによつて政治を極力道義的ならしめ、その支配の持続に必要な平和を行はんとしたしくみである。百姓の生産物はかうして政治に支配され、その素朴な天造の道は、整然とした儒教的な天と神の思想に圧せられた」（同上）ともいわれた。

しかし、また、保田の農業理念の把握という点からすれば、彼が一般の神道的イデオロギーとも乖離することを見おとすことはできない。保田によれば、明治初年における神祇官の思想から、戦争中における平田神学の亜流による祭政一致の思想にいたるまで、すべて宣長によってせっかく開かれたこのみちの理念から逸脱したものにすぎなかった。

「御一新時の神祇官思想は、その志はともあれ、結果的に見れば、中世の吉田神道の系列に属してゐる。吉田神学は豊太閤を象徴とする国際宗教である……いはば進攻的教儀《ママ》である」。

「農業に顕現する生民立国の古制にして道なりし神道が、ここで〔吉田神学において〕封建的士人の支配的神道に一転したのである」。

「されば旧来の吉田学派的俗見によつて、祭政一致の思想をうけとつて来た人々には、小生の極めて簡明な思想がうけ入れ難いかも知れない。唯一神道を以て、政治と宗教の一体化を策し、物と心の支配を一主権に於て構成する形の祭政一致は、我が古道と関係なき中世以後の人工思想である」（以上、同上書より）。

つまり保田の「俗流」祭政一致思想批判の基本点は、それが封建時代においては儒教的な理念と妥協することによって、明治以降においては近代主権理論と妥協することによって、つねにいわば政治への屈服を表現したという点にあったといえるだろう。保田が宣長と篤胤に関説して、「思想上に於ける宣長の最も辛苦せる努力は、老子の所謂無政府的思想を論破した時である。この労力の成果を平田篤胤はうけとり得なかつた」といい、あわせて「人の作つたみちではない、天地自然のみちでもない、ただ一つのこのみちといつた宣長のことばを、今日の思想界の俗語にかへていふことは、小生の一つの務めだつた」（同上）というとき、保田の神道観と、彼の啓蒙的自負とはいちおう明白に示されている。要するに、保田は、いたるところで述べているように、宣長の思想の尋常な祖述者としてあらわれているにすぎない。

しかし、ここでは、古神道ないし国学の自然と神、政治と制度に対する思想を系統的に保田にまでたどることは必要ないであろう。ただ、保田の農の理念を中心に、ここでテオクラティクな無政府主義とかりに名づけたものを少し考察してみたい。

宣長学の基本的カテゴリイをなす「このみち」の思想には、一種のイロニイの意味があることをかつて私は述べた（「文学」一九五八年四月号）。そのもっとも見易いあらわれは、徳川政権に対する彼の周知の礼讃ということであろうが、さらに、本質的にはその「自然」もしくは「神」に関する観念構造の中に、すでにそれを見ることができる。

いうまでもなく、宣長は、一方において朱子学的な合理主義による世界構成を人為の恣意として斥けるとともに、他方、国学的思想と相似する老荘的自然哲学に対しても、「その自然は真の自然にあらず」としてこれを批判している。即ち、儒教的規範主義に対する宣長の否定は、人為的規範の否定によって見出された主情的な人間自然の強調とともに、より特徴的に、そのようにして見出された主情的人間意識の絶対化をも否定するのである。ここに宣長学における革命性と反動性の逆説的な結びつきの起源があったことはいうまでもないはずである。そして、そのような逆説的表現のもっとも端的な例は、例えば次のような文章に見ることができるものであろう。

「但しかれら〔老荘〕が道は、もともとさかしらを厭ふから自然の道をしいて立てんとする物なる故に、その自然は真の自然にあらず、もし自然に任すをよしとせば、さかしらなる世は、そのさかしらのままにてあらんこそ、真の自然には有べきにそのさかしらを厭ひ悪むは返りて自然に背ける強事なり」(「くずばな」下)。

さきの保田の引用にもあったように、「思想上に於て宣長が最も辛苦せる努力」がここにあったことは疑えないと私は思う。同時にまた、ここに国学思想をして我国近世思想史上のもっともユニークな形象たらしめた所以もあった。換言すれば、ここでの宣長の当面した問題は、一種の弁神論《テオディツェー》にほかならなかった。儒教的天の理念、老荘的自然の理念、旧神道におけるそれらの折衷的理念のすべてを否定した地点において、宣長は新たに倫理的なテオゴニイもしくはエスノジェ

て集約的に表象されていることを見るだけで十分である。たとえば、

「古の人々は、その稲の起源を無窮の昔と思ひ、将来に亘る永遠を信じた。万世一系と天壌無窮は、秦始皇的野望の願望や慾望の人工より出た抽象観念でなく、この生活とその生活の中に貫れてゐる、神の道の実相感であつた」(同上)。

このような思考の論理を、ヨーロッパ思想史のカテゴリイに移して一般的に捉えるならば、いわゆる「生の哲学」と、その基本的特徴としての実感主義——マンハイムが「直接に現存するもの、実践的具体的なものへの執着」(『保守的思想』参照)と呼んだものがそれにあたるであろう。また、その「古は今にあり」という体験内容が、同じくマンハイムのいう保守主義的体験の特質——「歴史的出来事を今日なお生きている過去の成分から体験し、同時にまたここからその緊張《テンション》(Seelische Hingespanntheitsrichtung)を獲得する」という内容に相似することは明かであろう。ともあれ、保田は、このような生体験のもっとも具体的実体として、あまりにも端的にわれわれの「主食」生産のいとなみをもち出すわけである。その保守的体験の表明する文明論は、たとえば次のようにいわれる。

「米作地帯の伝統とその文化より生れた世界観が立脚点だといふことは、一層簡単にすれば、米を食ふこと、米を作るといふことが、目下の我々の思想と道義の根本問題となると換言し得るのである。それは観念的に恣意に作られた思想でない。我々が米を作り米によつて生きるといふ様式を改変するなら、問題は消失する。しかし小生は仮空談をしてゐるのではない。のみならず小生は、米を作るといふ形の生活様式を、最も正しいと信じてゐるのである」(同上)。

「誰であつても、米作地帯といふものを地政学的に考察し、さういふ人口地帯に生れ生きてゐるといふ前提に於て、なほかつ近代の生活へのあこがれを云々出来るといふことは、その人が歴史的な矛盾に対し無智であると共に、良心的な犯罪の常習者たるをあらはすものである」(同上)。

しかし、このような発言の異様さは、「米作」というかわりに宣長の「このみち」を置き、「近代」というかわりに「からごころ」を置きかえるならば、国学的思考の文脈においてはなんらの奇怪な論ではない。つまり、保田の国学的農本思想は、宣長の神道思想に含まれていた「よろづの国のおや国、本つ御国」という特異な膨脹主義の契機を極徴にまで圧縮し、いわばその政治的機能の側面を全く消去する方向において見出された「米作」の理念にほかならなかった。このことは、日本の敗戦と、戦後の極度な食糧事情の窮迫という現実の衝撃によってひきおこされた機会主義的認識の再構成に対応する変容と思われるが、そこにまた、従来の国学思想に見られなかった種類の「アジア」論が触発されていることは注目される。

「岡倉天心が美の歴史によつて観念的に考へた、アジアは一つだといふことばは、米作りといふ生活とその生活の中の道徳によつて、一つに結合し、今や運命を一つにおかれてゐる現状である」(「にひなめとしごひ」)。

「米作文化」のカテゴリイによって「アジア」の普遍的理念を国学的にとらえるこのような発想は、宣長の思想のある核心部分をあいまいにすることによって、かえって一種常識的に理解しうるものとなっており、恐らくそのことは、日本ロマン派の思想的エネルギーの衰退をも意味するのではないかと私は思う。

ともあれ、このように見てくると、保田の「農本主義」が実は一個の世界理念の形態であり、しいていえば国学的農本主義と称すべきものであることがわかる。それは、権藤成卿のように制度学的農本主義でもなく、横井時敬のように官僚エリート的な重農主義でもなく、橘孝三郎のように人道主義的農本思想でもない。それは宣長の「みち」の思想の延長線上に立つことによってテオクラシーの理念を表現し、その非政治的構成の徹底によって無政府主義の相貌をおびるものであった。

しかし、もともと、文学史的事件としての日本ロマン派を、なんらかの農本思想と関連させて論じることは、このあたりが限界であるかもしれない。私はただ、日本ロマン派の思想の含むあいまいさと異様さを照明する一視角として、その思想史背景としての国学的＝農本的起源に曲りなりにアプローチを試みたにすぎない。

＊ たとえば『蒙疆』（昭和十八年刊）所収「朝鮮の印象」など、『風景と歴史』（昭和十五年刊）所収「アジアの廃墟」などを見よ。

「往路に朝鮮を行つた私は、朝鮮の変化に驚嘆したのである。私が初めて朝鮮に行つたのは満洲事変の翌年であつた。……さういふ時代に比べると、朝鮮は土地も人も一変した感であつた。……信じ難い程な転向に、反つて私は驚嘆を再びするのである。……朝鮮民族主義者の考へたような、国とか独立とかいふことが、すべて机上の既往の旧体制の理論概念に過ぎなかつたといふことを私は知つた。……大陸兵站基地論にも色々の批評があるかも知れない。しかしこれはこれとして率直にきいて気持よいことである。……内鮮は一体と言ひ、鮮満は一如といふ如き思想は、大陸兵站基地論といふ形になつたとき、今度の事変思想中の最大のロマンチシズムの一つと考へられる」(「アジアの廃墟」)。

私は、戦後、たとえば金達寿『後裔の街』、許南麒『朝鮮冬物語』を読んだ時の驚きを忘れえない。しかも、保田が「内鮮一体」の実状にふれて恣な皇道讃美を行っていたうらづけのように、李光洙(香山光郎)の「行者」という凄じいまでに醜悪な転向論が「文学界」(昭和十六年三月号)に載っていることを思い合わさずにはいられない。植民帝国主義の問題は、そのもっとも実存的な形態においては、人間の魂の至美と至醜にかかわる問題であることを、保田や李光洙、金や許の場合について私は痛切に感じる。因みに、李光洙の「行者」の載っている「文学界」は、林房雄の有名な「転向に就いて」を掲載した号である。


** 神島二郎は「都市」――「農村」の関係を「第二のムラ」――「第一のムラ」として表現し、「第一のムラ」(=自然村的秩序)が「第二のムラ」を媒介として天皇制権力の基盤となっているとのべている。そして、ここで私が述べたと同じ事情について、次のように記している。

「……それらの人々(=都市居住者)も、やがて第二次大戦も戦局苛烈をきわめるころ、重い荷物を負い、老人、子供をつれて群をなしていそいだ疎開によってその現実を――そして偉大なる距離のマギーを発見しないではいなかった。まことに明治以降の〈近代化過程〉は、自然村の経済的、精神的基礎をむしばみ、これを群化(=アトマイズ)しないではいなかったのである。ここでは〈第一のムラ人〉も〈第二のムラ人〉化しはじめていたのである」(「庶民の意識における分極と統合」)。このような「群化」過程は、もちろん日本の近代化過程とともに始っており、私のように「郷里」と「東京」の間を学生として往復したものには、そのつど底ふかい不安を感じさせるほどに明瞭であった。ここで日本ロマン派についてほんの臆測をのべると、私は、小林とちがって故郷というものの実体的イメージが「わかり」、しかも、それが解体しつつあるという感覚をいだいた種類の少年において、初めて日本ロマン派は比較的純粋な実感として受取られたのではないかと思う。そしてその実感の基盤としては、文学的感受性というよりも、「上方」ないし関西の風景・風物の経験がかなり意味をもったのではないかと思う。

＊＊＊　いわゆる「日本主義」の風潮に対して、マルクス主義者がどのように闘ったか、そこにはどういう意味での欠点があり、それが、戦後、どのように批判されているかということは、それ自体一つのまとまったテーマとなるであろう。私のこのエッセイの全体なども、それに対するやや傍流的な寄与ということをひそかに期待しているにすぎない。たとえば中野重治の「一般的なものへの呪い」（昭和十二年）、宮本百合子の「全体主義への吟味」（「自由」昭和十二年十月号）などで行われた「中味のつまった」日本主義イデオロギー批判は、現在、どのように評価されるか？　戸坂潤、永田広志はどうか？　また、たとえば、その中野が戦後、「近代文学」の座談会で、「こっちはマルクス主義を本で、論理の世界で読んでいて、日本の生活としてはつかんでいないんだね。そうつかまなければ本ものでないという〈感覚〉が出来てないのだ」と回想していることは、問題の全体から学ぶために、どういう意味をもつか？　結局、私たちは、「民族的なるもの」のひきおこした事実としての惨害の中から、何かを明確に学んだかどうか？　これらの点について検討が行われることは必要であるが、それはむしろ日本の共産主義運動の歴史に関する問題として、このエッセイのいわば背景をなしているものであり、自ら別個独立のエッセイを必要とするはずである。

**** 権藤の「社稷」の観念は、もっとも簡潔にいえば「ゲマインシャフト」のそれといっていいであろう。この理念は、『自治民範』に説かれるように、「東洋学」的なものである。

「東洋学の造詣なき一部の学者は、社稷一歩を進めて其国を成立せし以上は、草昧時代の幻影たる社稷を捉えて、彼是云為することは、全く無用であると云うが、是れは基督教国人の帝国とか王国とか称すべきものを知りて、東洋の社稷なる意義を解せぬ為である。……明治以来一般日本の学問界に社稷観が喪亡したのは、学者が東洋学に注意せぬ様になった結果である」。

「我国は実に社稷の上に建設されて居る、故に農本である。農の字を細かに味えば、国民衣食住製造の意、国民大多数の意、又た古代に於ける国民の総称である。彼の世間に暁々たる民本主義、民主主義、社会主義、其等の各主義に依りて構成されたる学説、其学説が実行に入れば、決して其国土、気温、民俗の本質、衣食住物資生産の実際を無視する訳には行くまい。蓋し是等各主義の人も、社稷観の素養がなくては、其実行動作が或は破壊的に陥る。……故に他の如何なる主張学説に対しても、虚心坦懐に其趣旨実相を確め、然る後之れが取捨採否を決すべきものである……」（『自治民範』第二講第一「補批」）。

ここにいわれる「社稷」――「農本」の観念は、ほとんどルソー的な Commune の理念を思わせるものがあり、「各種各色異同ある幾多の自治郷邑を一匡して、国をなせる」所以について、それは、「衣食住の安泰、男女の調和、人類自然の要求に率い、千万人一様一色なる企望に生ずる共存共済の観念、此観念が一人の心を推して千万人の心を測り、千万人の心を集めて一人の心と成し、……斉しく幸福を増進せしめし結果である」（傍点原文）と論ずるとき、私は、そこに「一般意思」に関する古風な規定をさえ見るように感じる。

****国学の一般的性格に類似するキリスト教国の思想形象を求めるならば、そのイデオロギー的性格においては反合理主義の立場においてロマン主義が、その理論的性格においてはネオ・プラトニズムからデカルトにいたる超越神の理念が、それにあたるのであろう。後者についていえば、デカルトにおいて「所謂永遠の真理と呼ばれている数学上の真理も実はかのあらゆる被造物と同じく神によって制定され、神に全く依存している、云々」という絶対的な恣意として把握される神と、「世中の万の事はことごとく神の御心より出で」天地万物の「運転は神の御しわざ也」(「呵刈葭下」)とする宣長の神とは、その作為者としての絶対性を共通しているといえるであろう。ここから、また、デカルトやマルブランシュの機会原因論(Okkasionalisumus)と相似する国学的機会主義も生れてくると考えられる。

しかし、国学的神学のもっとも著しい特徴は、そのようにある意味では絶対的超越者として考えられた創造者としての皇祖神が、その究極の合理的根拠を「事跡」の中にあらわしているということであろう。いいかえれば、人の心の動き(もののあわれ)を含めた経験世界の触目的、感覚的実存の総体が、逆に神々の存在理由を制約していることであろう。換言すれば、儒教的な天理に対する宣長の究極的な反対は、「事の跡につきて」「あたる」か否かを基準としており、いわば発生論と価値論との同一化がその弁神論に実存的に前提されているのである。宣長における theogony と Ethnogeny の連続と、他面先に見たような万象を「運転」する神々と人間との断絶という矛盾した契機は、感覚的所与としての現実に対する動的な受容(=もののあわれ)において統一される。国学思想に流れる機会主義は右のような構造をもつことによって、いわば相対化された歴史的相対主義としてあらわれる。それは、いいかえればあらゆる「進歩」に追随しうる「保守主義」、すべての「反動」に矛盾しない「革新主義」となるのである。

七　美意識と政治

私はこの「序説」の副題として「耽美的パトリオティズムの系譜」という言葉をえらんでおいた。この言葉は、実はある外国種のヒントによって与えられたものである。[*]

ここで、「パトリオティズム」という言葉を選んだのは、「ナショナリズム」という政治学的な用語を避ける意味もあった。いいかえれば、戦争中の日本における一種のウルトラ・ナショナリズムは、政治的なナショナリズムというより、むしろパトリオティズムとよんだ方が適当であろうという考えがあったからである。さらに、戦争下の国民的エネルギーを、あのように極度にまで動員したものが、いわゆるナショナリズムであったとすれば、戦後におけるその急激な解消・分散の現象は、やや理解しにくくなるということも念頭にあった。そして、戦前と戦後に一貫する国民の精神構造を追及しようとする場合、むしろ曖昧な根源性をおびるパトリオティズムの視角をとることが便宜であると考えたわけである。

いうまでもなく、ナショナリズムが歴史的・構造的にある一定の意味をおびるのに比べて、パトリオティズムは、しばしばいわれるように、エスノセントリックな原始感情をその母胎としている。ミヘルスのいう「鐘楼のパトリオティズム」はそのシンボリカルな表現であるが、日本風にそれをいいなおせば、「産土神《うぶすながみ》のパトリオティズム」とでもいいうるものであろう。それは、山河の自然、風土の遺制と一体化したロマン主義的な感情であり、ドイツ語でいみじくも、「郷土の痛み」(Heimweh) とよばれる奥ふかい人間の危機感に関わるものであった。保田の愛誦する陶淵明の「帰去来之辞」にこめられた感情がそれであり、ノヴァーリスの「われらはつねに家へ帰る」の意味がそれであろう。現代の実存哲学が「故郷なきことがわれらの宿命である」(ハイデッガー) を前提とする場合にも、その根源にあるものは、いわばネガティヴな「故郷」の意識であったといえよう。

このような感情は、とくに保田において典型化されてあらわれている。彼の思想と情緒の形成が、いかにその郷里大和の風物・伝承によって促がされたかは、かれのしばしば「お国自慢」にちかい口吻によって、鮮かに語られている。

「生を日本の故国に享けた私は、その年少の日々の見聞と遊戯に、国の宮址を知り、歌枕を憶え、古社寺を聞いた。その山河草木は我らの子供心に大倭宮廷の英雄や詩人や美女の俤を口承として暖く教へたのである。それは私のなつかしい回想である」(『戴冠詩人の御一人者』緒言)。

また、『万葉集の精神』の冒頭「万葉集と家持」の章においても、保田は郷里に中学生だったころの回想をのべ、己れの万葉に対する親近性が、いかに通常の古典的教養と類を異にするかをやや優越感まじりに語っている。

「そのころ（＝中学時代）から思へば気持の中の万葉集も、私には幾変遷した古いものとなつた。万葉集の遺跡を足で歩いてゐたころを考へると、今でもそんな中学生があるだらうかと、却つてあればきざつぽい思ひがするほどに思ふ。しかしそのころはわれながらすなほだつた。一日に幾里歩いたと言つたことや、どこからどこまで歩いたといふことを、話題ではそんなことを専らにして、あの途中には湯原王の御歌の鴨の鳴いた山蔭のあとといふ所があつたし、あちらの方は上田秋成も行つた由の紀行文もあつた、などといふ話ぶりで、よそからくる旅行者のやうに、万葉調一点ばりのひたぶるさでは勿論なかつた」。

このような調子の中に、私は保田の郷土ショービニズムというべきものを感じとる。そして、それはそれで自然であったと思うとともに、その土地がたまたま大和朝廷の風土であったということが、保田の美意識もしくは歴史意識に対して、決定的な意味をもったことを思わないではいられない。保田自身、次のように書く――

「我国に於て、古典が土俗であつたと思はれたことは、私の生立による特殊な現象かもしれない。しかし日本の古典の精神を保存する場所が、故郷の風景か、さなくばむしろ土俗に近い庶民の状態にあつたといふ無慙な事実を知つたことは、我々の文芸に厳粛な自覚を導いたのである。さうして日本の最高な人倫の源流であるものと、最下の草莽をつなぐものが、何らの中間の仲介をもつてゐない、しかもそれは長い間の歴史の精神であつたことを、私は漸く激しく信じた」（同上）。

ここでまず知られることは、土俗＝歴史＝古典という理念が、現存する大和の風物から直接にひき出されているということであり、いわば感性的所与として実在するということであろう。このことは、たとえば小林秀雄における古典＝美意識との比較において、両者の間にしばしば一種の同質性がいわれるにもかかわらず、決定的な差異をなす点であると私は考える。また同時に、その点に、保田のロマンチシズムとドイツ浪曼派との断れ目も見出されるはずである。以下、それらの点について、二、三の考察を行ってみたい。

まず試みに、小林と保田の文学と歴史に対する態度の差異を、思いつくままに並べてみるならば、次のような視角が考えられるであろう。

第一に、保田の歴史ないし伝統は、上記のようないみで、感性的郷土に基礎をおいていた。このことは「自分には……そもそも故郷という意味がわからぬ」という小林とは明かに異なっている。

第二に、小林の美意識が、むしろ過剰な自意識解析の果に、一種の決断主義として規定されるのに反し、保田の国学的主情主義は、本来的なロマン主義的精神構造をそなえ、慟哭恋闕などの言葉に示されるように、むしろ没主体への傾向が著しい。

第三に、それらと関連して、小林における歴史的個体（古典）の意味は、主体的な努力によって明かにされるのに対し、保田においては、それは祖述＝解釈によって明かにされる。

第四に、そこから、たとえば戦争という歴史的現実は、保田においてはロマン化されたイロニイとしてあらわれるが、小林においては、それはあくまで個人的な決断の対象となる。

もとより、これらの指標は任意に提起したものにすぎないが、両者における差異のおおよそは察知することができるはずである。これらの点から、保田の文章における一種の少年めいたオプティミズムと、小林における一種大人めいたペシミズムのちがいも理解しうるかもしれない。さらに付言すれば、保田と小林に通ずる反近代主義は、前者においてはいわば terminus a quo であるのに対し、後者ではそれは terminus ad quem であるという関係が考えられよう。

マルクス主義に対する関係においてもそこには明かな差異がある。簡単にいえば保田はマルクス主義の弁証法をイロニイに転化したのだが、小林はそれを社会思想として、実体化された科学として受取っている。時代の一般的風潮からいえば、マルクス主義へのアプローチは小林において正統的であり、保田においてはそうでない。このことは、両者の世代的差異によっても説明されるであろうし、勿論教養と感性の異質性によっても説明されるであろう。

また、すべてそれらは、小林における近代の疾病の痛烈な自意識と、保田におけるその自意識の稀薄さにも関連しよう。それは、「故郷」のない貧しい文学青年と、大和の豪商的旧家の子弟の生活背景の差異にも因るであろう。交友関係においても、小林には辛辣・苛酷ないくつものドラマがあるのに反し、保田にはむしろボンボン的な駘蕩の趣きがいちじるしいようにみえる。要するに「近代の超克」は心理的には前者において課題であり、後者においてはむしろ前提であった。

たとえば次のような文章がある。

「劍をとつた二人の間に、修身教室の倫理から正義と不義の現れをとくなどは、概して後世堕落の民の習俗である。瞬間の切迫の中にさういふ空論はない。……源氏ならば頼朝のために肝脳地にまみれさすが正しく、平家ならば清盛のために死すが正しい」(『日本の橋』所収「木曾冠者」)。

本多秋五は、この箇所を引用しながら「かりに小林秀雄の文章のなかに挿入したとしても、さして奇異の感をいだかせないだろう」といい、『無常といふこと』の時期の小林は「案外にも保田与重郎と相去ること遠くないのである」と評している(本多「小林秀雄再論」)。

たしかに前掲の文章や、「今日私がソヴェート人ならばスターリンの完全奴隷となつていささかもスターリンにヒュマニズムがないなどの愚言は言はないし、現に私は日本人であるから、日本の正義を己の住家とする自信から敢へて云々せぬ」というような、そのすぐあとの文章などには、小林秀雄的なものがあるといえよう。

「ある理論の眼で日本の神聖を云ふことさへ、すでに今日では日本人である私にとつては、大へんな空語と思はれる。矢の放たれた瞬間は考慮や批判を超越する。その批評はその瞬間に成立した血の体系だけが描くのである」(保田、前掲エッセイ)。

「疑はうとすれば、今日ほど疑ひの種の揃つてゐる時はないのだ。一切が疑はしい。……疑はしいものは一切疑つてみよ。人間の精神を小馬鹿にした様な赤裸の物の動きが見えるだらう。そして性慾の様に疑へない君のエゴティズム即ち愛国心といふものが見えるだらう……」(小林「神風といふ言葉について」)。

これらの文章には、いずれも現実の絶対容認ともいうべき心的態度が語られている。いずれもが、インテリ風な小理窟をこねるな! といっていることにはかわりないが、ここでも、保田においては現実の姿が「血の体系」という美的なイメージによって、意識の曼陀羅として描かれるのに対し、小林における現実は、懐疑という意識解析的方法の駆使のあげくに、究極的な決断のエレメントとしてあらわれている。決断の契機は前者においてよりも、小林においてより強烈なのである。古典や戦争の姿が、小林の場合、かれの強靱な個性の風貌を付与されてあらわれるのに対し、保田の場合にはそこに保田の相貌が強烈にあらわれるということがなく、むしろ情緒的に縁どられてあらわれるということも、それに因由するといえよう。

さて、保田と小林とが戦争のイデオローグとしてもっともユニークな存在であったこと、かれらが、インテリ層の戦争への傾斜を促進する上で、もっとも影響多かったことはことわるまでもあるまい。そして、その場合、いずれもが、現実に対する独得なオブスキュランチズムの鼓吹者であったこともいうまでもあるまい。しかし、ここで問題となるのは、かれらに共通する一種の反政治的思想であり、しかもそれが、もっとも政治的に有効な作用を及ぼしえたことの意味である。私が「耽美的パトリオティズム」と名づけたものの精神構造と、政治との関係が改めて問われねばならないことになる。

美と政治とが全く異る価値領域に属することはことわるまでもないだろう。それはその実現の場において異るばかりでなく、その成立する理由に関しても異質である。美と政治とは、関係がないという意味でしか関わりをもたない二つのカテゴリイであると考えられるほかはないようである。

しかし、わが国の精神風土において、「美」がいかにも不思議な、むしろ越権的な役割をさえ果してきたことは、少しく日本の思想史の内面に眼をそそぐならば、誰しも明かにみてとることのできる事実である。日本人の生活と思想において、あたかも西欧社会における神の観念のように、普遍的に包括するものが「美」にほかならなかったということができよう。西欧における宗教にあたるものが日本の美であったという観察は、たとえば加藤周一の文明批評の主要モチーフの一つをなしている。日本の生活と思想の内面には、政治に対する美の原理的優越ともいうべきものがみられるとさえ考えられるのである。

「西洋の神の役割を、日本の二千年の歴史の中で演じてきたのは、感覚的な〈自然〉である。その結果、形而上学ではなく独特の芸術が栄え、思想的な文化ではなく、感覚的な文化が洗練された。（略）われわれが今なお人間の文明に寄与することができるかもしれない領域の一つは、依然として造形と色彩の感覚的領域だろうと思われる。日本人は生活を美化する、見た眼に美しくするためには、生活の直接の目的さえも犠牲にしたのだ。食品でないものを食事の皿の上にならべ、美しく寒い部屋でほとんど暖房のない冬を忍ぶことのできる国民は他にない。」

しかし、美のために何ごとでも忍ぶことのできた国民は、同時に観念のためには、何ごとも忍ばない国民であった。殉教も、宗教戦争もおこりようがない。超越的な神が考えられなかったように、すべての価値も人生を超越しなかった。価値の意識は常に日常生活の直接の経験から生みだされたのであり、本来感覚的な美的価値でさえも容易に生活を離れようとはしなかったのである。屏風、扇子、巻物、掛軸……日本画の伝統的な枠は、西洋画の抽象的な額ぶちではなかった。そしておそらくそのことと、たとえば個人の自由が絶対化されず、容易に家族的意識の中に解消されるということとの間には、密接な関係がある」（「近代日本の文明史的位置」）。

このように美意識が生活原理として浸透しているところにおいては、当然にまた政治意識構造にもある著しい特徴があらわれることになる。それを予め要約していえば、政治の基本的カテゴリイとしての「支配と服従」関係（権力関係）において、その正統性原理（Legitimitätsprinzip）が美意識の位相においてあらわれる傾向を示すということであろう。もとより、ある権力がいわゆる支配類型（Typen der Herrschaft）のどの型に属するにせよ、それが人間の美意識に一定の影響を与えることは容易に推察できることがらである。だからこそ、われわれは、ある社会のある時代が生み出した芸術的遺品をとおして、とくにそれが支配者層のプレスティージュを表現する意味を含んだものである場合、そこからその権力支配の特徴的な関係を推定することもできるのである。

しかし、日本社会における政治意識と美意識の関係については、その支配の特質にもとづく独自の構造が考えられねばならない。前記の正統性原理の美意識化ということ、いいかえれば、政治が政治として意識せられる以前に、政治の作用が日常的な生活意識の次元で、その美意識の内容として受けとられるということがとくに問題となるであろう。

いうまでもなく、政治意識は、一方に現実の政治過程を決定する政治主体の内面的統一のエネルギーとして、他方においては、被支配者の政治過程に対する承認ないし抵抗のエネルギーとしてあらわれる。そして、その場合、政治意識の形成理由となる根源的感覚は、ラスキのいわゆる「比較的少数の人間におそろしく巨大な人間が服従している」という事実に対してこれを「一個の驚くべき現象」と見る能力にほかならないであろう。なぜこの権力がわれわれに服従を要求し強制することができるのか、という不断の問題意識こそが、近代政治のダイナミックを構成するものにほかならなかった。いうまでもなく、そのような意識は、近代的個人主義の成立を前提としており、それと関連して、国家権力に対する契約説的視角の徹底を前提としている。しかも、その場合、政治意識の根本的前提となるものは、人間に対するペシミスティクな観点であり、性悪説といわれる人間関係のリアルな把握にほかならない。

しかし、日本政治における天皇制の政治観念には、右に掲げたようなダイナミックの動因となる要素は欠如していた。それはほとんど二十世紀に残存する唯一の近代的神政政治ともいうべきシステムであって、天皇権力の正統化は「天壌無窮」を形容詞とする一種の伝統主義的支配として行われた。M・ウェーバーのいわゆる「永遠に昨日なるもの」(Das ewig Gestrige)に対する帰依と臣従が人間存在の基本形式であり、天皇支配という「驚くべき現象」に対する懐疑や抵抗は心理的にも不可能であった。なぜなら、天皇支配の原理は国家構造の底辺細胞をなす家族と部落共同体においてもひとしく貫通しており、天皇権力への懐疑はそのまま個人生活の日常的局面における自壊を意味したからである。

このことを、別の視角から見るならば、本来的な政治の動学が成立しないことを意味した。つまり、政治的動学の基盤をなす政治的価値(=権力)の葛藤関係が、究極的には悠久な国体論のフレームのなかに吸収されるという構造があったからである。そのことは、日本政治システムの「無責任の体系」性とよばれる本質によっても理解することができよう。そのシステムにおいては、究極的な政治責任は「無限の縦軸」としての「皇運」のなかに解消される仕組になっているが、そもそも、責任のない政治的決定というものがありえないという意味で、そこに現象する政治過程の全体像は、結局一種の自然過程（既成事実への屈従過程）としか考えられないことになる。

このような政治理念とその意識形態の原型としてまず思い浮べられるものは、おそらく国学にあらわれた政治の理念であろう。そして国学的政治理念のもっともラジカルな（そして、それ故にいまもなお追求に値いするところの）表現は、前にも引用した宣長の反自然主義的立場に見出されるであろう。そのいわゆる「さかしらなる世は、そのさかしらのままにてあらんこそ、真の自然には有べきにそのさかしらを厭ひ悪むは返りて自然に背ける強事なり」云々に示された政治思想こそ、日本政治がついにその限界を超えることのなかった思想であった。もとより、明治維新以降の政治的営為があり、富国強兵と自由民権と立憲政治等々の努力がつみあげられたことは事実であった。しかし、その一世紀に垂んとする「政治的」行動の極限において、あるサイクルの終結を思わせるかのように、再び国学的「自然」の観念が究極の根拠としてあらわれる。「神州不滅」の理念は戦争体制を根本的に可能ならしめた思想にほかならなかったが、その場合においても、「神州」はどこまでも感性的自然としての日本国土を意味したのであり、Civitate Dei に含まれる超越的・彼岸的意味は全く脱落していた。いわば、日本列島の実在性が疑われない限り、日本政治もまた実在的であるという非政治的次元でのみ、それは有効な政治原理として機能したのである。

おそらく、政治意識の美意識への還元は、右にのべたような「自然」観念を媒介として成立すると考えてよいであろう。「さかしらのままにてある」自然という思想は、まさに和魂と荒魂の馳駆する感性界の即自的・美的容認を意味するが、それはまた、いわば人間的自然と自然的自然の未分離を意味していた。そこでは、政治はその機能的巨大化によって不可抗力のイメージとしてあらわれたのではなく、そもそも非政治的自然としてあらわれることによって、はじめから抵抗の対象たりえない本質として考えられたのである。

その場合、人間の政治的諸関係はむしろ自然関係として表象される。近代日本の文学史のいわゆる自然主義の「自然」が、ヨーロッパ的自然概念と異質の意識を前提していることはしばしば指摘されるが、そこでも自然は人間感性の即自的状況の意味であらわれ、いわば人間的欲望（主情主義）の展開として考えられている。すべてこのような自然概念の支配する精神風土において、政治状態はそのまま自然状態と同一視されることになる。人間の欲望的自然の展開形態として考えられた政治は、いわゆる「欲望ナチュラリズム」の表現にほかならないものであり、その帰一する究極の価値的イメージが、一種コスモロギッシュな理念としての「天壌無窮」にほかならなかった。そこでは、政治はある「自然」な無窮運動のごときものとして表象される。それは、丸山真男のいわゆる「縦軸の無限性によって担保」された無限定な価値の流出――産出の形態にほかならなかった。

このような「政治」理念が、たとえばカール・シュミットのいう「友＝敵関係」としての政治理念といかに異質であるかは明白であろう。そして、むしろそのような政治の表象は人間の美的関心の領域に移行する傾きを示すことも理解しうるであろう。そのことを、当面の問題として保田と小林に関連させて述べるならば、およそ次のように考えることができるであろう。

まず、政治的現実の把握において、両者に共通するある態度が注目される。それは、政治を「伝統」もしくは「歴史」のうちに解消する態度である。そして、小林や保田において、「歴史」は「伝統」と同一化せられ、それらは、いずれもまた「美」意識の等価とみられたのである。小林における「歴史」が「美」の別名であり、歴史的所与に対する感性的共感の総体を意味したことはここでは詳論しない（後掲、補論参照）。保田においてもまた、「歴史」の追及と「美の擁護」とは同じ意味をもっていた。端的にいうならば、郷土大和の風土と伝承に対する耽美的愛着の同心円的拡大がかれの「歴史意識」にほかならなかったのであり、その場合の「歴史」とは、カール・マンハイムのいわゆる「同空間者」（Raumgenossen）の意識を内容とするものにほかならなかった。そこではもっとも人為的な「政治」の介入する余地はなかったのである。

このような精神構造において、ある政治的現実の形成は、それが形成されおわった瞬間に、そのまま永遠の過去として、歴史として美化されることになる。人間はいかなる鬱憤・怨恨をそれに対して抱懐しようとも、竟にその「昨日」に対して一指も染めることはできない、そこでは、「永遠に昨日なるもの、われらをひきゆく」という断念が人生論の核心をなすことになる。こうして、絶対に変更することのできない現実―歴史―美の一体化観念が、耽美的現実主義の聖三位一体を形成する。保田や小林が、「戦争イデオローグ」としてもっとも成功することができたのは、戦争という政治的極限形態の苛酷さに対して、日本の伝統思想のうち、唯一つ、上述の意味での「美意識」のみがこれを耐え忍ぶことを可能ならしめたからである。いかなる現実もそれが「昨日」となり「思い出」となる時は美しい。保田は、伝統的美的意識へのアピールによって、「十五年戦争」の現実を「昨日」として、「歴史」として生きることを訓えたのであり、それらが永遠に崩壊することのない「美」の規範によって支えられていることを、自信を以て解釈してみせたのである。いわば、人間にとってもっとも耐えがたい時代を生きるもののために、あたかも殉教者の力に類推しうるものとして、現実と歴史を成立せしめる根源的実在としての「美」を説いたわけである。かれの「国粋主義」が、「ウルトラ・ナショナリズム」というよりも、むしろ「耽美的パトリオティズム」と呼ぶにふさわしいのは、そのためである。

しかし、また、その「美」が、一種の根源的実在として提示されたものである限り、それが現在もなお、ある隠された原理として作用していることは否定できないのである。

* このエッセイを書き始めたころ、私は「週刊新潮」（だったと思う、今、確かめることができない）で、米国の週刊誌が三島由紀夫の『潮騒』について「臆面もない審美的愛国主義が表現されている」といっている紹介記事を見た。そして三島自身、その評語を肯定した談話がのっていた。私はそれを面白いと見たので、ややモディファイしてエッセイの副題に選んだわけである。

** 保田はいう――「我々に於ては、要請のための論理は全然不用であり、代りに註釈があるのみである。註釈は人工人為による変更解釈でなく、相伝継承である」（『文明一新論』所収「文化精神の一新」）。

補論一　「社会化した私」をめぐって

――プロレタリア文学の挫折と小林秀雄――

一

「社会化された自我」というのは、周知のように、小林秀雄の『私小説論』（昭和十年）に登場する理念であり、ほとんど「神話」のように語りつがれ、論じつがれたものといわれる。そこには、次のような有名なパラグラフがある。

「フランスでも自然主義小説が爛熟期に達した時に、私小説の運動があらわれた。バレスがそうであり、つづくジイドもプルウストもそうである。彼等が各自遂にいかなる頂に達したとしても、その創作の動因には、同じ憧憬、つまり十九世紀自然主義思想の重圧の為に解体した人間性を再建しようとする焦燥があった。彼等がこの仕事の為に、〈私〉を研究して誤らなかったのは、彼等の〈私〉がその時既に充分に社会化した〈私〉であったからである」。

これは、ある意味では『私小説論』の「序論でもあり、結論でもある」（本多秋五）とよばれる部分であるが、見られるとおり、そこにはなんら難解な知見がこめられているわけではなく、また神秘らしい語り口が見られるわけでもない。

小林は、右のパラグラフにつづけて、

「ルソオは『懺悔録』でただ己れの実生活を描こうと思ったのでもなければ、ましてこれを巧に表現しようと苦しんだのでもないのであって、彼を駈り立てたものは、社会における個人というものの持つ意味であり、自然に於ける人間の位置に関する熱烈な思想である。……彼の思想はたとえ彼の口から語られなくても、彼の口真似はしなかったにせよゲエテにも、セナンクウルにもコンスタンにも滲み込んでいた……彼等の私小説の主人公等がどの様に己れの実生活的意義を疑っているにせよ、作者等の頭には個人と自然や社会との確然たる対決が存したのである」。

と記している。これらの文意にも曖昧なところはない。「社会化した〈私〉」という表現法も、たんに「社会的自我」という尤もらしい表現法よりも、むしろ小林の正確な着眼と解析力を示しているといった方がいいだろうとぼくは思う。

ともあれ、『私小説論』について、しばしばいわれる「特別の難解さ」「曖昧な概念と生煮えの論理の組立」というような評語は、少くともこれらの部分についてはいいえないだろう。「社会化した〈私〉」という理念そのものの平明さはいうまでもなく、そのようなヨーロッパ的「私」との対比のもとに解析された近代日本文学の「私」の姿も、またきわめて明瞭であるというほかはないものである。

ここで、便宜上あらかじめ『私小説論』の論旨を要約してみると、右にのべたようなヨーロッパ的「私」の追求が、小林の同時代者であるジイドにおいて、一つの方法的な極限を達成したプロセスとの対比において、花袋に始まる日本的「私小説」の認識論ないし意識形態論的特質を明かにすることが一つ、次には、マルクス主義というトータルな思想形象の衝撃の結果、いわば強制的に〈私〉の「社会化」が要求され、そこに生じた方法的次元の断層にもとづく悲劇的混乱の終熄状態において、いわば初めて思想史的同時代の次元における「私」の問題が文学と思想の課題としてリアリティをもつにいたったことを宣言することが他の一つであったとみられる。

小林は、ジイドの「文学」と花袋の「文学」の倒錯的な対比については次のようにのべている。

「花袋が文学を素足のままで土の上に立たせるについて決心した事は、人生観上の理想主義と離別する事であり、この離別は彼には文学の技法上に新しい道を発見させ、この発見が又私生活を正当化する理論ともなったのだが、ジイドにあっては事情が悉く違うのである。彼が文学の素足を云々する時、彼は在来の文学方法に反抗したのでもなければ、新しい文学的態度を発見したのでもない。凡そ文学というものが信ずるに足りぬという自覚、自意識が文学に屈従する理由はないという自覚を語ったのだ。花袋が〈私〉を信ずるとは、私生活と私小説とを信ずる事であった。ジイドにとって〈私〉を信ずるとは、私のうちの実験室だけを信じて他の一切を信じないと云う事であった」。

これも論理上なんら曖昧なところはないし、文学史的事実の要約としても(「やや誇張にすぎる嫌いもあるが」と小林はことわっているが)とくに飛躍的な分析を含んでいるとは思われない。

そこにのべられていることがらを図式的に換言すれば、ジイドにとって、社会に対する「私」の存在は明証的であり、疑うことができない。疑うべきものは「文学」にほかならなかったのに対し、花袋に象徴される「私小説」作家にとって、社会に対する「私」の存在は極度に曖昧なものであり、その明証性のごときは、いかなる社会的リアリティによっても保証されていない。かえって疑うべからざるものは、己の「私生活」と、「文学」にほかならなかった。

このような要約は、さきの小林の記述とともに、たとえば、伊藤整のやや角度のことなる分析によってもうらづけられるであろう。伊藤は、いわゆる「私小説」の方法の「新しさ」が、「描くために、描くに値する自己を、行為において形成するという形で……生を実験した」という点にまで達したとき、そこに日本の「私小説的方法の一極点」が認められるとしている（『小説の方法』）。それは「社会的無の立場においてのみ日本の作家は生活を発見した」ということと同義であり、社会的等価の極小値における人間が、いかにして「生活」を発見し、開発することができたかという奇妙な事態をしめす表現であろう。この問題は、日本における近代的自我の未成熟の問題として、広汎な学問領域でとりあげられているものにほかならず、同様に、日本近代文学の特殊な性格の基盤を問う問題を形成している。個別的には日本自然主義の奇妙な錯覚の問題もそこから生じている。つまり、ヨーロッパの自然主義がブルジョア的自我と自然科学の方法的結合から生れたのにたいし、日本においては、封建性に浸潤された生き方が、科学というよりも「自然」のロマン的イメージの中にその人生観上の新たな工夫を見出したというにすぎず、そのことによって、日本社会の近代化の底辺によどんだ自然状態に内面的に対応する方法を作り出したということにほかならなかった。『私小説論』において、「わが国の作家達は、西洋作家等の技法に現れている限りの思想を、成る程悉く受入れたには違いなかったが、これらの思想は、作家めいめいの夢を育てたに過ぎなかった。めいめいの夢から脱し社会化しようにも、その地盤がなかった」「文学自体に外から生き物の様に働きかける思想の力というものは当時の作家等が夢にも考えなかったことである」というのは、そのような事情に関わっている。

このような事情の下では、文学は、その成立と方法の本質からして、「社会」と「個人」の間に生ずる複雑・広汎な交渉を「典型」化し、「理念」化することができない。いいかえれば、「思想」という作業仮設の総合機能は、いかなるレベルにおいても作品形成のプロセスに与えることがない。なぜなら、一般に「思想」が、「神」ないし「絶対精神」等々の現世的実現としての「社会」もしくは「自然」に対して、個人がどのように交渉するかという問題についての合理主義的な作業仮設の体系を意味するとすれば、日本の近代社会において、そのように思想が形成原理として機能した場合は、恐らくは明治初期における特殊なケースを例外として、かつて存在しなかったからである。「政府ありて国民《ネーション》なし」という福沢諭吉の指摘に含まれる社会の認識論的構造は、これを個人に引なおしていえば、「私生活ありて個人なし」と表現していいものであった。いわば「自然状態」としての一人の人間動物の存在と、「政府」(=権力)という即自的な暴力機構とが対応したのであり、同じ専制権力の構造といっても、それは到底ホッブス的なリヴァイアサンの擬制に類推しうるものではなかった。そこから、無媒介に実在する権力(=国家)と「私生活」の中間概念としての「社会」は、「本来あいまいで、どうにでも解釈がつき、しかも所詮はうつろい行く現象にすぎない」(丸山真男「日本の思想」)という認識が必然となった。そして、このような個人意識の構造の内面から、くりかえして噴出しようとする合理主義的衝動は、まもなく、「家族国家論」というオリジナルな全体的擬制によって上から吸収されつくしてしまう。我国の自然主義が、その特殊な相貌をととのえるのは、あたかもその時期に当っていた。結果として、個人に残されたものは、「臣民」の擬制的名辞と、自然状態としての「私生活」とにほかならなかった。こうして、「私生活」にともなう様々な「夢」を描く多彩な「技法」は、そのまま「私生活」そのものの社会的不安を内向的に反映する術として展開したが、「私生活」とそれらの「技法」の全体とを疑う意識は、ついに「文学」そのものの中から生れることはなかった。

伊藤整は、そのような日本近代文学の内容を概括して、「日本人が近代の西欧に学んだものは、その最大の〈自然児〉ルソーの道であって、そこから進まなかった。そこを日本の自然人的に書きなおし、そこで円を描いた」と要約している。たしかに、近代日本においては、いつの時代でも、日本型ルソーとよばれうる思想家・文人を見出すことが容易である。現代文学者の中にさえそれを見出すことは困難でないのではないか。

しかし、小林の『私小説論』と、そのいわば中心的理念となっている「社会化された私」の問題性は、そのようないわば文学史的分析の部分にあるのではなく、むしろ、マルクス主義という「思想」の衝撃による錯乱的な状況の理解に関わる部分にあることはいうまでもあるまい。現在、なおこの言葉が問題的な意味をおびているのも、勿論その意味においてであり、以下のパラグラフもその関連においてしばしば引用される部分である。

「マルクシズム文学が輸入されるに至って、作家等の日常生活に対する反抗ははじめて決定的なものとなった。輸入されたものは文学的技法ではなく、社会的思想であったという事は、言って見れば当り前の事の様だが、作家の個人的技法のうちに解消し難い絶対的な普遍的な姿で、思想というものが文壇に輸入されたという事は、わが国近代小説が遭遇した新事件だったのであって、この事件の新しさということを置いて、続いて起った文学界の混乱を説明し難いのである」。

ここにいわれる「日常生活への反抗」ということは、さきに「合理主義的衝動」と呼んだものと等価のものであろう。そして、その論旨は、わが国におけるマルクス主義の思想史的役割に関して、一般に認められた知見を示しているといってよい。マルクス主義は、その完璧な体系性によって、むしろ「近世合理主義の論理とキリスト教の良心と近代科学の実験操作の精神と」を一手に兼ねて日本人の知的構造の中に実現しようとしたものであること、いわば、デカルト・ベーコンいらいの近代精神に内在した論理、小林によって「個人と社会との確然たる対決」とよばれた思想の論理の全体を、一きょに「私生活」の前に提示したということ、そして、そこに、悲劇的な事態が生じたということは、現在、明かな思想史上の事実と認められている（例えば、丸山真男、前掲論文参照）。さきの伊藤整の言葉に即していえば、マルクス主義は、日本文学の描いた平面的なルソーの円を、強制的に立体面にまで引上げようとしたことになる。『私小説論』の論旨はここでもきわめて明瞭であるといってよい。

二

小林の「社会化した私」の理念は、すでに概観したように、当時の日本文学のおかれた情況を解析するための科学的概念として提示された。それはジイドの「冒険」にカルミネートした「帰納的な手法」と「極度の相対主義」の思想史的・論理的分析からみちびかれて、日本的「自我」と文学の論理的・認識論的関係を照明するための操作概念として用いられた。それはきわめて有効・明晰な処理であったから、さまざまな形で後の近代的文学論の中に摂受される知見を多く含んでいた。(いわばそれは、日本資本主義の発達に関する講座派の知見に類推しうる意味をもった。)

しかし、この理念が、昭和期文学の遭遇した初めての異常な混乱に対して、適切な解析と見透しとを与えたということは、小林自身のその後の批評活動との関連でみるとき、必ずしも問題を含まないわけではない。要約的にいえば、「社会化した私」の問題がまさに文学的リアリティとして造型される端初に達したことを論証したはずの小林が、いわゆる「文芸復興」の文壇的中心として結集した「文学界」において、どのように、その「社会化した私」の実現を行ったかということである。上来の論旨からいって、「文学界」を「左翼と芸術派の相互滲透」の場所とみなし、その最低(?)綱領の中心項目がこの「社会化した自我」の理念であったと考えることはもっとも容易な推理であろう。事実、「社会化した私」の問題が現在とりあげられるとき、問題の中心はそのような文脈で捉えられるのが通常である。

しかし、その場合、この理念の評価に関しては、二つの強調法が区別されるといえよう。つまり、「社会化した私」のうち、いわば「社会化」に重点をおく見方と、「私」に重点をおく見方とである。

後者の見方はたとえば次のようにあらわれる。

「しかし、小林にとって、《社会化した私》という場合、その『社会』と『私』のいずれの側により多くの重みがかかっていたかといえば、疑もなくそれは『私』の側であった。《最近のジイドの転向問題（ジイドの共産主義反対の声明をさす）を機として起った行動主義文学の運動にしても、傍観者たる僕には未だ語るべきものもない》とあっさり彼は書いているが、ジイドについてあれほど熱心に語った小林が、ジイドのソヴェートへの接近については、かつて一度も本気で言及したことがなかったのは特徴的である」（本多秋五）。

この評価にはその限り問題はなさそうである。しかし、「疑いもなくそれは《私》の側であった」という時、本多の論旨を徹底させるためには、「社会化した私」の理念に到達するまでの小林の解析手つづきのうちに、それが再び「私」の立場に帰着しなければならなかった必然的理由が追求されなければならなかっただろう。小林の解析方法の徹底ということが、らっきょうの皮をむくように、「社会化した私」の根拠にそのまま新たな「私」の皮を見出すことにほかならないということが論証されなければならなかっただろう。つまり、たんに「疑いもなく私の側にあった」とすることは、それを裏返して、「疑いもなく社会の側にあった」とすることが、『私小説論』の解釈として決して誤解でありえない以上、かなり一方的な評価におわる可能性がともなう。なるほど、彼は、ジイドの「転向」は論じなかったかもしれない。しかし、日本的自我の問題については、徹底的に論じている。そして、その論旨が、もっとも強烈に炸裂するのは、周知のように、日本のマルクス主義にあらわれたさきの「悲劇」に関連しており、そこに鋭く露呈せざるをえなかった「概念による欺瞞」「虚栄」に関連していた。小林が問題にしたものがいわば「社会的自我」の成立根拠の解析にあった限り、ジイドの「転向」や「再転向」を論じなかったことから、好みの結論を引き出すことが論者の自由であるにせよ、問題の性急な解決を急ぐことにしかなるまい。

彼はマルクス主義の日本的形態について次のように言っている。

「自然主義作家がその反抗者等とともに、全力をあげて観察し解釈し表現した日常生活が、彼等〔マルクス主義者〕によって否定されたのは、彼等が従来の日常生活の表情を失ったからではなく、彼等は改変された概念を通じてすべてのものを眺めた、眺める事は取捨する事であり、観察とは即ち清算を意味した。彼等は自己省察を忘れたのではない、省察に際して事毎に小市民性を暴露するが如き自我は、省察するに足りなかったのである。感情も感覚も教養もこれを新しく発明しようとする冒険乃至は欺瞞が、清算という意志或は行為のかげに行われた」。

ここで「冒険乃至は欺瞞」とよばれているものは、別のところで、

「私は諸君の情熱を聊かも笑っていはしない。併し又私は諸君を動かす概念による欺瞞を、概念による虚栄を知っている。その欺瞞は諸君が同志との袂別に、同志の死に流す涙にも交っているだろう。私は既に作品上で、如何に諸君が人間を故意に歪めて書いたかも知っている、愛情の問題を如何に不埒な手つきで扱ったかも知っている、又諸君がどんな恋愛をしているかも、どんな奇態な夫婦喧嘩をしているかも知っているのだ、社会正義を唱えつつ人間軽蔑を説く、これを私は錯乱と呼ぶのである」（昭和七年「現代文学の不安」）。

とほとんどデマゴーグの口調とスレスレのところで糾弾したことがらをふまえている。後の文章では「欺瞞」「虚栄」とよばれているものが、『私小説論』では「冒険」「欺瞞」とよびかえられているが、その用語のニュアンスのちがいに、小林の側の心理的理由を探ることも大して意味はないだろう。むしろ、小林がそこに見出した「欺瞞」は、『私小説論』の中に、構成上やや奇妙な形で挿入されている「社会的伝統」論との関連で十分理解しうるものであろう。

私がここで「社会的伝統論」とことごとしくよぶのは、『私小説論』の「4」の大半を占める部分のことである。それは、

「社会的伝統というものは奇怪なものだ、これがないところに文学的リアリティというものもまた考えられないとは一層奇怪なことである。伝統主義がいいか悪いか問題ではない、伝統というものが実際僕等に働いている力の分析が、僕等の能力を超えている事が、言いたいのだ」。

と、やや咏嘆的に書きおこしている部分のことである。そこで小林の述べていることがらは、『様々なる意匠』いらい、小林の駆使した自意識解析の批評方法が到達した一つの限界的認識であったといってよいと思われる。かつて、小林は「解析の眩暈の末」に、「傑作の豊富性の底を流れる作者の宿命の主調低音」をきくことによって、己の「批評の可能を悟」ったと書いた。いま、小林は、およそ「文学的リアリティ」の無限の拡散と収縮の運動の解析の果に、「社会的伝統」という「奇怪」なものにつき当る。「作者の宿命」の主低調音は、「社会」の「伝統」として社会性のカテゴリイに転化する。そのとき、「ただ一つの単語でもよい。……言葉は社会化し大衆化するに準じて言わばその比重を増すのである。どの様に巧みに発明された新語も、長い間人間

の脂や汗や血や肉が染みこんで生きつづけている言葉の魔力には及ばない……」という「社会化した宿命」ともいうべきものが小林の究極のイメージとなる。これは、いうまでもなく、のちの『歴史と文学』を予想させるためらいがちな序奏部の思想であろう。

「一つの単語でもよい」と小林が書いたとき、おそらくは小林の全感覚がとらえていたものは日本中世を原型とするさまざまなあわれな日本語の姿と、「左翼用語」（それはのちに新体制用語に転化する）との間に口をひらいた深淵の意識であったかもしれない。そこでは、言葉はたんなる「概念」として「脂や汗や血や肉」には無縁のものであった。すべての単語は、「プロレタリアート」を目的とする「本質論」的な図式の中に排列された。そこには小林のいう強烈な「目的論的魅惑」が存在した。そしてその「魅惑」にともなう情熱的な（欺瞞的な！）「冒険」に対しては、小林はくりかえしのべているように、何ら軽視はしていない。

小林は「文芸批評の科学性」（昭和六年四月）において、「無限的なものの認識」は、「可能であると同時に不可能である」「そして、それが必要なすべてである」という趣旨のエンゲルスの言葉を引きながら、自己の批評的立場を決定的に述べている。それは、「作品はいつも眼前に、何等の価値概念も付与されず、客観物として在るのです。作品の機能は、作品自身がみんな持っています。そういう事実をどうする事も出来やしません。この事実は率直に腹に入れた後は、批評家には、批評実践の困難だけが問題である筈ではありませんか」（「文芸批評の科学性」）という「実践」的態度である。それはまた、作品の「芸術的価値」論に関連していえば、「作品の社会的等価の発見、これだけで既にラプラスの鬼を必要とする」という科学的認識の立場であり、「芸術作品を一般社会関係に還元する戦の困難を深刻に悟れ」という叱咤となってあらわれる倫理的立場である。これらは、「概念による欺瞞」が芸術批評の場面にあらわれた場合のポレミークであるが、このような考え方は、いわゆる「芸術フェチシズム」に類似することを指摘することもできよう。そして、それが「社会」ないし「現実」の問題に移行するとき、そこにいわば「現実フェチシズム」とよぶべき様相をあらわすことも類推しうることであろう。

「人間精神は絶対自然と常に照応するというただ一つの座標をもっていればよい」というふうに小林は断定している（「アシルと亀の子」Ｉ）が、それは、具体的作品に臨むとき、「作品というあるがままの存在があなた自身の自意識の完全な機能とならなければ駄目なのである」（同）という完結した批評方法をみちびくものであった。ここで「作品」ということを、「自然」とおきかえても勿論よいし、さらに、「現実」と換言しても一向に差支えないはずであった。しかも、小林によれば、「現実」は「困難」の同義語であり、「努力」は「現実」の同義語であった（「マルクスの悟達」）。したがって、「自然」も「作品」も「現実」も、ただそこに無限の自意識の錯乱をともなう「努力」（＝「実行」）の場にほかならない。この思想は、小林の全作品のライトモチーフと見てよいものであり、小林の「倫理性」の鮮かな相貌をつたえるものである。「何故に自分を疑うことから初めないのか、何故に若年にして而も自ら労せず人生一般に関する明瞭な確信がほしいのか」（「現代文学の不安」）という類いの言葉は、ほとんど通俗的な封建倫理に膚接するきわどさで語られている。しかし、それは、小林の批評活動の当初において明瞭にあらわれている自覚にほかならなかった。「世間は広い、文学なんか屁とも思わない冷酷な教養をもった勤勉な青年がいくらいるかわかりはしない」」(「アシルと亀の子」Ⅱ) というような厳しい言葉は、インテリ的弱気と正反対のものとして放たれているのである。小林が「宿命」とよんだもの、それは、自己批評の究極的ヴィジョンとして、自意識の錯乱・解体のための方法的根拠として考えられるものであった。いうまでもなく、小林の全批評活動の目的は、そのような「宿命」をあらゆる自意識の操作の果に直観することにあった。

このような「現実」へのピエテートともいうべき態度は、たとえば福沢諭吉を論じた次のような箇所にもよく語られている。小林がそこを引いているのは、『文明論之概略』の中、「恰も一身にして二生を経るが如く、一人にして両身あるが如し」云々という有名な箇所の前後である。小林は、そこにあらわれた福沢の非凡さについて、以下のように言う。これはきわめて解り易く小林の人生観をのべていると思われるから、やや長いが引用しておきたい。

「僕は、こういう文に現われた著者の眼力を非凡と見、今も尚新しいと言いたいのである。一見、殊更な説を立てているようで、実はそうではない。……頭のいい人が捏ね上げた意見ではない。眼力の優れた人が看破した実相の描写である。当時の民心の騒乱、事物の紛擾、これは見まいとしても眼に入らざるを得ない光景だったであろうから、誰もが見ていた筈だ。然しそういう光景の〈今の一世を過れば、決して再び得べからざる〉特質は、福沢諭吉だけが本当に見破ったのである、そして彼はこれを僥倖と名づけた。……〔凡庸な眼を持った尤もらしい観察家〕は観察しなければならぬものは既に観察し得たと信じた。実は、観察など少しもしたわけではなかった。見まいとしても自ら眼に入る世論の騒乱が彼等の空な眼に飛び込み、彼等の弾力のない理性にその原因を併せ教えたに過ぎなかったのである。原因が解って了えば、世の実相に眼を据える必要はおろか、世の実相が自ら眼に飛び込んでくる必要もなくなる。眼前の実相は解決すべき問題と変るからである。これは、凡そ空論というものが生れる例外のない筋道で、別に解り難いところはない。……彼が、殊更彼独特の見方を工夫していたり、持っていたとは思わない。ただ、彼の世人にも見えていた同じものを、世人の眼より遥かに粘り強い眼力で見据えていた。……恐らく彼にとって、原因を見定めるという事は、現に在る世相の騒乱の動かし難い性格に、いよいよ眼が据わるという事に他ならなかった。……彼がもっとはっきり承知していたのは、問題を解決する鍵を現に見えている世の中の状態の外に探ってはならないという事であった。……」（「感想」Ⅱ）。

「批評とは竟に己れの夢を懐疑的に語る事ではないのか？」とは『様々なる意匠』の有名なテーゼである。そして、夢とは、また絶対的な現実の姿であった。ここには、福沢を「ダシ」にして見事に小林の夢が語られている。ここにのべられた思想は、すでに『Xへの手紙』の中で「社会のあるがままの錯乱と矛盾とをそのまま受納する事に堪える個性を強い個性という。彼の眼と現実との間には、何等理論的媒介物はない。彼の個人的実践の場は社会よりも広くもなければ狭くもない」という形でもあらわれており、「事変の新しさ」「戦争について」「戦争と平和」等々に、ほとんど同じ言葉でくりかえし説かれているものである。

このような「リアリズム」の性格を何と名づけようとも自由である。ただ、ぼくは、ここで、そのような「リアリズム」に関して、「さて、実生活の上で死んだ自我は、現実生活では大勢に順応することによって、成熟して大人となり、官僚や軍人との交際によって自我の社会化を成熟した。元警保局長を黒幕とする文芸懇談会への『文学界』一派の人々の参加は、云々」（佐々木基一）というようにやゆすることは、話の結末をつけるための「おち」として以外に、それほど有効でないだろうと思う。それは小林の場合にかぎらない。一般に昭和十年前後の問題を考えるとき、そこに「解決すべき問題」を性急に求めようとすることはなお誤りであるとぼくは思う。小林的にいえば、そこには「困難」しかないはずであり、鶴見俊輔的にいえば「いつはてるともない仕方で、しかし確実に進みながら」（「戦後日本の思想状況」）解決にみちびかるべき問題があるだけである。たとえば、つぎのような中野重治の発言がある。これは、「……あの当時本質的にはブルジョア自由主義者である人たちとしても、もう少し自己を貫くバックボーンがあってもよさそうなものなのに、コミュニズムをケルンとした運動から離れるや、とたんに弱くなってしまった、ということはどういうことですかね」という本多秋五の質問に対して、答えたものである。

「直接そのことの答えになるかならんかわからんけれども、〈マル芸〉なんかはむろん子供っぽい典型だったと思うけれども、とにかく日本のマルクス主義が、幕末以後の日本の独立のためのいろんな動き、自由民権の動き、下層の生活改善乃至改良、あらゆる改善、改良主義、あらゆる革命的な動き、こういうものを歴史的に整理して捉えてこなかったということが大きな原因になっているように僕は思う。……こっちはマルクス主義を本で、論理の世界で読んでいて、日本の生活としてはつかんでいないんだね。そうつかまなければ本ものでないという〈感覚〉が出来てないのだ。その感覚が出来ていたら、いろんな文学運動の分裂騒ぎやなんかでも、あんなところで、両方ともあんないがみ合をしてる席ではないというところに実際問題が行ったろうと思う。……マルクス主義を勉強していても日本の生活全体でのそういう面まで眼がゆかなかった。やっぱりおふくろの物売りに対する態度なんかがよくないと言ったり、(笑)　そういう点がずっと積り積って、それが一つの社会的な力を持つ。こうなればそれそのものが社会の実相から離れる。離れたために運動が工合が悪くなれば自信がぐらつく」(「近代文学」一九五四年四月号〔座談会「ナルプ解散前後と転向の問題」〕)。

このような中野の眼と、先に引いたように、「何故に青年にして而も自ら労せず人生一般に関する明瞭な確信がほしいのか」という小林の眼とは微妙に交錯しながら、同じ問題を見つめていたはずである。事実、「素樸ということ」などに対して、小林はむしろ敬服の念をいだいていたのであり、そのような感情は、のちに見る「中野重治君へ」の文章の背景にもよみとることができるはずである。同じ座談会で、中野は次のような感想をのべている。

「ロシアでは、青年のレーニンが一八〇〇年代の終りごろからロシア問題をやっていたんだから、日本の青年も、まして壮年以後は、日本の問題をやってゆかないと足をすくわれると思うなア」。

小林が「社会化した私」から、「歴史と文学」における「戦争という現実の絶対化」に移行したことは、しばしば一種の「転向」のように理解され、少くとも、そこには微妙かつ深刻なカーヴが描かれたように解されている。「僕は自分の精神の様々な可能性を出来るなら一つ残らず追求してみたいという不遜な希いにかられているだけだ」という小林の「近代的」相貌から、「生きた人生の正体が即ちロヂックというものの正体なのだ、この正体を合理的に解釈する為の武器として或は装置としてロヂックがあるのではない」（「事変の新しさ」）といい、さらに、「……戦争が始っている現在、自分の掛替えのない命が既に自分のものではなくなっているという事に気が付く筈だ。日本の国に生を享けている限り、戦争が始った以上、自分で自分の生死を自由に取扱う事は出来ない。たとえ人類の名に於ても、……将来はいざ知らず、国民というものが戦争の単位として動かす事が出来ぬ以上、そこに土台を置いて現在に処そうとする覚悟以外には、どんな覚悟も間違いだと思う」（「戦争について」）という没理論の立場への移行は、それを移行といえばたしかに「独自なカーヴ」を描いたもののように見える。しかし、それならば、小林はおくればせの「転向者」であったといえようか。ぼくの考えでは、その批評活動の端緒において、「ただ一つの意匠をあまり信用し過ぎない為に、寧ろあらゆる意匠を信用しようと努めたに過ぎない」（「様々なる意匠」）と書いた批評家が「転向者」であろうとは思えない。「俺は自分の感受性の独特な動きだけに誠実でありさえすればと希っていたというより寧ろそう強いられていたのだ、文字通り強いられているだけで俺には充分だった」（「Xへの手紙」）という小林は、そのままその簡潔なモチーフを様々な現実の主題として展開したにすぎない。人はそこにむしろ「私小説」の方法と等価な批評の運動を見るべきであり、あたかも志賀直哉が「転向」に無縁であったように、小林の宿命の中にも「転向」の色合いを見ることはできないだろう。

　それでは、「社会化した私」の理念は結局何を意味するか？　ぼくは、やや奇矯な形でこの問題の解釈をしてみようと思う。

三

「社会化した私」という理念について、ぼくは、むしろ、それをいかなる意味でも積極に解しないのが正しいだろうと思う。それは、そこに何らかの希望的観測を托すべきポジティヴな思想でありえなかったとぼくは思う。いわばそれは一つの否定的な予言であったとぼくは考える。したがって、そこにマルクス主義に対する「正統な称揚」があったと見、そこからすすんで、この理念に、昭和文学の独自の成立の可能性を付合しようとすることも、二重の意味の自己欺瞞となるのではないかと考える。F・シュレーゲルが歴史家についていう言葉を用いれば、小林は、いわゆる「社会的自我」に関して「後向きの予言者」として語っているのであり、もし、昭和文学の独自の可能性をいうならば、それは、小林が、また、日本のマルクス主義運動が、その闘いを闘って来た過去にこそ認められねばならなかったことを含意しているのではないか。それは、これから新しい「社会的自我」の戦場がひらけるのだといっているように見える。しかし、本当は小林は、そこで一つの戦いが敗北に終ったことを確認し、そこに terminus ad quem が印されたことを宣言したのではなかったか？

たしかにそこには、小林がマルクス主義——とくに「資本主義発達史講座」の成果に学んだと思われるところがあり、明かに日本のマルクス主義文学の果した役割に対する正当な解釈と見られるものが記されている。

「思想の力による純化がマルクス主義全般の仕事の上にあらわれている事を誰が否定し得ようか。彼等が思想の力によって文士気質なるものを征服した事に比べれば、作中人物の趣味や癖が生き生きと描けなかった無力なぞは大したことではない」。

しかし、この種の評価は、小林にとって、おそらく「マルクスの悟達」「文芸批評の科学性」の当時から、いわば自明のことがらにすぎなかったのであり、殊更述べ立てる必要を認めなかった底のものであったとぼくは思う。一体、小林は、思想としてのマルクス主義に脱帽しなかったであろうか？　「弁証法的唯物論なる理論を血肉化する事に困難な思案はいらぬ、ただ努力が要るのだ。理論と実践とは弁証法的統一のもとにある、とは学者の寝言で、もともと理論と実践とは同じものだ」（「マルクスの悟達」）と書いた小林は、マルクスの思想に反対しようなどと全く考えていなかったはずである。いわば、小林にとって、ブルジョア的とか、プロレタリア的とかの語呂合せにかかわっている暇がなかったにすぎない。その事情が、どうしてもわかってもらえないというらいらだちは、初期の小林の文章に随処に見てとることができる。

「僕の批評文は、今まで主観的、独断的、心理的、非合理主義的等々様々の形容詞を冠せられた。形容詞である限り、恐らくどれも当っているのだろうと思う。ただ自分に確かな事は、いつも僕は同じところに止まっている、何処かに出掛けて行っても直ぐ同じところに舞い戻って来る事だ。同じところとは批評が即ち自己証明になる、その逆もまた真、というそういう場所だ。……僕が論理的な正確な表現を軽蔑していると見られるのは残念な事である。僕が反対して来たのは、論理を装ったセンチメンタリズム、或は進歩啓蒙の仮面を被ったロマンチストだけである」

（「中野重治君へ」）。

僕は、このような正当な弁明の調子の中に、きわだって生々しい小林の生理を感じとる。そして、そのようなぎりぎりの場所に己れの批評の立場を見出さねばならなかった小林が、ほとんどワラでもつかむように「社会化した私」の理念に接近したことも、宿命的とよんでもいいと思う。

「この様な立場は批評家として消極的な立場だ。そして僕の批評文はまさしく消極的批評文を出ないのである」（同上）。

「僕等は、専門語の普遍性も、方言の現実性も持たぬ批評的言語の混乱に傷いて来た。混乱を製造しようなどと誰一人思った者はない。混乱を強いられて来たのだ。その点君も同様である。今はこの日本の近代文化の特殊性によって傷いた僕等の傷を反省すべき時だ。負傷者がお互いに争うべき時ではないと思う」（同上）。

いいかえれば、小林にとって、日本の現実とは、まさにマルクス主義運動を含めての絶対的な現実にほかならなかった。それが混乱していることは同じくマルクス主義を含めての混乱にほかならなかった。そして、マルクス主義は、その理論体系の完璧さの故に、かえって時代の「欺瞞」と「虚栄」のもっとも端的な表現となることを強いられていた。そこに小林のいう「センチメンタリズム」「ロマンチシズム」「空論」の最大の根拠があった。小林はそれを衝くことを強いられたのであり、そのことが、小林にとっては、まさにマルクスの思想の現実性と此岸性を明かにするはずであった。

『私小説論』のマルクス主義文学を評価した部分について、それが「正統な称揚」を含んでいると見るのは平野謙の立場であり、それを否定するのが佐々木基一の立場であるが（本多秋五はそのいずれでもあるように見える）、ぼくは、小林の『私小説論』に示された「社会化した私」の理念を、正の方向にせよ、負の方向にせよ、「マルクス主義」の基準に引きあてて解釈することは無用だろうと思う。佐々木基一は、「おそらく小林秀雄ほど執拗にマルクス主義文学の『概念による欺瞞』をあばいた人もあるまい。だからこそその運動が無慙に挫折したとき、小林はその『私小説論』において、マルクス主義文学のはたした正当な歴史的功績を正統に称揚し、かつて対抗的にほめあげた横光利一の概念性をジイドと対比しつつ、否定しさり実生活のうちに『私』が死に、作品の上に『私』の再生するフロオベルの孤独なすがたに成熟した『社会的自我』をよく発見し得たのである」という平野謙の解釈を、どちらかといえば「平野自身の文学観と文学的希望とにしたがって概括されたもの」と批評し、小林のいわゆる「正統な称揚」なるものは、「明らかにマルクス主義文学敗退という事実の上に乗っかって、安心して書いている」ものであり、「相手が無力である限りにおいて、相手の意義も認めてやろうというケチくさい考え方にそれは根ざしている」「過去は問わぬ、間違ってはいなかったと転向者の頭をなでることで、転向者を膝下にひざまづかせる術を、小林は本能的に心得ていたというべきだろう」と論じている。

ぼくは、このような解釈はうわべほどには正しくないだろうと思う。それはむしろケチくさいことにおいて、そのように矮小化された場合の小林のそれと同じ根性をしめすのではないかと思う。もし、真に、小林が佐々木のいうように卑小な存在であったならば、小林の全評論活動の意味などそれだけでただちに抹殺していいではないか。佐々木はそれで批評家として困らないだろうか。しかし、そのことより、そこには二重の間違いがある。前に述べたように、小林は、マルクス主義を、己れの「称揚」なり否定なりによってビクともする思想とは眺めてはいないし、第一、「称揚」などしゃらくさいことを述べてもいない。混乱するものはセンチメンタリストのみであると明言している。佐々木は、小林のように『私小説論』の「デマゴギッシュな規定によって、転向者から再転向への通路を遮断し、混迷のうちに何かを求めて焦燥していた知識人の眼前でマルクス主義と政治への橋を切りおと」すという類いの人間がいなかったならば、宮本顕治がいうように、「新しい条件への適応はもっと整然と合理的に移行しえて、もっと潰走的状態をすくなくすることができた」かもしれないということを暗示的に述べている。ぼくは、このような佐々木の考え方をかなりいい気なもんだと思う。くりかえしていえば、小林はマルクス主義文学を「正統」にも「不当」にも「称揚」などしていない。したがって、佐々木のいうように、それが、「ケチくさい」ざまあみろ的な優越感に根ざした憐愍めいた「称揚」であるとみることも、見当ちがいである。また、もし、それがかりに「称揚」であったとしたところで、マルクス主義者がそこで得々として慰めを見出すべき何らの理由もない。中野重治が「〝文学者に就て〟について」の中で、第一義的生活に破れ去ったが故に、それら転向作家に第二義的な生き方を与えようとした貴司山治を批判したのは、ここでの論点に引きよせていえば、まさに佐々木の小林理解に合致するような形をあらわそうとしたマルキスト作家の側の弱点を衝いたのではなかったか。佐々木によれば、小林は、貴司のいう第二義的存在としてのマルクス主義者をその「膝下にひざまづか」せようと術策を弄したことになる。そして、事態はそのとおりになり、以下同断ということになる。つまり、佐々木の解釈は、転向マルキストが第二義的存在であり、小林もその解するように「ケチくさい」批評家であったとする限りにおいて、みごとに「真相」をうがったことになる。しかし、それで佐々木は気がすむというのであろうか。それは小林のみならず、敗北したマルクス主義を甘やかすことにならないか？

ぼくは小林の「社会化した私」のいう理念を二重の意味で信じない、という意味は、小林はそこで「社会化した私」「社会的自我」の前線に歩みよったように見られており、「私小説」が決定的に亡びたと宣告したように見られている。そこから、その発言の中に、いわば見果てぬ夢を托そうとする誘惑を多くの論者が感じている。その夢の名前は、「昭和文学」であり、「フロン・ポピュレール」でさえある。しかし、ぼくは、むしろすべてをネガティヴに解釈するのが正しいと思う。つまり、小林は、『私小説論』において、「社会化した私」の実現は不可能であったことを告白し、「私小説」は亡びないことを宣告したと見るのが正しいと考える。それは、全体として、小林の初期評論をいろどった悲劇的な「宿命」のモチーフが、社会全体にあらわれた「敗北」の様相にかりて自己証明の論点を逐一記録していったものであり、時代の「挫折」のいわば「後向きの」予言の形をとったものではなかったか。それは、小林の「自意識」解析の果に示された敗北の証明ではなかったか。小林も、日本のプロレタリア共産主義運動と並行して同じ闘いを闘ってきた。それは「時代意識は自意識よりも大きすぎもしなければ小さすぎもしないとは明瞭なことである」(「様々なる意匠」)という決意によってスタートし、「作家が己れの感情を自ら批評するという事と、己れの感情を社会的に批評するという事と、現実に於て何処が異るか」「現代社会の様々な風景を素材としない自己批評なんてものがあり様筈がない」(「アシルと亀の子」)と語っていらい、小林がほとんど自明と信じた戦いであった。プロレタリア文学運動の挫折と解体は、必然にまた小林の解析的方法の挫折を意味するほかはなかった。いわば、異常なスピードをそなえた小林の自意識的方法は、社会の方位の転換と停滞に直面して、逆行的にその解析機構の実質を露出した。それが「社会化した私」であり、新しい形での「私小説」(=思想小説)にほかならなかった。つまり、『私小説論』一篇は、一つの終結した時代の自己証明であり、小林自身の過去における実践のすべてが、実はそのまま「社会化した私」の姿であったことを弁明したものにすぎない。『私小説論』の末尾に、問題のいわば完了と未然とが微妙に交錯して、ややあいまいな行文が見られるのはそのためではないか。「私小説は亡びた」が「私」は克服されず、「決定的に死んだ」私小説の伝統の後に、「私小説」はまた「新しい形で現れて来るだろう」という多義的な行文の中に、ぼくは、どうしても、一つの新しい戦いに臨むものの調子をききとることはできない。しかも、そのような新しい「私小説」を生み出す父となるものは、小林によって、明かに敗れ去ったマルクス主義思想とされているのである。

いわば『私小説論』の中には、予見としての「私」の姿と、「宿命」としての「私」の姿とが、微妙な交流作用の中で映像を結んでいる。小林が、ジイドの「実験室」について、「個人性と社会性との各々に相対的な量を規定する変換式の如きものの新しい発見」がその目的であったと述べたとき、それは、抽象のレベルにおいて、見事に近代的自我の一般的な意味を洞察したものであった。そこには、現代社会の実質そのものが、異常な組織化と機能化の進行によって解体するに応じて、個人性そのものもまた全く実体的な意味を失い、いわば一種の変数としてのみ社会性(=一般性)と交渉するにいたったことが指摘されている。生きている人間というものはなんとも曖昧なものであって、「死者」のほうがずっと「人間」らしく見えるという小林の特徴的な思想は、そうした個人性の意味の機能化的解体の認識によって内面的に支えられたものであったといえよう。そこからは、『歴史と文学』から『無常といふこと』への道と、ドストエフスキーやモーツァルトの「美」への道としかありえなかった。あれほど現実の奇怪さへの密着を説き、福沢のリアリズムを讃美した小林が、「死者」(=歴史)と「美」の確かさの世界に移っていったとき、その背後には、亡びさった「社会化した私」の理念が、亡霊のようにおいすがっていたはずである。

補論二　転形期の自我

――「文芸復興」期と現代――

一

現在、いわゆる「文芸復興」期の問題がかえりみられるとすれば、その関心はたんなる文学史的な興味を前提とするものではないであろう。ふつうこの「文芸復興」(以下「復興」と略す)の時期は、およそ昭和八、九年から、せいぜい同十二年頃までの期間をさすと考えられるが、ジャーナリズムの上で、実際にそれが賑々しくあらわれたのは昭和八年から九年にかけてであり、十年になるとすでに「復興」さわぎも収ったと見ていいのではないだろうか。「復興」の旗振りでもあり、そのもっとも早い提唱者であった林房雄が、「浮気な世間は、そんなものがあったかねと、もう忘れてしまっているらしいが」と書いたのは昭和十年七月のことであった。また、中村光夫が、「文芸復興の声がきかれ、そして忘れられてから一年余」と書いたのは同年の五月であった。もともと林房雄が、「プロレタリア・ルネッサンス」というハデな着想をはじめて記したのは、昭和七年の「作家として」の中であった。その時かれは日本プロレタリア作家同盟の一員であったが、この走り書めいたエッセイがきっかけとなって、亀井勝一郎は「同志林の近業について」を書き、さらに地下にあった小林多喜二、宮本顕治はそれぞれ「同志林房雄の〃作家のために〃〃作家として〃それにたいする同志亀井勝一郎の批判の反批判」、「政治と芸術――政治の優位性の問題」を書いた。つまり、「プロレタリア・ルネッサンス」の構想を含んだこの林の文章が、いわゆる「政治と文学」論争の発端となった。

林の構想にしたがってみるかぎり、いわゆる「文芸復興」は、まっすぐにこの「プロレタリア・ルネッサンス」の発展路線上に位置づけられる。また、いいかえれば「政治と文学」論争の一つの現実的解決という意味をもつことにもなる。そして、そのような見方は文学史的評価においても、決して間違っていないと考えられる。たとえば、「現代日本文学辞典」の小田切秀雄の要約によれば、いわゆる「復興」は、「長い間続いたプロレタリア文学の圧迫からやっと免れはじめた文壇文学の安堵と期待、そしてプロレタリア文学の陣営を逃れでてきた作家たちの自ら煽り立ててすがりついた〈文学熱〉、これらの機運をとらえて出版資本が醸成した……いわばから景気」であったという風に規定されている。つまり、このいずれか一つの契機を欠いても、何か他の形であればともかく、少くとも「文芸復興」といわれる奇態な状態は考えられなかった。林の「プロ・ルネ」の説は、そこにいわれる「文学熱」のもっとも卒直な表明であったわけであり、いわば、「復興」の正統的契機を表現したものということができる。

たしかに、林という奇妙なナルプ作家の頭脳に浮んだこの「ルネッサンス」の構想は、それ自身はいかにもいかがわしいロマンチストの空想的飛翔といったものであったにせよ、その後の文学的発展にてらして、正確な予見を行っていたともいえる。彼の構想はこうである――

「今度は、『壮年』の第一回分ができ次第、都に攻めのぼり、文芸復興第二期のために、大あばれにあばれるつもり。……第一期は、いわば文学の自己主張の時期で、文学一般を非文学から区別する運動でした。雑誌『文学界』のグループが、この時期を代表しました。この期、約一年間に、新人の輩出、旧人の復活著しきものあり、とやかく説をなすものはあったものの、文学者の間に新しい自覚をよびさましたことはうたがいなし。第二期は、これから始まり、……正宗白鳥であろうと、宇野浩二であろうと、も早容赦されなくなるでしょう。おそらく、日本浪曼派の運動は、この時期の開始を示すものです」（昭和九年「獄中信」）。

もちろん、現象としての「復興」を文学史的により正確に取り扱うためには、さきの小田切の要約に示された他の二つの契機――「文壇文学の安堵と期待」といわれるものの内容、および、「出版資本」の側における諸事情を吟味しなければならないだろう。しかし、前者の契機、つまり、いわゆる「既成作家」の復活という契機についていえば、それは当時において、すでに、果して正当な意味で文学的問題でありうるかということは疑われていた。たとえば昭和八年における既成作家――宇野浩二、徳田秋声、谷崎潤一郎、志賀直哉らの「復活」と、それに前後する復興機運の呼び声について、佐藤春夫は、「昭和維新という言葉があるが、果してどういう現象を指しているのやらわからぬ。それと同様、いやそれ以上に今日の所謂文芸復興の機運とやらも僕には理解しかねる。……プロレタリア文学の外面的圧迫による不自然な没落から一時休養中であった中老作家の再活動の開始やら二三の文学雑誌の創刊などが……何故に文芸復興の機運であろうぞ、むしろ文芸の圧迫された一現象にしか過ぎぬではないか」といい、「文芸復興して」「文人飢え、新人擡頭して駄作満つの奇現象を呈せねばよいが」と皮肉っている。また、豊島与志雄によれば、「現象的にいえば、文壇スタフの問題で……切迫した状態になって、プロレタリア文学から求められるべきものがちょっと杜絶えたという時期に、……差し当り危な気のないものといえば昔のものであるから、それがまた拾われて来たという、そういう結果でしょうね」、伊藤整によれば、「復活しつつある老大家ですが、そういう人たちの仕事は、ただ現象的に復活しているのであって、現在の若い人たちの仕事とは何にも関係ないじゃないかと思います」ということになる。つまり、それは主として文学ジャーナリズムの経営上の問題に関連しており、そういう「現象」がおこっているという社会的性質の問題にすぎないということになる。板垣直子にいわせれば「ですからジャーナリズムの気紛れとか、商業意識とかいうことを考えに入れて既成作家が復活したということを私は他の理由よりも強調したい」というわけである（この前後の引用は、すべて「新潮」昭和九年一月号による）。

もちろん、それに対して、事情がそうであるにせよ、既成作家のものが皆に喜ばれているという事態は、なにか満されなかった読者大衆の気分を反映しているのではないか、そこには、正に文学的問題があるのではないかという考え方もある。同じ場所で春山行夫が、「新しい文学が全然値打ちがなかったのか、それとも旧い文学に我々の知らないような価値が、今、新しく考え直して見たらあったのか、そういう問題がまだはっきりされていないように思います」といっているのはそのあらわれといっていいであろう。つまり、それは、プロレタリア文学を含めて、いわゆる昭和文学の先端をきった新感覚派、新興芸術派等の「様々な意匠」について、根本的な自己批判のきざしを意味するものであった。

しかし、復興期の問題を全面的に扱うことは不可能にちかいから、ここでは、問題をいわばその思想的背景にしぼり、そこから、現代の問題へといと口をさぐることにしよう。「文芸復興」期の問題といえば、やはり小林秀雄の批評活動――とくに、『私小説論』に象徴される文学的問題の分析から始めるのが便利である。という意味は、あたかも、それが、復興期の過程がいちおうの展開をおわり、そろそろ今更「文芸復興」でもあるまいという気分があらわれたと思われる時期――昭和十年に書かれることによって、その前後の文学的、思想的発展を展望する恰好の位置を占めると思われるからである。ぼくは、この有名な批評文を、必ずしも小林の批評活動の最高水準を示したものとは思わないし、また、それがこの時期を象徴するうえでもっとも代表的な論考であるとも考えていない。しかし、それが、復興期の批評に関する限り、もっとも代表的なものであるというばかりでなく、一般に、昭和十年前後の文学と思想の、さらには、「政治と文学」の問題状況を論理的に考察するための、好個の手がかりとみなされていることは否定できない。したがって、はじめに、この論考にあらわれた「自我」の問題を分析することによって、プロレタリア文学の後退――ナルプ解体直後における文学的課題の中心点を明かにしてみたい。

その前に、ぼくの考えでは、小林秀雄の批評活動の全体の意味ともいうべきもの、「様々なる意匠」から「歴史と文学」をへて、「無常といふこと」にいたる旺盛な批評文制作の全体を含めて、それらが一体小林にとって、また、ぼくらにとって、どういう意味をもつかということを言っておく必要があると思う。それは、以下の考察の基点となる思想にかかわるからである。

いうまでもなく、小林の批評活動は、マルクス主義文学という近代文学史上最大の事件の展開に並行しつつ、それに対する強力な批判者として発現した。しかし、やや奇矯な表現を用いるなら、小林もまた、もっとも特徴的な意味で時代の「同伴者」にほかならなかったのであり、マルクス主義の与えた衝撃の規模と深さを基準とする限り、その尖鋭なポレミークのごときも、実質的にその事情を変更せしめるものではなかったとぼくは思う。彼が、アンチ・マルクス主義批評のチャンピオンであったということは、彼が、マルクス主義否定の確乎たる思想をもっていたということではない。この点については、少し立入ってその初期の批評をよみかえせばそれほど牽強の論でないことは判然とするはずである。つまり、小林は、そもそも思想とは何かというもっとも素朴な疑惑から出発し、その思想にとらえられ、もしくは、それをとらえる「私」とは何かという根源的な問題を解析する過程において、論理必然的に、しかし、人間的には偶然に、マルクス主義思想の絶対的形姿に遭遇したにすぎない。戦後、小林は、自分がプロレタリア文学運動の反対者となったのは、偶然にすぎぬと語ったといわれるが（本多秋五）、そこには明かに時代の同伴者としての小林の自己規定が含まれているとぼくは思う。

周知のように、小林の批評的出発は「一つの意匠をあまり信用し過ぎないために、むしろあらゆる意匠を信用しようと努めたにすぎない」（「様々なる意匠」）という受動的衝動から始っていた。彼が、中野重治の批判に答えて「僕という批評家は、……仕事の根本に非合理主義を置いている批評家だと君はいう。しかし僕には非合理主義の世界観というような確乎たる世界観などないのだ。また、わが国の今日のあわただしい文化環境が、そんな世界観を育ててくれもしなかった」（「中野重治君へ」）というときも、それはまともに受取っていい言葉だと思われる。つまり、彼の「見えすぎる眼」には、時代の現実の豊かさと混沌の全局面が映じていた。いうまでもなく「見えすぎる」ということは、人間としての弱気にほかなるまい。小林が「思想」を信じまいとしたのは、そのような己れの「弱気」を信じようとしたからであり、現実の多様さの無限のひろがりを、いかなる裁断によっても抹殺すまいと決心したからにほかなるまい。そこには、ほとんど志賀直哉ばりの「誠実」さが資質として存在したといってよいであろう。

二

『私小説論』が現在ぼくらにとってなお意味をもつとすれば、それは、そこに提示された「社会化した私」の理念のためであろう。これは、いうまでもなく、本来は、日本の私小説の構造分析のために導入された理念であり、あたかも日本社会の構造的特質を照明するうえに「近代資本主義社会」という理念が有効でありうるのと同じような意味で用いられたものであった。

この「社会化した〈私〉」という小林のやや奇妙な言葉は、『私小説論』の初めの方では次のように使われている。

「フランスでも自然主義小説が爛熟期に達した時に、私小説の運動があらわれた。バレスがそうであり、つづくジイドもプルウストもそうである。彼等が各自遂にいかなる頂に達したとしてもその制作の動因には、同じ憧憬、つまり十九世紀自然主義思想の重圧の為に形式化した人間性を再建しようとする焦燥があった。彼等がこの仕事の為に〈私〉を研究して誤らなかったのは、彼等の〈私〉がその時既に充分に社会化した〈私〉であったからである」。

この有名なパラグラフについてあらためて解説する必要はないであろう。ここでは、別のところで、小林がそれをどのように使っているかを見ることで十分である。

「自己証明が一般に批評を意味するという原理から、強力な社会的批評表現を得るためには自己が十分に社会化した自己として成熟していなければならぬ。またそのような成熟を助成する人間の個人性と社会性との調和平衡を許す文化的条件がなければならぬ」(「中野重治君へ」、強調—引用者)。

これはほぼ同じ時期にかかれた文章である。小林の思想がここでとらえているものは、ジイドにおいて「もっとも美しいもっとも鮮明な構造」をあらわしたと小林のいうヨーロッパ的自我と、不十分にしか(もしくは全く?)「社会化」したことのない「私生活」者としての日本的個人性との対比という問題であった。もちろん、すでにドストエフスキーに没入していた小林は、ジイドを偉大な文学的典型として引合いに出したのではないだろう。たまたま『贋金づくり』とその『日記』に示されたジイドのスマートな実験のうちに、問題解析のための恰好の例証を見出したというにすぎないであろう。そこでジイドの提示した「私」の問題というのは、小林によって、次のように説明されている。

「彼は在来の文学方法に反抗したのでもなければ、新しい文学的態度を発見したのでもない。凡そ文学というものが無条件には信じられぬという自覚、自意識が文学に屈従する理由はないという自覚を語ったのだ。……ジイドにとって〈私〉を信ずるとは、私のうちの実験室だけを信じて他は一切信じないと云う事であった」。

そして、ここにいわれる「実験室」の目的とは、「言わば個人性と社会性との各々に相対的な量を規定する変換式の如きものの新しい発見」ということであった。ここで小林が用いている表現はやや曖昧であり、そこにどのような知見がひそんでいるかは正確にはうかがえない。同じ意味で、「個人に真な量と社会に真な量と互に相対的な量を規定する言わば変換式」といういいかえも用いられている。また、「私と社会とをつなぐ言わば変換式」ともいっている。いずれも曖昧であることにはかわりないが、ぼくは、ここでは、先に引いた「中野重治君へ」の文中において、「人間の個人性と社会性との調和平衡」といわれているものを可能とする社会的機能、それがこの変換式の実質であることを示唆しておくにとどめよう。

ここで、小林の日本的「私小説」そのものに対する考えを見れば、事情はやや明かとなるであろう。彼は花袋以来の私小説とジイドの「私」の立場とを比較して次のようにいう。

「わが国の私小説家達が、私を信じ私生活を信じて何の不安も感じなかったのは、私の世界がそのまま社会の姿だったからである。私の封建的残滓と社会の封建的残滓の微妙な一致の上に私小説は爛熟して行ったのである。ジイドが〈私〉の像に憑かれた時に置かれた立場は全く異っている。過去にルソオを持ち、ゾラを持った彼には誇張された告白によって社会と対決する仕事は不可能だったし、社会に於ける〈私〉の位置を度外視して自意識の点検は無意味であった」。

ジイドの「実験室」が設けられたのはそういう場所であった。それでは社会と個人との両者の封建的残滓の「微妙の一致」の上に成立する私小説作家の場合にはどうであろうか？ そもそも、「私の世界がそのまま社会の姿である」とすれば、そこには単純な、直接的で平明な等価の構造式が成立つだけであろう。「私生活」という自然状態が、そのままに市民ないし国民（＝臣民）の次元に有機的な意味のひろがりをあらわすにとどまるとすれば、そもそもそこにいかなる機能的な相互変換の実験式も不必要である。端的にいえば、個人的エゴイズムが、そのままに「忠良な」臣民意識に無媒介に拡大されうるような条件のもとでは、いかなる意味でも社会性の契機は発達する必要がない。一人の「自然人」としての「私小説作家」が、その「日常生活」を記述して一定のリアリティをもちうるということは、そのような日本社会の構造なくしては不可能なことであった。いわば、そこには「私生活」は存在したが、本来の、「個人」というものは存在しなかったからであり、さらに、その「私生活」がそのままに奇妙な形で「公的」な意味をもったからである。

この間の事情は、現在では、もはやたんに文学理論というワクをこえて、ひろく歴史と思想と政治の問題として、それぞれの角度から的確に解明されているものである。以下には、小林の考察をふまえた上で、問題を、「社会性」ということの内容に関して追求することにしたい。


問題はこうである。いかにしてその伝統のないところに一個の社会的な思想形成が可能である

か？　小林が追求したテーマはすべてこの点に集中してくるのではないか？　はじめにぼくは、小林のマルクス主義批判の意味を簡単に見ておいた。小林は、何も特にマルクス主義思想を批判したのではなかった。もちろん、その移入形態にともなう必然的な「概念による欺瞞」「虚栄」に対して、小林はもっとも辛辣な批判者であった。しかし、小林は、結局のところ、マルクス主義というよりも「社会化した思想」そのもの――「個人と社会や自然との確然たる対決」の所産そのものに対して、一種熱烈な挫折感をいだいたにすぎないのではないか。『私小説論』において、しばしば「思想」という用語が本来の「思想」そのものと、マルクス主義思想との両者に用いられており、そこに一種の混乱が生じていることは論者の指摘するところであるが、それは、小林の立場からというだけではなく、マルクス主義の日本における特別な思想的役割という点からみて、かえって正当な用語法でさえあったとぼくは考える。つまり、思想本来の社会的機能としての実験的仮設的性格、中世の普遍社会の内部から引きついだ良心の意味、その根本的論理としてのデカルト的な合理主義、この三者の綜合的機能は、わが国においては、はじめてマルクス主義によって一きょにもたらされた。例えば、明治初年、ミルの「自由論」が与えた衝撃がいかに強烈であったにせよ、河野広中の場合にみるように、「従来の思想が一朝にして大革命を起し忠孝の道位を除いただけで、従来有っていた思想が木端微塵の如く打壊か」れたというにとどまった。小林が『私小説論』で使っている表現を用いるなら、そのような思想は、ただ「作家各自の技法に解消」しうるものであった。いいかえれば、それはさきに見たような日本人の「私」の生活技術の一様式として処理しうるものであった。ただ、マルクス主義は、そのトータルな体系性のために、もはや「各人の独特な解釈を許さぬ」ものとしてあらわれたわけである。

そのような思想を小林は「これこそ社会化した思想の本来の姿なのだ」とのべているが、このような点からも、小林が、「思想」を社会主義思想の範型に即してとらえる傾きがあったことがわかる。

そればかりか、実は彼がマルクス主義者に対してもっとも手きびしく糾弾した「欺瞞性」——それは、絶対的な思想が人間をとらえる時に、ほとんど必然的にあらわれる「虚栄」といってもいい——は、彼自身また決して免れてはいなかったのである。

「この欺瞞は情熱の世界にも感情の隅々にも愛情にも憎悪にも、さては感受性のはしくれにまで、その網の目を張っている……私の貧しい体験によれば私の過誤は決して感情の過剰にはなかった。自他を黙殺して省みぬ思想の或は概念の過剰にあった。ものの真形を見極めるものを阻むものは感情ではなかった。概念の支配を受けた感情であった……」(「現代文学の不安」)と小林は書く。そして、同じ文章の中で、その自己批評の矛先をひるがえしてマルクス主義者に向ける。「私は諸君の情熱を聊かも嗤ってていはしない。併し又私は諸君を動かす概念による欺瞞を、概念による虚栄を知っている。云々」これは、自己を棚上げした居直りというものではない。小林はただ、「社会化した思想形成の困難を深刻に悟れ！」といっているにすぎないだろう。それは、小林の独特な意味での「同伴者」としての意識から生れた糾弾であった。中野重治にたいして、「僕等は、専門語の普遍性も、方言の現実性も持たぬ批評的言語の混乱に傷いて来た。混乱を製造しようなどと誰一人思った者はない。混乱を強いられて来たのだ。その点君も同様である。今はこの日本の近代文化の特殊性によって傷いた僕等の傷を反省すべき時だ。負傷者がお互いに争うべき時ではないと思う」と答えた時にも、小林は、その立場をハッキリと述べている。一方は現実のプチブル的自我を清算してひたすらに普遍的思想の実現に突入する。他方は思想の絶対性を認めれば認めるほど矮小な自我の姿の明白さを凝視せよと叱咤する。一方は「だからこそ」であり、他方は「にもかかわらず」である。このような関係は、単純な敵対関係というものではないだろう。

ぼくはかつて、小林の「思想」に対する態度について、それがむしろ科学的には正しい理解を含んでいると考えを提示した（「思想」一九五八年七月号）。つまり、小林のいう「変換式」とは、思想のもつ仮設的性格に関連した表現であり、「思想」の「理論信仰」への還元が支配的な我国の精神風土において、むしろ有効な実践的処方となる知見を含むと考えたからである。小林が、『私小説論』において、ジイド的な意味での「私」の問題の構成がようやく我国において可能となったことを暗示したとき、それは甚だしく抽象的な形ではあったが、思想方法論の上で正確な基点がはじめて設定されたことを意味するものであった。そのさい私＝自我の問題としてそれが提出されたことも必ずしも不当ではなかったとぼくは思う。

事実、自我の問題は、マルクス主義の敗退という状況において、すべての知識層をとらえたものといってよいであろう。とくに、昭和九年三月のナルプ解体を目撃したすべての文学者にとって、「思想」と「人間」の関係は未曽有の深刻さで受けとられたといえよう。その前後にかけて「シェストフ的不安」「行動主義」「知識階級論」「転向」「ロマンチシズム」等々の提唱が騒然とまきおこったことは知られている。それらは、すべて「思想」のリアリティを実現しようとするさまざまな試みであった。

小林の「社会化した私」の理念は、その抽象性と架空性を捨象していうならば、ともかくも思想の本質的機能に対する接近の新たな公式を提示したものであった。しかし、それはその時期に小林だけが単独に追求したものではなかった。たとえば、亀井勝一郎の「芸術的気質としての政治慾」のごときも、やはり「思想」の現実的な形成過程に向って、その根源的な構造をめざして下降しようとする強い傾きを示したものであった。

「僕らの最大の欠陥は、あまりにも多くの結論に通暁しながら、その結論を生み出した過程に盲目なことであったろう。僕はこれを個々人の欠陥としてみるとともに、その一半をこの国の歴史的不幸のうちにもみるのである」。

ここには、小林の批評的テーマを定めたのと同じ視座があらわれている。「新しい思想を育てる地盤がなくても、人々は新しい思想に酔う事は出来る」と小林はいった。「思想」そのものの社会的機能の確立が必要なばあいにも人は性急に「理論」の完璧性に陶酔することはできる。そこに感傷的な「欺瞞」と「冒険」と「虚栄」がさけえないことを、小林はくりかえし警告した。

「己れを棚に上げた空論が、己の姿をかくしている時、そういう時にこそ、作家は各自が手ずから心を捜つて、その宿命、その可能性、その欲望を発見しようと努める可きである」（「現代文学の不安」）と早く小林は書いた。それは、いわば「己れの感受性に忠実であること」という単純な命題に帰着するものであった。時代の混乱に身を委ねよ！という主張であった。つまり、「思想の社会化」というジイド的な着想にみちびかれながら、その現実的帰結としては、「自我が社会化する為に自我の混乱というデカダンスを必要と」したのであり、「このデカダンスだけが、……原物の印象を与え得る唯一のもの」にほかならなかった。即ち、社会と私とを結ぶ変換式の成立条件（それは「思想」の成立条件と同一である）が欠如した社会環境において、欺瞞をさけるための唯一の道がこのデカダンスにほかならなかった。勿論、デカダンスはそれ自体が方法ではない。小林はそれをしばしば「強いられた」ものと呼んでいる。そして、「確かなものは覚え込んだものにはない。強いられたものにある」とくりかえしている。

このような心理の推転は、林房雄の「作家として」など、亀井勝一郎の「芸術的気質としての政治慾」などにも共通したものである。小林がデカダンスとよぶものは、亀井のいう「衝動の自由」「大きな誠実な生活慾の無際限な膨脹」などというものと同じであろう。そして、それらの延長線上に、日本ロマン派のイロニイという過激な頽廃的方法が生れることになる。これもまた昭和八、九年頃、知識人をとらえた「自我」の問題の一つの解決方式としてあらわれたものにほかならなかった。

三

昭和八、九年頃の「復興」期の正統な契機として、ぼくはむしろプロレタリア文学運動を中心に考えた。いわばそれは、「政治的価値と芸術的価値」「政治と文学」等をめぐる激しい理論闘争が、つねに「政治の優位」の観点において処理されてきたことに対する、究極的な叛逆という意味をもった。それに対して「ルネッサンス」の名を与えたのが林房雄の躁狂癖であったと思われるにせよ、また、そのような傾向に対して「非政治主義的文化主義」の批判がくりかえして行われたのが正当であるにせよ、反面、ナルプ指導者の一人をして、次のような反省と転換を行わせる事情があったことも明らかである。しかもそれは、林や亀井に対するその直前の批判とは矛盾する形で表明されたものである。

「これこれの条件に適応した作品を書け、という。しかも、その条件は、文学の諸範疇としてではなく、政治の概念として文学を拘束する。……しかもそれへの適応の失敗を神の如く裁断する時に、そこに神と衆生との官僚と小役人との関係を生じないだろうか。……今日の情勢下に文化主義の傾向がたどる敗北主義的危険を批判するためには、……政治主義的誤謬を徹底的に清算しなければならぬ。……まさに同志亀井の同伴者的見解の誤りには指導における政治主義の裏返しにされた投影があることを、はっきりと見なければならぬ」(鹿地亘「日本プロレタリア文学運動の方向転換のために」)。

この鹿地の文章は、ナルプ解散に先立ち、それに直接関連して書かれたものであったが、それは、結果において小林や亀井の主張と予見が実現されたことを意味した。それは「政治と文学」に関する問題の現実的解決として、直接に「復興」気運の展開を承認する意味をもった。いわゆる「自我」の問題は、そのようにして、はじめて「当面の政治的課題」の要請から切り離され、「自由主義」のレベルにおいて処理しうることになった。小林の「社会化した私」の提唱は、そうした新しい状況における解決の予見を示したものであったことはいうまでもないが、ただ、そのさい、「政治」の後退ののち、それにかわって、別個の新たな強制があらわれ、小林の抽象的な予見が、現実において有効に実現される道をとざした。小林を論ずる多くの論者が「社会化した私」から「歴史と文学」への推移を、一種の転換、後退と見るのはそのためである。

ここで、別個の新たな強制とよんだものは、いわば「社会的伝統」といっていいものである。すでに抽象化され、絶対的な形姿をおびた「思想」のリアリティがミニマムにまで圧縮され、その検証可能の領域が非合法世界の数人の「常任中央委員会」「拡大中央委員会」等々の範囲に限られた場合、「同志」の間においても、さらには、すべての個人の内面においても、残されたリアリティの基盤はいわば古い伝統の様式に浸潤された「私」生活であり、その「実感」にほかならなかった。ただ、そこでは、一度び「思想」という普遍化の衝動に震撼された自我は、かつての「私小説」作家が信頼して疑わなかった「自然状態」「日常性」としてのそれではなかった。小林が「新人Xへ」で書いているように「先輩作家等の私小説が僕等には手のとどかないリアリティを持っているのは、彼等の青春が、僕等の青春の様な生活上の錯乱を知らなかったからではないか」という事情がそこにはあった。そのような事態において、小林が「二流作家」ジイドの工夫に救済を求めようとしたのは、いわばワラをつかむという意味を含んでいたとぼくは思う。しかし、復興期において、ワラをつかまなかったものも稀であった。横光利一の「純粋小説」、プロレタリア作家の「社会主義リアリズム」、舟橋聖一、小松清、春山行夫らの「行動主義」など、いずれも全体的人間像の皆無という状況において、人間のリアリティをどのように仮設するかという探求の試みであった。ただ、それらに共通した事実は、もはや、かれらが、既成文学者の「私」に決して帰りえなかったということだけであった。「私小説の伝統は決定的に死んだ」と小林が書いた所以である。にもかかわらず、そこに、一見、不可解な事態が生じた。それは、予め結論的にいうならば、「プロレタリア文学の道は、必ずウルトラ・ナショナリズムとの妥協に通じる」という竹内好のパラドクシカルな指摘に含まれる問題である。また中野重治の言葉をかりるならば、「高貴なもの、高邁な精神、マルクス主義・プロレタリア文学運動の意義をすら認めた上での精神主義的流れが、国内では、人民全体にたいする抑圧と搾取との強化政策とその権力に結びつき、国際的には、ファシスト的な侵略主義、資本と銃剣とによる他国の奪取のための精神的露払いとなった」のはなぜかという問題である、小林、林、亀井、保田与重郎などにそれはすべてあてはまる。上来の論旨に引きなおしていえば、封建的な「私生活」理念からの離脱をしいられたはずのそれらの自我が、ほとんどシャーマニズムの匂いをただよわせる古代的な戦争遂行権力に心酔しえたのはなぜかという問題である。しかも、反面において、彼らが既成の中老文学者として軽視した人々において、戦争という強力な状況に対するリアリズムが失われることがむしろ少かったという事実がある。小林の場合についていえば、まさにマルクス主義文学の役割の正しい評価の上に立って、新しい「社会化した私」の展望をいだきながら、どうして戦争という現実の絶対化に転廻することができたか、ということである。

この問題は、それがそのまま、「転向」という巨大な思想上の問題に関連することはいうまでもあるまい。あるいは、一般にロマンティクな「高貴なる精神」が、もっとも激しい俗物性に転化するという、歴史上のイロニカルな事実の意味を問う問題にも通ずるであろう。

　小林に限って見れば、ぼくは、「社会化した私」から戦争の絶対的な容認への推移は、必ずしも「転向」とは考えない。『私小説論』の中に、すでにその明瞭な徴候があらわれているとさえ考える。先にふれた「社会的伝統」という言葉は、『私小説論』の中で重要な意味をもって用いられている。ぼくの気持では、有名化した「社会化した私」伝説と、「社会的伝統」論のいずれに強調をおいて考えていいのか、わからないと思われるようなところがある。結果的には、『私小説論』は、「私小説」否定というよりも、「新しい私小説」の宣言のための文章であったのではないか、「社会化した私」というのも、いわゆる「私小説」こそが、まさに「社会化した私」の現実の達成であったという認知の逆説ではなかったかと考えたくなるような気持である。しかし、これは、直接に論題とはかかわりがないから、これ以上は述べない。ただ、その間の消息を奥深く見とおしたものとして、ぼくは次の文章をあげて見たい。

　「動揺のモメントが共産主義や進歩的な文化運動への批判、個性の再吟味にあるという近代知識人的な自覚は、その実もう一重奥のところでは、土下座しているあわれなものの姿と計らずも一致していると思うのである」(宮本百合子「冬を越す蕾」)。

　いいかえれば、小林の「社会化した私」の理念は、その不可能をむしろ宣言する意味をもったとぼくはいま考えるわけである。そして、小林が、もしそう考えたとすれば、その理由として大きく小林の眼に映じていたものは、およそ三分の一世代にして挫折した共産主義運動の姿であったことは問違いないはずである。はじめに、特異な「同伴者」としての小林ということを言ったのはそのことである。小林において、「思想」と「マルクス主義」とが微妙に同一視されてあらわれることは先にのべたが、後者の挫折は、やはり微妙な形で、思想そのものの不可能という風に小林には受けとられたはずである。したがって、小林がジイドにならって、社会と私とのそれぞれに相対的な機能交換の可能を与える条件を夢想したときも、その根底においては、同姓の死者の姿が「不可能」の暗示を与えていたのではないか?

だから、ぼくは小林のその後の動向——一方における「美」への沈潜と、他方における民族的「宿命」の容認とを含めて、それが「社会化した私」の理念の正統な展開であるとむしろ考える。それらは、いずれも、現実的にたしかな「原物」という印象を与えるものであった。ぼくは、小林のそのような自我の理念——それに媒介された芸術や民族的伝統の理念というものが、たとえばゴットフリート・ベンの非歴史主義的姿勢——「運命陶酔」に酷似することをついでに指摘しておきたいと思う。

四

全体として、現在の立場からふりかえるとき、昭和八、九年という「転形期」にあらわれた自我の問題は、その発生的な経過から見ても、いわばネガティヴな性格をもったということができよう。そこに活動した人々の多くは、究極において初めて「思想」そのものの原初的な問題性にいいいい到達したのであって、「思想」の正常な機能の果に、究極的な挫折に到達したというのではなかった。後者の場合には、むしろ、そこに初めて「革命」が地下水のように流動的な組織として開始されたはずである。しかし、事実が示すように、いわゆる「挫折」の後の事態は思想以前のレベルにおける「回心」（＝「転向」）として進行した。かつて小林秀雄は「思想とは本能に酷似している」（「Xへの手紙」）と書いた。それはきわめて正しい直感の表現であったが、正しいというのは、それが似ているという点において、にすぎなかった。あたかも、宮本百合子は、昭和十二年の頃、「船が難破しかかったとき、最後にその船を転覆させて我が命をもすててしまうのは、舷の傾いた方へ我を失って塊りすがりつく未訓練な乗客の重量である。その通りのことが生じて来る。……ああではない、だからこう、と、一方にぐっと傾く」（「自由」一九三七年十月号）と書いたが、そのように、本能はかえって自他の命を亡ぼす場合がある。そして「その通りのことが」生じた。だから、たとえば小林秀雄のような卓抜な復興期批評家の中に、極度に洗練された「本能」の姿を見るとしても、それは決して間違いではないはずである。再び宮本百合子の言葉をくりかえせば、そこに二重写しとなってあらわれるものは、「土下座したもののあわれな姿」であろう。

ここで小林秀雄と「思想」の問題に関する限り、白鳥との「思想と実生活」論争にふれないわけにはゆくまい。しかし、この論及されることの多いテーマについて、多くを述べる必要はないであろう。ただ、上来の論旨からいって、ぼくが、そこに必ずしも積極的な意味を認めないということは明らかであろう。つまり、この論争について、「錯綜した昭和文学にひとつのピリオドを打つかと眺められた。昭和の十年にわたる模索はようやくひとつの結論を見出し、ひきさかれた自意識の文学と社会意識の文学とは、〈社会化された自我〉の一点に、その統合点を設定するかのようだった」（平野謙『昭和文学入門』）とみる見方に、ぼくはたいへん懐疑的である。さきに「社会化した私」の問題について言及した意味にしたがっていいかえれば、ぼくは、それは一つの「到達された点」であって、「そこからという点」ではない、と考えるわけである。それを基礎として「昭和文学」ないし「フロン・ポピュレール」の組織論をさえ構想しようとすることは、気持としてはわかるが、というほどのものではないかと考える。

現在、「復興」期の問題を類推することは、いかなる意味で可能であるか？　ぼくは、ここでも、問題はやはり「政治」と「文学」を動機とする思想形成の問題であると思う。

戦後、もっとも早く「復興」期の問題を継承し、「政治と文学」の延長線上に思想形成の基準を打立てようとしたのは「近代文学」であった。このグループは戦前における「文芸復興」の直接の継承者であったという意味でも、戦後のいわば第一「復興」期の担い手としてまことにふさわしい存在であった。『党生活者』をめぐる論争のごときは、これを昭和七、八年の時点においてみても不自然ではないかもしれない。いわばこのポレミークは、亀井勝一郎のいわゆる「芸術的気質としての政治慾」の段階における表現であったとみていいであろう。しかし、そこで行われた論争がどのような実を結んだかは、明確だということはできない。それは、主として戦後における共産主義運動の理論と実践が、奇妙な理由によって停滞していたからだとぼくは思う。つまり、敗戦ということが、共産主義理論の正しさを証拠だてたという意味で、またそのダイメンジョンにおいてのみ、受けとられたという事情があったために、過去の運動についての思想的批判は無用とみなされ、理論的に正しかったから、思想的にも正しかったというところにまで問題がおし戻された。結果として、「何ごとも学ばず、何ごとも忘れない」ことが共産主義の特徴となった。「近代文学」が猛烈に批判されたのはだから当然であった。もちろん、「近代文学」の問題提示が、すべて正確な方法意識をもって行われたかという疑問は別問題であり、中野重治の批判が正当でなかったかということも別問題である。

ともあれ、そのように見れば、昭和八、九年に始まる「文芸復興」は、戦争を間に挿んで、そのまま敗戦直後にまでつづいたと見ることもできるであろう。「政治」が欠如していた以上、「優位性」は「文学」にあったというほかはないからである。

しかし、その後において、状況は再び変ってきた。「政治の優位性」は新たな様相のもとにあらわれてきた。かつては、「政治」と「文学」は明確な実体的・統合的機能として対立した。それはむしろ「機能主義」の存立を許さないものとしてあった。しかし、現在、「政治」はもはや普遍的なひろがりをもった純粋機能というべきものになっている。それに対立するものは「政治と文学」の「文学」などではない。「政治」は完全に「文学」を包囲している。「文学」がどこまでも作家の生理と心理の存立にかかわる作業であるかぎり、「政治」はこれを自由に操作しうるか、もしくは無視して進むことができる。「非政治的文化主義」ということなどを「政治」はなんら苦にしない。政治的アパシイといわれるものこそ「政治」にとっての好餌にすぎない。それほどに、人間個性の内面性は解体され、機能化され、そのままに「政治」の普遍的機能の中に吸収されつつある。「政治」は「優位性」ということをさえ争わないであろう。それが対立するものは、「文学」ではなく、まさに「人間」と名づけられる生物全体の意味であるからである。

こうした事態において、「文学」はもはや「文学」としてではなく、「人間」そのものの意味としてあらわれる以外にはないであろう。そして、人間そのものの意味は、やはり「思想」という顔立ちでしかあらわれえないであろう。そこで、問題は、再びさきに要約した形でぼくらの前にあらわれる。「いかにして、その伝統のないところに思想形成が可能であるか？」

補論三　日本浪曼派と太宰治

一

「……すべての言葉がめんだうくさくて、ながいこと二人、庭を眺めてばかりゐた。私は形而下的にも四肢を充分にのばして、さうして、今のこの私の豊沃を、いつたい、誰に教へてあげようか、保田与重郎氏は涙さへ浮べて、なんどもなんども首肯いて呉れるだらう。保田のそのうしろ姿を思へば、こんどは私が泣きたくなって、……」(「狂言の神」)。

もうかなり以前、「狂言の神」の中に挿入されたこの一節を読んだ時から、私はこの文章の背後には、どういう心理的事件が横たわっているのだろうと気にかかっていた。ここで描かれているのは、昭和十年、太宰が鎌倉で自殺をこころみる直前、深田久弥の家を訪ねたときの情景である。その失敗におわった自殺行を素材としたこの作品の中に、ぽつんと挿入されている保田の名前が、ある奇妙な生々しさをおびていることに心ひかれながら、なぜそれが「保田与重郎氏は涙さへ浮べて」という表現であり、「保田のそのうしろ姿」という表現であるのが、了解しがたいものを感じていたのである。もちろん、昭和十年という時期、保田や太宰がそれぞれたどって来た青春の錯乱を背景として、文学者仲間の交友関係を想像することによって、あたりさわりのない臆測をたてることは不可能でもないだろうが、一面、そんなことは、太宰にも日本ロマン派にも本質的なかかわりはないようにも思われる。それに、私は、日本ロマン派を考える上に、太宰の文学を必要とするとはいまのところかならずしも考えていないし、その逆に、日本ロマン派と結びつけなければ、太宰文学を理解しえないとも考えていない。端的にいえば、太宰の名前が日本ロマン派と関連をもつのは、かれが今官一、津村信夫、中原中也、山岸外史らとはじめた「青い花」が、保田与重郎、亀井勝一郎、中谷孝雄らの「日本浪曼派」第三号に合流したという文学史上の偶然（?）にもとづくためであり、ただそれだけの理由であるとさえ考えられるからである。

元来、日本ロマン派とよばれるもの自体が、文学上の集団としてはかなりルースな存在であったことはしばしばいわれる。亀井勝一郎の記したものの中にも、日本ロマン派なるものが、お互いによく知るところのない人々の集りであったことが語られており、太宰自身もまた「僕はまだ同人会にいちども出たことはなく、同人、よく知らん」と今官一宛の手紙で書いている。だから「狂言の神」の中で、たまたま日本ロマン派の「化身」とみられる保田の名前が、ある含みをもってあらわれたところで、それは珍らしくもない文士交際の生態に関連づけられるにとどまり、それ以上に太宰を日本ロマン派の精神などと結びつける意味はもたないと考えた方が妥当であろう。少くとも、日本ロマン派の本質が、あるファナチックなイロニイを方法とする高踏的な国粋主義にあると考えられる限り（つまり、保田をその象徴・基準とみる限り）、太宰が資質的にも、生活的にも、多くの共通性をもたないことは明かだろう。そして、そのうらづけとなるような証言もまた、欠けてはいないと思われる。

亀井勝一郎が回想的に記すところによれば、保田や太宰は次のような印象を与えていた。

「……『日本浪曼派』は、昭和初頭における左翼崩壊の後の混迷裡に発足した雑誌である。一人一人が傾向をことにしていた。同人の中にはユニークな才能をもった人が多く、大部分は二十代乃至三十代をわずか超えたばかりで、元気もあり、私には天才の見本ばかり集っているようにみえて、愉快でもあり、不快でもあった。こういう文学流派は、それまでの文壇に反抗するのが常であり、我々もそれをやったわけだが、一番激しい相剋は、同じグループの内部における夫々のユニークさによって、火花を発するものである。太宰の最もきらった人物は保田与重郎であり、保田の最もきらった人物は太宰治であり、私自身には、この二人とも一向に要領をえない人物であった。保田のかくものは何が何やらサッパリわからず、太宰にはまだ会わなかったが、その書くものは私には、軟弱で、生意気で、我儘で、気どっていて、とうてい手に負えぬものと思われたのである」。

亀井のこの印象がどのていど事実をふまえたものであるかは、私には検討の材料とすべきものがない。したがって、亀井によって、それぞれ「とうてい手に負えぬ」「サッパリわからぬ」とうけとられたこの両者が、いかなる意味でお互いを「最もきらった」のかということも、事実をもととして追及することができない。ただ、亀井のそのような証言と、前に引用した「狂言の神」

のパセティクな箇所とを関連せしめるならば、そこにわずかに、この両者の交渉に含まれたであろう一種の（恐らくは平凡な）心理的ドラマを想像しうるだけである。

さらに、「狂言の神」とともに三部作の一つをなす「虚構の春」の中にも、明かに保田と思われる人物の書簡が挿入されており、それらはその虚構のシステムの中において、太宰―保田の交渉を補足的に推定すべき材料となっている。「虚構の春」の内容は、太宰自身の語るところによれば「……小説の中の、さまざまの手簡、四分の三ほどは私の虚構、あと三十枚ほどは事実、それも、その御当人を傷つけること万々なきこと確信、その御当人の誠実、胸あたたかに友情うれしく思はれたる御手紙だけを戴せさせてもらひました」（昭和十一年七月六日付井伏鱒二氏宛書簡）云云という構成のもので、もとよりそのままそこから事実をひき出すべき性質のものではない。ただ、その作品の一種奇態なリアリティを前提として、そこから太宰によってとらえられた保田のイメージをみちびき出すことは可能であろう。この作品にあらわれる保田関係の書簡は次のようなものである。

「僕は此頃緑雨の本を読んでゐます。この間うちは文部省出版の明治天皇御集をよんでゐました。僕は日本民族の中で一ばん血統の純粋な作品を一度よみたく存じとりあへず歴代の皇室の方の作品をよみました。その結果、明治以降の大学の俗学たちの日本芸術の血統上の意見の悉皆を否定すべき見解にたどりつきつつあります。（略）永野喜美代、太宰治君」。

「めくら草紙を読みました。あの雑誌のうち、あの八頁だけを読みました。あなたは病気骨の髄を犯しても不倒である必要があります。これは僕の最大限の君への心の言葉。けふ僕は疲れて大へん疲れて字も書きづらいのですが、急に君へ手紙を出す必要を感じましたので一筆。お正月は大和国桜井へかへる。永野喜美代」。

「冠省。首くくる縄切れもなし年の暮。私も、大兄のお言ひつけのものと同額の金子入用にて、八方狂奔。岩壁、切りひらいて行きませう。死ぬるのは、いつにても可能。たまには、後輩のいふことにも留意して下さい。永野喜美代」。

これらの間に、次のようなものが挿っている。

「拝啓。その後、失礼して居ります。先週の火曜日（？）にそちらの様子見たく思ひ、船橋に出かけようと立ち上った処に君からの葉書来り、中止。一昨夜、突然、永野喜美代参り、君から絶交状送られたとか、その夜は遂に徹夜、ぼくも大変心配してゐた処、只今、永野より葉書にてほどなく和解できた由うけたまはり、大いに安堵いたしました。永野の葉書には、『太宰治氏を十年の友と安んじ居ること、真情吐露してお伝へ下され度く』とあるから、原因が何であったかは知らぬが、益々交友の契を固くせられるやう、ぼくからも祈ります。永野喜美代ほどの異質、近頃沙漠の花ほどにめづらしく、何卒、良き交友、続けられること、おねがひ申します。（以下略）黒田重治。太宰治様」。

以上のところから推定しうることは、保田と太宰のそれぞれユニークな個性の間には、絶交・和解といった多少ともドラマチックな要因が含まれていたということ、そして、にもかかわらず、両者は、ほとんど対極的な地点から、相互に一定の了解をいだいていたであろう、ということである。たとえば保田には「佳人水上行」というすぐれた太宰論があるというし、また、たとえば次のような太宰観の暗示も書かれている。

「……『新潮』一月号が作家生活への覚悟を問ふてきたのに対し、僕は疾風迅雷には襟を正すといふ古言を以て答へた。あの回答二十名に垂んとしてゐたが、中で文学への覚悟を語ったのは太宰治一人であったと見える。本当に世渡りの秘訣は節度であるか、（略）僕は作家でないくせに二十名の仲間入りして文学生活への覚悟を語ってきざっぽいことを書いてゐる。だが太宰治だけは文学へのはかない覚悟を書いてゐる。（略）」（「日本浪曼派」昭和十一年二月号）。

これらの手ぢかな材料を見るだけでも、亀井のいうように両者がたんに相互に「最も嫌った」ように心えるのは正しくないことはわかるはずである。ただ、亀井の観察にもいくぶんの理由があると思われる。というのは、太宰にせよ、保田にせよ、それぞれ個性的な意味においてロマン的な人間であり、一種の「軟弱で、生意気で、我儘で、気取っていて、とうてい手に負えぬ」というイロニカルなパースナリティを共有していたことは否定しがたいし、そのような個性においては、軽蔑や嫌悪、尊敬や愛着の心情は、亀井のように、「古典的」な資質の持主にそれと明確にうけとられるようにはあらわれないものだからである。いいかえれば、私見を押し出すことになるが、亀井の資質の中には太宰・保田というロマン的性格の機微にふれえないあるものがあり、そのために、両者の関係のイロニイを感じとることができなかったのではないか、ということである。そのことは、日本ロマン派の運動全体を回想する場合、亀井がとかく冷淡につっぱねる傾向があることからも推定されるように私は思う。

二

太宰を日本ロマン派の運動に関連づけることは、ある意味ではかんたんであり、他の意味では困難である。前にふれたように、太宰が日本ロマン派であるということは、端的には文学史的な偶然によって説明される。そして、太宰が「日本浪曼派」に参加していった時代は、まさに必然と偶然の悲劇的な混乱が支配した時期であり、個人の資質という必然が、もっとも無雑作に強力な政治的偶然によって飜弄された時代であった。そもそも「日本浪曼派」そのものが「日本浪曼派はここに自体が一つのイロニーである」（「日本浪曼派広告」）という言語道断な性格をおびていたのであり、それ自体の本質規定が決して単純に行いえないような性質のものであった。したがって、それに参加したということだけからは、作家の本質については多くのことを語りえないはずである。とくに太宰の場合、日本ロマン派について常にいわれる「神がかり」「排外的国粋主義」「ウルトラ・ナショナリズム」等々の評語はどうしてもそぐわないものがあり、たとえば次のような文章なども、むしろ無頼のリベルタンのそれでこそあれ、「慟哭」「恋闕」などの発想にしぼられてゆく日本ロマン派の心情とは考えられないものであった。

「関東地方一帯に珍らしい大雪が降った。その日に二・二六事件というものが起った。私はムッとした。どうしようと言うんだ。何をしようと言うんだ。実に不愉快であった。馬鹿野郎だと思った。激怒に似た気持であった。プランがあるのか。組織があるのか。何も無かった。狂人の発作に近かった。組織のないテロリズムは、最も悪質の犯罪である。馬鹿とも何とも言いようがない。このいい気な愚行のにおいが、所謂『大東亜戦争』の終りまでただよっていた。東条の背後に何かあるのかと思ったら、格別のものもなかった。からっぽであった。怪談に似ている。云云」(「苦悩の年鑑」)。

私が、この走書的なエッセイにおいて、日本ロマン派と太宰との関係というテーマを、保田と太宰という視角に限定し、両者に共通の問題を探ってみるという方法を選んだのはそのためである。つまり、日本ロマン派の本質をあらかじめ規定し、そこから太宰を考えることをさけた。保田、太宰という二つの名前を並べるとき、私は荒正人の次のような評語を思い浮かべる。

「保田与重郎は大和の豪商の息子なんだな。こういう意識をよく出している。あれはいやらしい。美意識の点からいっても実にいやらしい。太宰も大土地所有者の息子だ。一方は罪の意識、一方はそれに甘えている意識」(「近代文学」一九五四年十二月号所収座談会)。

この荒の解釈はたしかにスッキリしている。保田が「甘え」ており、太宰が「罪の意識」にきりきりまいしているという断定は、この二人のロマン派をその存在拘束性において共通に処断している。あとくされのない解釈にはちがいないが、その「甘え」「罪悪感」はたんなる漫罵ととれなくもない。なぜなら、おそらく荒が正統な美意識の源泉として想定しているであろう「市民精神」そのものの頽廃過程から、はじめてこれら二人の美意識も文学も生れているのであり、問題をそれ以前のところで処理しようとすることは、実際にそぐわないだろうからである。

太宰と保田に共通する要素としては、いわば時代精神ともいうべき漠然とした意識しか考えることはできないであろう。そして、その意識によって規定されたある頽廃的な志向の面において、両者はやはり「時代の子」の相貌を共有すると考えられる。

保田のいうように、日本ロマン派は、満州事変とマルクス主義の敗北という衝撃を真正面からうけとめた「一等若い青年のあるデスパレートな心情」を母胎として生れている。「昭和七、八年を中心として時代の青春に遭遇した青年の心情はその時代が日本の国家がもっとも悪い状態にあったゆえに、前後に比類のない複雑さを作った」（「我国に於ける浪曼主義の概観」）というその「比類のない複雑さ」の中から、いわば絶望的な「頽廃への情熱」にかりたてられてロマン派の運動は生れている。太宰が後に書いた文章を引けば「いったい私たちの年代の者は、過去二十年間、ひでえ目にばかり遭って来た。それこそ怒濤の葉っぱだった。めちゃ苦茶だった。はたちになるやならずの頃に、既に私たちの殆んど全部がれいの階級戦争に参加し、成る者は投獄され、或る者は学校を追はれ、或る者は自殺した。東京に出てみると、ネオンの森である。曰く、フネノフネ。曰く、クロネコ。曰く、美人座。何が何やらあの頃の銀座、新宿のまあ賑ひ。絶望の乱舞である。遊ばなければ損だとばかりに眼つきをかへて酒をくらってゐる。つづいて満州事変。五・一五だの、二・二六だの、何の面白くもないやうな事ばかり起って、……」（「十五年間」）という「混沌未形」の時代状況の中で、知的錯乱のあらんかぎりを展開し、ついに現実的なるもののすべてをイロニイの対象とするにいたったのが日本ロマン派の「過激ロマンチシズム」であった。保田によれば、日本そのもの、トータルな現実そのものが「イロニイとしての日本」という形容で規定されている。そこからして、この世代の人々の心理には、異常な内面的頽廃と孤絶の意識が浸潤していた。自卑と倨傲、デカダンと高邁、甘えと自尊、優雅と野卑、陶酔と無気力、虚栄と謙譲——およそロマン主義の病的心理に共通するさまざまな倒錯形態は、いわば「暗い花ざかり」のように青春を包みこんでいた。

『人間失格』の中で、葉蔵と堀木が奇妙に罪ぶかい言葉遊びをするところがある。ある言葉に対して、そのアントニムを見つける他愛のない（しかし、一種の空恐しさをただよわせた）遊びである。「花」のアントニム——「女」。「女」のシノニム——「臓物」。「臓物」のアントニム——「牛乳」……そして、さいごに「罪」のアントニムとは何か、というところで葉蔵は煩悶する。私は、この奇怪な遊戯の絶望的な意味の中に、この時代の知性がおかれた悲劇的状況のミニアチュアを見るように思う。かんたんにいい切ってしまえば、すべて存在するものの存在がその確定的意味を喪失し、人間における信条体系の一義性が消失した状態がそこにはあった。この言葉遊びに類推しうるものを、われわれは、たとえば、ドイツ・ロマン派の人々にも認めることができる。F・シュレーゲルやアダム・ミュラーのアンチテーゼの玩弄がその例であろう。かれらは、すべての語を「ポジティヴ」と「ネガティヴ」に分け、たとえば「永遠」には「瞬間」を、「歴史」には「恣意」を、「安定」には「混沌」を、「平和」には「党派」を、「正統」には「革命」を、といった対置を考え、そのあげく、ミュラーにいたっては、「槌」は「キリスト教的」で、「鉄砧《かなしき》」は「異教的」であるという「論証」を行ったりしている。このいわゆるロマン主義者の「擬論証」（Quasi-Argumentation）が、ふかくかれらの精神構造に根ざしていることをここで詳論する必要はないが、私は日本ロマン派の思想の中に、およそドイツ・ロマン派についていわれる批評が、そのままあてはまるような実質があることを、これまでしばしば指摘してきた。日本ロマン派が、ロマン主義を旗章とする明治以降の運動のいずれからも区別される点があるとすれば、それはただ前者のロマン主義が、自我に関する処女性をおびた意識のめざめではなく、さんたんたる幻滅と自棄をくぐったものの、実存的な内部意識に関連しているということ、したがってまた、革命に幻滅し、政治に裏切られた北ドイツの若い世代の精神的水位にほぼ類推しうる形相をあらわしたということに認められる。いわば日本ロマン派のロマン主義は、日本の小市民層にかつてあらわれたいかなるロマン主義よりも「過激」であり、その内面性において極度に「イロニカル」な存在であった。それは、その社会的存在の意味を自ら抹殺しかねない構造をもってあらわれたのである。

たとえば、この時代の惑乱に同じく正面からとりくんだ人物に小林秀雄がある。そして、小林の現実感覚の中には、保田のそれと共通する要素が含まれるなどともいわれる（たとえば本多秋五）。しかし、日本ロマン派の世代の人々にとっては、すでに小林のような（当時としては）若い世代でさえも、必ずしも共感の対象とはならぬくらいに、その内面的解体はラジカルに進んでいた。三枝康高の伝えるところによれば、昭和十四年の頃、太宰は小林について次のように語っている。

「あれも一かどの人物だよ。たしかに功績は大きいな。しかしもうあの人には、僕たちの書くものなんかわからないんじゃないか。河上徹太郎は僕に好意を持ってくれているんだが、小林はむしろ一ばん苦手だ。僕ははじめのうちは僕なんかを認めないなんていうのも、いわゆる〈稽古が厳しい〉っていう類のものかと思っていたんだ。ところがどうして、解らんのだよ。あの人には新しいものの見方や、センスっていうものがない……」(「太宰治とその生涯」)。

これは太宰ばかりでなく、おそらく、保田の場合にもそうであったのではないかと私は想像する。小林が『私小説論』その他で展開した自我解体の意識などは、どちらかといえばむしろ安易なものとさえ見られていたかもしれない。少くとも、たとえば次のような自意識のトータルな倒錯は小林にはなかったであろう。

「非合法。自分には、それが幽かに楽しかったのです。むしろ、居心地がよかったのです。世の中の合法といふもののはうが、かへっておそろしく、(それには底知れず強いものが予感せられます)そのからくりが不可解で、とてもその窓の無い、底冷えのする部屋には坐ってをられず、外は非合法の海であっても、それに飛び込んで泳いで、やがて死に到るはうが、自分には、いっそ気楽のやうでした」(『人間失格』)。

ここで「合法」「非合法」といわれているカテゴリイは、別にいくらでもいいかえがきくであろう。「世界の中にある」存在としての自我を、世界から疎外しようとするこの志向は、一般にロマン主義者に共通する方法としての自己疎外を意味している。ヘーゲル的にいえば、それは一切の客観性(ここでは合法性)を虚無化し、同時にまた「自己自身さえも現実性をなくして消失する一そう高貴な主観性」(＝傲慢)の立場にほかならないが、この意味での「主観性」のラジカリズムは、小林のような絶対自然の信奉者には全く通じあうはずがなかった。保田と太宰に共通するものは、ただこの意味での「破滅的イロニイ」にほかならなかったのであり、その点においてのみ、両者は日本ロマン派の精神を共有したと考えられる。

三

しかし、保田と太宰を対照するとき、そこには勿論ある極端な差異があることが気づかれるであろう。それを予め要約的にいえば、太宰の破滅的イロニイの方が、日本社会の底辺構造により深く根ざしているということであろう。その意味は、次のようなことである。

まず、保田と太宰の日本近代に対する感性的批評の立場をくらべるとき、前者においては、むしろ土着文明（教養）にもとづく優越感が規定的であり、後者では、その逆であることが気づかれる。保田における古典主義がむしろ土俗と歴史の基盤において成立しており、近畿地方という先進的産業文明地帯の生活意識から流出していること、その厖大な古典註釈の自信を支えたものは、一種の「郷土ショーヴィニズム」ともいうべきものであることを、私は別のところで論じたことがある。そして、かれのおそらく抜群というべき土俗的教養の内容が、昭和七、八年という知的錯乱の状況において（もとよりドイツ・ロマン派の影響ということを含めて）、一種奇妙な変容をたどる過程の中から、そのイロニイと頽廃の思想が形成されたものと、大ざっぱに私は考えている。たとえばかれは、転向前後の文学的錯乱の諸現象を見て、それを「檀林末期の有心の方」と性格づけているが（そして、その規定は、たとえば高見順や太宰の饒舌体を見るとき、ふと恰好なものと思われるが）、そのような感覚のもち方こそ、保田に独特のものであり、太宰には欠如していた態度であった。

たとえば、私は、『人間失格』の中にあらわれる「ツネ子」と主人公の対話を読むたびに、奇妙な感じにとらわれる。そこには次のようにかの女の話し言葉が書かれている。

「こんなの、お好きか?」「お酒だけか? うちも飲まう」「金の切れめが縁の切れめ、なんておっしゃって、冗談かと思うてゐたら、本気か。来てくれないのだもの。ややこしい切れめやな。うちが、かせいであげてもだめか」――この言葉が関西ことばといえるだろうか。少くとも、そこでいわれているように、広島の女の言葉でないことは、私は自分の出身地だけに、間違いないと思う。しかし、私はこの奇妙で無器用な関西弁を綴った太宰治の方が、日本社会の矛盾により深くとらえられた作家であったと思うのである。

別の角度から見ることにしよう。太宰と保田のそれぞれの文章について、読む人が何といっているかという点である。保田の初期のエッセイ「戴冠詩人の御一人者」について、川端康成は、「近頃感嘆して読んだもの」と評し、板垣直子も「清らかな気品」にあふれる文体と評している。しかしまた、保田自身の祖父にいわせれば、その書きものなどは「詩とも文章とも称すべきでない」しろものと評されている。そればかりか、保田の文章に対する難解晦渋の非難は、むしろ有名な事実にかぞえられるほどである。

問題は、かれがそのような奇怪な日本語を書き散らしえたことの意味である。やや早口にいえば、保田の場合、むしろ彼の土俗的教養の豊かさがかえってその頽廃をもたらしたという風に私は考えている。そして、それと全く異るのが太宰の場合であったと考えるのである。いいかえれば、保田の頽廃は、いわば蓄積された京阪ブルジョアジーの感性的錯乱としてのみ生じえたし、そこには、形骸化したとはいえ一種の節度が見られた。それに対して、太宰の場合には、その錯乱は、到底文字どおりの自滅におわらざるをえないような生活としてあらわれたということである。そして、その点に、太宰文学の基盤がより深く日本社会の現実構造に根ざしたという意味があるといいたいのである。

太宰とその出自（いわゆる東北型の大土地所有）との関係については、誰しもが言及するところであるが、ここでは、「思ひ出」その他に描かれた陰惨な東北型地主制の胎内から、いきなり「ネオンの森」「絶望の乱舞」という大都市生活の中に投げこまれた人間の自己破綻という一般的図式を提示しようとするのではない。そのような図式は、たとえば同じ頃、銀座街頭の「グッタペルカのライオン」を歌った宮沢賢治の場合や、「あかるい娘ら」の「白くあるひはあはあはしい栗色」の手足、「ちようど鹿のやう」な「きやしやな踵」を歌った中野重治の場合などと対比することによって、太宰の個性的な何ものかを浮き出させることもできるであろう。しかし、そのことは、日本ロマン派との関連を主題とするここではあまり必要のないことがらである。決定的なことは、たとえばドイツのロマン派の場合においても、行いすましたカトリックの自足した老人に転化したF・シュレーゲルやA・ミュラーらが一方にあり、他方には、むしろ古典的完成を思わせる作品を書上げながら、人妻と自殺するにいたったクライストのような人物があるように、保田や亀井や芳賀檀などがそれぞれ現在あるようにあるのに対し、真に奇態なむごたらしさをともなって自殺した太宰があるということであろう。そして、おそらく日本ロマン派の仲間の中で、唯一人太宰だけが永遠に現実存在の秩序から引き裂かれ、悲惨な「道化」と「お芝居」の論理を実行したということの意味である。

元来、ロマンティケルの人間的成熟の質は硬質のものではなく、他者追随的な無性格に帰するということは、たとえばカール・シュミットなどの分析によって明かである。かれらは、いわゆる「より高き」「第三者」の能動に機会主義的に共感し、共鳴するという精神構造を特質とするが、その場合、その能動者が何として感受されるかは、やはり個々のロマンティケルの資質や生活、感受性の内容によって規定されることになる。保田においては、それは「皇神の風雅」という伝統文芸の総体のイメージとして与えられたが、太宰においては、そのような伝統の実体は存在しなかった。このことは、保田をのぞくすべての日本ロマン派の人々について、ほぼ同様の事情であったと思われるが、太宰において、とくにある必然的な意味をもった。

彼の生活背景の奥深い暗さ——それは、ほとんど幕藩時代にまでさかのぼり、一種怪奇な画面を思わせるほどのものであるが——を、たとえば保田の生活基盤の近畿文人的な明るい豊沃さと比べるならば、両者の感受性の質と、それが同じくイロニイとして解体する場合の差異とは明かであろう。保田においては、頽廃はむしろ伝統的な技巧の一種にさえなりえたのに対し、ただ一個の個体存在として、太宰が自己のおかれた全体状況からの孤独な超越を企図することは、ただすべての生活技巧の破壊以外にはありえなかった。太宰は、自己の作品について「私の書くものが、それがどんな形式のものであらうが、それは、きつと私の全存在に素直なものであつた筈である」(「一日の労苦」)と書いている。そして、それにふれて、臼井吉見は「まことに太宰の文学は終始彼の全存在に素直であった。実生活に素直だったのではない。自分の全存在に素直であろうとして、実生活をつぎつぎに破壊した」と書いている。この評語に関連させていえば、太宰が希求した「全存在」への信従態度は、明かにロマン主義的であったし、実生活の定型破壊という「はにかみ」や「照れ」もまた、やはりロマン的というほかはなかった。しかし、そこで太宰の「全存在」は、まさに日本のもっとも恥じの多い構造に根ざしていたのであり、その構造から自己を断ち切るべく、太宰の大地主的感受性はあまりにも弱く、また、保田の場合のように、土着的なるものは、太宰を甘やかすほどに「肥沃」なうそにみちていなかったのである。

補論四　日本ロマン派と戦争

一

いわゆる「日本ロマン派」がいったい何であり、何をやって来たかということは、これまでにも必ずしも十分に明かにされてはいないが、とくに、それが太平洋戦争の時期に何を意味したかという問題になると、いっそうことは曖昧になるはずである。というのは、第一に、日本ロマン派の源流ともいうべき「コギト」は敗戦間近の頃まで刊行をつづけていたが、「日本浪曼派」そのものは昭和十三年八月、第四巻第三号でとっくに廃刊になっており、具体的に「日本ロマン派」を名乗るまとまった運動はもはや存在しなかったという事情のほかに、第二に、一般に日本ロマン派のメンバーと目される人々の活動をいかなる意味でまさに日本ロマン派のそれとして共通にとらえうるかという点において、いわば方法的な曖昧さがともなうからである。たとえば、自身また日本ロマン派の洗礼を受けた人である三島由紀夫は、少年の頃その師表と仰いだ伊東静雄に関連して、次のように記している。

「私の文学少年時代は、日本浪曼派の全盛期であつたが、この運動には意外に作品的成果が挙らなかつた。私が今指折り数へてみて保田与重郎氏の初期の評論と、佐藤春夫氏の詩および法然上人別伝『掬水譚』と、檀一雄氏の『花筐』と、文芸文化同人の国文学研究のほかには、伊東静雄氏の詩業を数へるのみである」(三島由紀夫「伊東静雄氏を悼む」)。

このような三島の評価と、その前提となっている日本ロマン派の規定とが、必要にして充分な要件を含んでいるか否かはここでは問題とならない。ただ、たとえばそこにあげられている保田の初期の評論と、伊東の詩作品とをためらいなく同じ日本ロマン派として同列に見ることは、すでに必ずしも正確な文学的理解とはいえないかもしれないし、いわんや保田の戦争期のある種の粗雑な文章と、伊東の『春のいそぎ』の醇乎たる古典的完成とを、同じく戦争についてのロマン的関与を述べているという理由で同一視することは、明白な間違いということになるであろう。要するに、日本ロマン派に属する一人一人の文学者が戦争にいかに対処し、いかなる作品を残したかはそれとして問題を構成しうるが、日本ロマン派そのものが何を、いかに為したかということを概括的に述べることはむずかしいのである。

ということは、日本ロマン派の問題がその充分な含意を歴史の中でいまだ展開しきっていないということ、そのために、その歴史的な位置づけがいくらか恣意的なものにおわらざるをえないということ、さらにいえば、あの戦争と敗戦の全体の意味が一つの確乎たる文学的伝統の中に定着されていないということ、等々の事情に関連しているといえよう。そのことは、要するに日本ロマン派が、自ら戦争期の作品として後世に記念すべきものをほとんど残しえていないということにほかならないのだが、そのような事情のもとにおいて、戦争期の日本ロマン派の意味を明確化するということは、いわば暫定的な作業となるほかはないかもしれない。

　以下において、私は、一般的に日本ロマン派の戦争観を主題としながら、その推移をたどることによって、課題の輪郭を描いてみたい。その場合、一方に保田与重郎の、他方に伊東静雄の作品をすえることによって、その対極的構造の中に、ロマン派の可能性をさぐるという手つづきをとることにしたい。

二

　保田の戦争に対する態度が、かなり典型的にロマン主義的精神構造を反映しており、その場合、いわゆる「ロマンティシェ・イロニイ」の心的態度が特徴的にあらわれていることについては、私は別の機会にしばしば論じたことがある（本書「日本浪曼派批判序説」参照）。

　一般にロマン主義者がなんらかの巨大な歴史的現実にかかわりをもつ場合、その主体と現実との間にいかなる関係が成立つかについて、もっとも鋭い分析を行ったものはカール・シュミットであろうと私は思っている。彼によれば、ロマン主義者の現実関心の本質は「歴史的展開に与りながらこれを追うという同伴的情緒」にほかならないとされ、現実そのものではなく、それによって機会的に昂揚せしめられた「情感《ゲフュール》と詩趣《ポエジー》」とが問題であるとされる。つまり、彼らにとって、現実が革命であれ反革命であれ、巨人的な革命の英雄であれ残虐な反革命の将軍であれ、それが問題なのではなく、ただそのような偉大な現実の中で与えられる「情感と詩趣と魅惑と」が問題なのである。したがって、ある現実に対する彼の態度はきわめて多義的となり、無限定となる。決定的な肯定もしくは否定というものは生じえない。いわば彼は決断主体として行動することはありえない。したがってまた決定的な勝利も挫折も生じえない。つねに挫折せる敗者であるとともに、つねに勝利せる超越的な英雄である。彼らのイロニイという方法がそこに生れる。

すべてこのような態度は、保田の場合一般的にはその初期のエッセイにおいて、そして戦争に関しては、とくにたとえば『蒙疆』（昭和十三年）などにおいて、いちじるしく鮮明にあらわれているといえよう。たとえば後者において、われわれは、保田が「シナ事変」をどう考えていたのか、いったいその勝利を希っていたのか敗北を予感していたのかさえ、ハッキリしないという印象をうけるであろう。われわれは、その書物の中に、抒情的なもやに包まれた大陸のそこはかとない風物のあるものと、著者の思念を往来した「感情《ゲフュール》と詩趣《ポエジー》」とを読みとることはできるけれども、それ以外のことがらについては、ほとんどなんら明確な知識を与えられることがない。たとえば、その著しい例は次のように書かれている——

「奉天に於て、さうして大連に於て、私はいまはしい事実の少しをきいたことを悲しむ。大連を船出する少しまへにも、遺憾な事件が大連に起つたさうである。しかし我らの民族の宿命的な今日の動きに対し、つひに私は希望を感じつゝけた。大陸は我らの古い伝えの理念のまへに今展かれてゐるのである。」

これだけでは、保田がなにか「いまわしい」ことを「悲しんだ」ことと、しかし結局「希望を感じ」つづけたことしかわからない。もっとも、それにつづけて、次のような文章がある。

「私は往路朝鮮を通りつゝ、文祿慶長の役の降倭の代表の如く伝説されてゐる慕夏堂の遺文集を興味ふかくよんだのである。今日一二の降倭的なものがゐたといふことは、悲痛の恥辱であるが、それは今日の若い新しい倫理の母胎の責任でないといふことが私に確信されるのである。」

これでおおよその事実と保田の思考の道筋とは想像されるわけであるが、それもいわば思わせぶりであって、真実には保田の悲しみと希望の無責任な交替を印象づけられるにとどまる。この場合なども、検閲の考慮ということではなく、対象のとらえ方そのものが問題なのであり、そのことは、彼の戦争という現実全体に対する姿勢についてもいいうるのである。

「上関、八達嶺には、皇軍が大日章旗をかゝげた。本来漢人が蒙古人と幾度か戦闘をくりかへした土地である。青竜橋の長城のはるか上にも日章旗をかゝげて一人の兵士が立つてゐた。かういふ壮大な浪曼的風景を一年半以前の日本人は想像したゞらうか。浪曼的な座興の語が現前し、私は己れの眼で眺めたのである。日に二度通る汽車を送るために、見上げる長城の上に彼らはたゞ一人で日章旗を守つてゐた。私は即興の詩人でないことをこの時に悲しんだ。」

「去年南京が完全に陥落したとき、わが軍の司令官は従軍記者たちと会見して、彼らがどこまでゆくかと問ふのに対して、どこまでゆくかわからないと答へた。このことばが誇らかな心持で青年の間に流行したことを人々は知つてゐるだらうか。」

彼のロマン的空想はつねに己れの詩的な感興をめぐって展開している。つまり彼は、八達嶺に立つ日本兵士についても、現実に戦闘を指揮する軍人についても、中国の民衆や兵士についいても、決してその苦悩や疑惑や絶望や抵抗を本当には理解することができない。問題は彼の味う悠遠な「詩情」だけであり、それは現実にはほとんど意識的な無恥としてあらわれている。そしてそのことが、実は保田の「イロニイ」という方法にほかならないが、そのことについては、ここではくわしくは述べない。ただ、彼が日中戦争の全体について、次のように言っていることを思いあわせるだけで足りるであろう。

「……思想としての意味ではこの戦争が形の上で無償でもよい。それでも日本のなしあげた最大な世界史的事業は進捗するさういふ偉大な浪曼的事実を、また浪曼的感想を、私は蒙古を流れる大黄河沿で現実に身にしみて味つてゐる。」

いうまでもなく、日中戦争の開始は、昭和六年に始る日本の戦争遂行にとって、決定的な転機であった。たとえば石原莞爾のような軍人は、その不拡大方針が破れたのち、早くも「日本は樺太も、台湾も、朝鮮もなくなる……本州だけになる」と暗然として語ったといわれる（田村真策「繆斌工作」）。それ以後は、どのような努力がくりかえされようとも、もはや中国との妥協は不可能だったのであり、日本帝国主義の錯乱にみちた苦悩とその果の崩壊過程は、そこにハッキリと開始されていた。だから、保田が、世界史的な「雄大なロマンチシズム」を夢想したことは、まさに歴史の雄大な狡智を示したものにほかならなかったわけだが、彼は彼の側で、そのイロニイによって歴史を飜弄しようと試みていたという恰好になる。

『蒙疆』の全体を通じて、われわれの見るものは理由のない楽観のロマン主義である。彼は朝鮮と満州を、北支と蒙疆を見たはずである。北京では、竹内好の案内を受け、日本の北支進出に関連する複雑で深刻な民族闘争の裏面をも少しは見聞したはずである。同じことは満州についても、さらに朝鮮についてもいえるはずである。しかし、われわれは、この書物から、曖昧な美術論のほかには、ほとんど歴史と民族の問題について、なんら明瞭なイメージを与えられない。彼自身、大陸の巨大さと戦争の底知れぬ深さの前で、さすがに一種の戦慄を感じていたことは確かである。しかし、それは「私が明瞭に感じ、しかも漠然としか表現できぬこと」として、かえって倒錯的なヒロイズムへのアピールをよびおこしているにとどまる。

「蔣介石の支那は民国初年の支那ではない。しかし私はこの蔣介石の理想主義を砕破することに、日本の情熱を感じる。日本軍が北京に入城して一人の降将がない、南京に入ってまだ現れない、この支那史稀有の事実を、日本の完勝に転換せしめねばならない。こんなとき懐柔を口にすべき時期でない。日本の精神と倫理は蔣介石の理想主義、その背景の思想文化を拒絶虐殺することに於て、もつとも偉大な敵としての彼を認識する。」

彼が蔣介石を「偉大な敵」として認め、その敵の虐殺を説いているのは正しい。そして、それに関連して、北京における中国や日本のインテリたちの「妥協工作」を非難し、その人道主義的センチメンタリズムを批判しているのも、一部分においては正しいかもしれない。そして「少くとも彼には、康熙か乾隆の一人あることを希望した。さういふ偉大な日本人が一人あらはれるならよい」という言葉によって、支那班参謀将校まがいの思想をいだいたとしても、それはそれで理解されないでもない。しかし、そこでも保田は、敵に対峙する己れについて、ほとんどなにごとも知ろうとはしていないし、およそ己れの思念の中を飛翔する無限定の幻想としか関わっていない。そのことを、もっともよく示すものは朝鮮における「日本主義」の隆盛についての彼の「放縦」な感想であろう。

「……明治以来まさに七十年になるわが半島問題は、七十年にして内鮮一如の解決にくる可能性にのぞんでゐる。半島人は始めて世界認識を得た。彼らは毎日〈皇国臣民の誓詞〉を読む。彼らは出征兵を送り、献金はあひつぎ、銃後の家庭をたすけ、彼らの或者は初めて皇軍の一員として参加することにまでなつた。銃後奉仕の心は強ひられたものではなからう。」

「朝鮮の半島人の間に起つてゐる一つの〈日本主義〉運動は、その点から多くの人々によつて注意さるべきである。……さうしてこれら半島の日本主義者たちの間では、日本の国家主義的な人々の間にナチス風の血の純粋が論議されないかといふことが問題になつてゐるとか、しかし日本の右翼人たちはむしろ感傷的といひたい程に、皇道宣布の意味での国際愛の感情家であることを私はよく知つてゐる。これらの半島人の日本主義の間には、驚くべきことには、すでに朝鮮語の廃止さへ叫ばれてゐるのである。」

ここに記されていることは、事実としてそういうことがあったことを否定はできない。しかしまた、その反対の隠れた事実があったことは、保田は全く考慮の必要もないと考えている。肝心なことがらは現実の構造やその動態ではなく、自らの興趣をかきたてて「雄渾な」幻影にまで高揚せしめる動機としての事実のみである。彼はしばしばそのような態度の「鷹揚さ」を自身の「上国」的な「血統」と結びつけて自負している。そして、そこから、時局に対するインテリ的悲観論や懐疑主義を軽蔑し、それらはすべて西欧風の主知主義と人道主義への追随にほかならないとし、しばしば啓蒙的批評の態度を糾弾している。それはそれで一つの見識といって少しもかまわないと私は思う。しかし、彼が「シナ事変」に始る戦争の歴史的イメージはもとより、現前する民族抗争の現実の把握において完全に無力であったことは、いかなる詭弁によっても否認することはできないであろう。彼のロマン主義は、小林秀雄の反歴史主義的決断主義とならんで、戦争に突入しようとする瞬間の日本インテリゲンチャをもっとも有効に眩惑したものであった。その場合、この両者の思考と方法は異るけれども、いずれもがいわゆるインテリに対して「大衆」もしくは「庶民」のロマンティシズムや英知を対置していることは特徴的である。しかし、少くとも保田の場合についていえば、「今日の日本には、一つの大衆の雰囲気があるのだ。私はさうしてもう放縦に、たゞそれをリードする指導者を待つてゐる……我々文化人の仕事は積極と消極の両面に於て大衆的雰囲気の出現を助長すればよいのである」という形で引合いに出された「大衆」とは、それこそまさに保田の幻想的主観の投影にほかならないであろう。そのようにして、およそ戦争の遂行に必要な何ごとをも終局的に提示しなかったという意味においてのみ、保田の戦争観のイロニイは考えられるであろう。

三

私は、いま、日本ロマン派が好戦的であり、侵略主義的であったというような批判の仕方に余り関心をもたない。むしろ、それは、結局戦争を推進する意味でも、それを阻止する意味でも、ほとんど何ごともなさなかったということの意味を確かめることから、われわれは、あの戦争の思想的意味を考える方向に進んだ方がよいように思う。日本ロマン派やその類似勢力が日本インテリの反戦傾向に幾分の打撃を与えたから、というような見方からは、かえって戦争の本当の意味は見失われるのではないかと考える。別のいい方を用いれば、日本ロマン派は、あの戦争からほとんどいかなる作品をも作り出してはいない。そして、それは、彼らの多くのものが、本当に戦争をすることもなかったからではないだろうか。

しかし、われわれは、もう一人の日本ロマン派の詩人のことを考えることによって、別の角度から、戦争とロマンティシズムの関連を考えてみたい。それは、同じく日本ロマン派の名で呼ばれることもあるが、保田の場合と微妙に重なりながら、決定的に異質のロマン主義を表現した詩人である。たとえば、ドイツのロマン的運動において、クライストやヘルダーリンやゲンツが、シュレーゲルやノヴァーリスやミュラーと区別されるという意味において、ある悲劇的な孤独と異質性を示した詩人である。

伊東静雄を日本ロマン派と結びつけた歴史とは何であろうか。彼が「コギト」に詩を載せるにいたった事情について、保田は次のように記している。

「コギトの始つたころ、（コギトは発刊早々から予期以上に注目された冊子だつたが）当時伊東は、大阪から出てゐた『呂』といふ名の、新聞紙四分の一判四ページ程のパンフレットに詩をのせてゐた。それを初めて見つけたのは田中克己であつた。田中に『呂』を示された時、私は未知の伊東の詩を初めてみ、そして非常に驚いた」（「伊東静雄を哭す」）。

年譜によれば、昭和八年三月「コギトの田中克己の詩に注目し、書簡をおくる。田中もまた『呂』誌上の伊東の詩を評価し、保田与重郎とともにコギトへの寄稿をもとめる」とあり、昭和十年四月には『日本浪曼派』第二号から「中村地平とともに同人として加はる」という記事と並んで、「十月、処女詩集『わがひとに与ふる哀歌』をコギト発行所より出版」とある。こうして、彼の周辺には萩原朔太郎、室生犀星、三好達治、丸山薫、中原中也、淀野隆三、芳賀檀、立原道造、保田与重郎、清水文雄、富士正晴、小高根二郎など、「四季」や「日本浪曼派」や「文芸文化」の人々との交友関係が作られていった。それはその時代において、ほとんど必然の事情として了解することができる。しかし、次のような保田の回想を読むとき、私はいささかしっくりしないものを感じないではいられない。

「私はこれらの詩篇を、始めてそれをよんでから、すでに二十年の歳月をへた後、筆をとつて写しすゝみつゝ、かつて我々の青春の一切を投じて信じた彼の旧作が、今なほ、他の如何なる文芸よりも生々とわが心に生きてゐる事実を切なく味つた……今日私はわが青春と共にあつた彼の詩をなつかしむあまり、その一つ〳〵をうつしつゝ、はからずも味つたことは、往時のわが青春のよろこびと精神的な昂奮の一切であつた。……何といふ青春であらうか。彼の多数の詩作に現れた詩の思ひが、私自身の詩の思ひと あまり通じてゐる事実は、改めて驚いたことの一つである」(同上)。

保田がそのように書くとき、私は「それはわかる」という気持とともに、しかし「伊東と保田とはまるで異質だ」という感じとを同時にいだく。人間の資質、性格ということではなく、それが異るのは当然のことであるが、同じく日本ロマン派といわれるこの二人の書いたものの全体についていえば、そこには殆ど古典的とローマン的というほどの差異がみられる。保田の文章の中には、古典的明澄をおびたものは一つもないと思われるが、伊東の作品は、ほとんどが現代日本語の古典的可能性の完璧さに迫ったものといえよう。それはまた、恐らく両者の詩文が後世の愛誦にたえる度合いの差異としてもあらわれるはずであるが、にもかかわらず、保田が伊東の詩作品の中にそれ自身の「青春のよろこびと精神的昂奮の一切」を見出していることは、決して虚偽ではないはずである。それなら、いったいどこに両者の異質性があるのか、私は、伊東の戦争観を保田のそれと対比することによって、そのことを考えてみたい。

三島は前記の追悼文の中で、伊東の戦争詩について、次のように述べている。

「浪曼主義運動は必然的に政治に結びつく、しかも〈自分のことしか考へない〉著者は、結局政治に裏切られ、背かれる。当時、伊東氏が、最初の二詩集の独逸浪曼派的詩情から一転して、『春のいそぎ』の醇乎たる古典派詩人に変貌したのは、一見政治との結びつきのやうで実は逆であつて、現実のギリシャに背かれたヒュペーリオンの嗟嘆が、あの明朗な詩的結晶体（たとえば「かの旅」「那智」「久住の歌」「海戦観望」「なかぞらのいづこより」などの古典的完璧を見よ）の裡に、予感のやうにうかがはれるのである。氏がたとへば戦争をうたつて〈つはものが頰にのぼりしゑまひ〉をしか見なかったのは、詩人の正確な歴史的直感であつた」（三島、同上）。

ここに書かれていることは、一般的にロマン主義そのものの逆説と悲劇に関わっている。私は、伊東の戦争に対する信仰とその挫折の中に、伊東の世代のみならず、もっと若い青年たちの戦争に対する一切の心持の屈折もまた含まれていると思うが、こんど出た全集の中の日記や書簡を見ることによって、そのことを改めて確認することができるように思う。

まず、保田と伊東の戦争に対する態度の中には、その中に挫折の契機の有無ということが問われるはずである。予めいえば、保田においては歴史における挫折の意味は人間化されてあらわれず、一切を神々の仕業と玩弄に委ねるイロニイの心安さが優っている。しかし、伊東の場合はそうではない。保田が歴史における努力の空しさをイロニイとしているのに対し、伊東は歴史における人間の賭けの悲劇性をひそかに予感しているかのようである。

「草蔭のかの鬱屈と翹望の表情が、ひとたび、大詔を拝し皇軍の雄叫びをきいてあぢはつた海濶勇進の思は、自分は自分流にわが子になりとも語り伝へたかつた（略）。

その草稿をととのへて、さて表題の選定に困じてゐた時、たまたま一友人に伴林光平が

たが宿の春のいそぎかすみ売の重荷に添へし梅の一枝

の一首を示されて、ただちにそれによつて、『春のいそぎ』と題した。大東亜の春の設けの、せめては梅一枝でありたいねがひは、蓋し今日わが国のすべての詩人の祈念ではなからうか」（詩集『春のいそぎ』自序）。

このような自序を添えた『春のいそぎ』の中には、たしかに保田がそのおびただしい評論において主張した「皇神の風雅」が歌われている。そしてまた、彼の戦中日記のそこここには、危うく俗化した「皇国主義」とまがうばかりの記事が見られなくもない。しかし、彼の詩におけると同じく、その日記においても、白刃のような拒絶の精神はひそかに鋭い均衡を保って持続されて

いる。彼の大詔を拝しての「海濶勇進」の気持は、きびしい緊張をはらみ、古典的均斉ににじりよる孤独な努力としての昂揚であって、そこには保田のような放埒な楽天は見られない。日記の昭和十九年七月八日の項に、伊東は一人の労働者のことを記している。その男は「いくらか常軌を逸した人らしい眼光」をもった人物であったが、駅のフォームに入って来た遺骨の列に敬礼して、ひとり朗々と何かの歌を朗詠した。人々は半ば感動し、半ばうす笑いながらそれを見ていたが、伊東はその男に深く感動している。あたかもそれは、己れの中の孤独と祈りの奇怪さが、その男の姿をかりて衆目にさらされたのであるかのように、伊東は丹念にその印象を記している。美談でも慷慨譚でもなく、戦争の彼方にあるものと己れとの距離を凝視する鋭い詩人の眼がそこには示されている。保田ならば同じようなエピソードを、子供むけの美談風に、真から楽しそうに(しかし妙に思わせぶりに)エッセイに記したかもしれない。そういう感受性の質的な差異は、両者をもっとも明かに区別する点であろう。また、日記の中には、不遜な兵士、愚劣な配属将校、独善的な大政翼賛会講師等への痛烈な拒否が記されている。そして戦争が敗れた後、伊東はある痛ましい挫折感と解放感とをいだいたのではないであろうか。

「戦争がすんで復員したわたしは戦闘帽と軍服のまゝ住吉中学まで出かけて伊東静雄にあつた。彼は戦闘帽や軍服をはなはだ不愉快がつた。彼は大東亜戦争をものすごく憎んでゐて、戦争がすんでほつとしたと言つた。わたしは『春のいそぎ』のころの伊東静雄を思つていたので、一寸あつけにとられた」(富士正晴「伊東静雄のこと」)。

「〈文芸文化〉の蓮田善明の自殺のことが話に出たが、蓮田が徹底抗戦を部隊長に進言していれられず、部隊長を射殺して後自殺したことを、彼はひどく厭がっていた。ひとり死にやいいのにといふのが彼の意見だつた」（同上）。

このような伊東の変化は、それを手がるに「転向」とよぶことを許されない何ものかを含んでいる。たとえば――

「三十日、米田君外国文学研究の必要を云ふ、岡君来訪、このごろ携つてゐる内海掃海のことを喋り、又日本が徹底的な敗戦であつたことを言ふ、各々自分に一番似たことばかりを喋る。沖君例のごとく日本非神国論を云ふ」（全集）。

「十五日陛下の御放送を拝した直後。

太陽の光は少しもかはらず、透明に強く田と畑の面と木々とを照し、白い雲は静かに浮び、家々からは炊煙がのぼつてゐる。それなのに、戦は敗れたのだ。何の異変も自然におこらないのが信ぜられない」（同上）。

このような心情から、どのようにして「大東亜戦争」への激しい憎しみが芽生え、民衆の左翼化に対してさえ「人民としてはそれが当然だ……それが良いのですよ」（富士、同上）という断定に近い言葉が生れるにいたったのか、それをあとづけることは、今私の手にあまる仕事である。ただ、彼の『春のいそぎ』の古典的な密度を支えたものが、保田のいうような「大衆」へのよりかかりなどではなく、一筋の詩心によって貫かれた民衆的生活と国語の伝統への愛情であったことが、彼のその変化の基盤であったとはいえるであろう。さらにいえば、彼の民衆的な関心は、保田のそれよりもむしろ柳田国男のそれに近い性質のものであったのではないか。そして、彼の

『春のいそぎ』は、柳田の昭和二十年の著述『先祖の話』に比べられるのではないかともひそかに考えるが、それはここで詳しく述べる余裕がない。つまり、柳田が半ば予感的に書きつづった敗戦と鎮魂のための文章に当るものが、伊東においては、緊密な古典的彫琢の中にいちはやくとらえられているということである。そして、そのような文章を、ついに保田は書いていない。それはどういうことであろうか？

四

中国との宣戦なき戦争に関して、そこに民族的なロマンチシズムを見た保田の文章については、前に述べた。そしてそこに描かれた主情的戦争観は、日本ロマン派の多くの人々によって共感されたものとみなしてよいであろう。たとえば、中島栄次郎は保田の『蒙疆』に収められた文章について、次のように述べている。

「保田与重郎が大陸の旅行記をかいているのを見ると、前線の精神は実に美しい、自然まで美しいとかきたないとかいふものの区別なんかなくなつて了ふと話してゐたが、僕はきいてゐて彼の言葉と顔の美しいのを眺めていた。出征前夜のことである。僕はその後短い時間ではあつたが、石のやうに眠つたのである。保田のかいてゐる前線の将兵諸氏は見事に〈日本〉である、そして前線のみに見事な伝統があるのを知つた、今日の日本文化の精神は前線にある、前線は日本の極限である」（中島栄次郎「アンチ・プラグマチズム」――『コギト』昭和十四年一月号）。

また、次のような讃美の文章も書かれている。

「——欧州の秩序が統一され、白人の植民地事情が統制されたとき、欧州人は崖の下をみる理論と思考法と発想を組織したのである。しかし日本は今崖のはずれに立つて、しかも上をのぞむ時期である。我々は崖の下の淵を警戒しなくともよい。私はあへてさう思ふ。大陸を支配するものは雄大な楽天家でなくてはならない。さうして今日は又雄大な信念の楽天家の文学が必要である。危惧と不安の文学は、あの去る年の砲弾がふきはらつたと考へることが必要である（このパラグラフ、保田の文章からの引用——橋川）。

僕はこの豪壮な文章を青白いインテリに読まして、生活訓にさしたい。サラリーマンなら課長や重役の頭を一つや二つ位殴る元気が出てくるだらう。

敗戦と自己虐待を表現する文学は敗戦国が描く、我らの文学は、事変を踏む表現をとるだらう。無慚な敗戦記には詩がある。我々はさういふ詩とも訣別しない。今日の日の悲観論には訣別する。今日日本の知識層にあまねくゆきわたつてゐる悲観論の根拠こそ、大正文学の思想であり、発想であつた。その悲観論は事実の反映より、大むね発想の産物である。悲観も楽観も客観的事実でない、客観的事実は戦争の勝利である（このパラグラフも保田からの引用——橋川）。

保田、有難う。これだけ読んでももう充分だ」（『コギト』同右所収、長野敏一「『蒙彊』読後感」）。

そして伊東静雄もまた、その日記（昭和十三年九月四日の項）に次のような言葉を記している。

「保田君の『蒙彊』よむ、大いに感ず。」

「シナ事変」が結果として日本の運命にいかなる意味をもったかは改めて言う必要はない。ただ、それが満州事変とはもう一つ異る知的状況を背景としており、文学や思想におけるエポックを明瞭に示したということを顧みておく必要がある。それは、簡単にいえば、柳条溝がいわゆる「転向」と「日本主義」とよばれるそれなりに有意味な思想状況をひきおこしたのに対し、蘆溝橋はその後の事態が政治的統合能力の喪失にもとづく戦争の無限拡大としてあらわれたのに対応して、まさに保田のいう「雄大な楽天主義」(!)というアモルフで「豪壮」な心情を培養し、瀰漫させたということである。

この間の事情についての保田の理解は、次のような文章からうかがうことができよう。それは、事変前後における「日本主義」の流行に対する保田の批判的分析と、自己の立場の弁明とを述べたものである。

「日本の文明開化の最後の段階はマルクス主義文芸であつた。マルクス主義文芸運動が、明治以降の文明開化史の最後段階であつたのだ。さういふ意味では、日本浪曼派は、史的には、この段階の結論であり、それは次の曙への夜の橋であつたともいへるのである。

だからして日本浪曼派的思考の橋を準備せずして、今日日本主義化した文学と文士が、ひつきよう政策文学化することによつて開化論理の没落にさらにだめを押すのも又当然である。今日ある種日本主義文芸の頽廃はマルクス主義文芸と同一のゆき方であり、この頽廃の結果、文学は時代の後方へおきさられて了ふことであらう。マルクス主義文芸が知性の保身術であつた如く、今日は国策に便乗することによつて、多くの保身術が敢行されてゐるのである。今の日本主義の頽廃は以前のマルクス主義の頽廃と同一面と同一方法によつてゐる」(「文明開化の論理の終焉について」――『コギト』同右)。

これは保田の用いる「文明開化」という思想史記述の範疇を理解するならば、必ずしも不可解な論旨ではない。彼がいわゆる「日本主義」から己れの発想を区別し、その種の日本主義は蘆溝橋以降の大陸の現実にふさわしくないと言っていることがここの問題である。同じ文章の中で、彼は次のようにつづける。

「日本の大衆は新しい皇国の現実を大陸にうちたて、一切の現実をそれに表現した。この現実を解く論理は文明開化の論理では間にあひにくい。又日本の大衆は新しい革新を要求してゐる、明治以来の革新の論理がすべて文明開化の論理であつたのに対し、こんどの変革の論理は、文明開化と全然反対の発想をする論理であることを漠然と知つてゐるのである。(中略)日本は、日本の理念の偉大の日に臨んで、その日の論理を知らないのである。これは悲しむべきことである、不幸なことである」(同右)。

彼によれば、いわゆる「文明開化」の論理の一切――文学的には「自然主義」から「主知主義」や「心理主義」や「日本主義」にいたるまで、思想的には「自由主義」「個人主義」「ヒュマニズム」から「マルクス主義」や「日本主義」にいたるまで、すべて蘆溝橋の砲声によってその無効を証明したことになる。ただ日本ロマン派のみが、それらの開化的発想の究極的帰結として「己れの頽廃の形式さへ予想した文学運動」として、新たな日本の状況(＝帝国主義的侵略戦争の開始)にふさわしい論理を準備しえたというのである。いいかえれば、日本が昭和十二年以降に迎えた事態は、これまで幾度かの戦役を通って来たとはいえ、日本がかつて一度も遭遇したことのない新らしい状況であり、それはもはや一切の既成の論理や範疇によってとらええないということが前提となり、一切の既成の思想方法の無効、したがってそれらの頽廃の必然が強調されている。日本ロマン派は、いわば「もうすべてがダメだ」という発想の文学的先取として生れ、「頽廃とイロニイ」の自己主張として必然的な意味をになった。保田が「崖の下を見る必要はなく、そこから上を望む」という言葉であらわしているものは、いうまでもなく極端な主体喪失の意識であり、現実的にはロマンティクの状況追随による参加の意味をもった。しかし、そうした「論理」の生れてくる根拠は、もっとも深い基底に即していえば、やはり日本の大陸戦争そのものの本質に関わっていた。

満州事変から日中戦争へ、それからやがて太平洋戦争へという重複的な過程は、たしかに異常な曖昧さを含んだ過程であった。その全体の過程を統一的に把握する論理は、その当初において、日本エリート層のいずれの部分においても見出されていなかったのではないか。日本はその時期から、悪無限的な政治的・思想的統合力の解体におち入らねばならなかった。そして、日本が大陸の戦争において経験したその論理的解体は、現在もなお日本にとって解決のつかない問題として残されている（竹内好「近代の超克」「日本とアジア」等の論旨を参照）。

日本ロマン派を新しい論理への「夜の橋」と名づけたとき、保田は少くともその戦争が論理的に解決不能の本質をもつことを予見したわけであり、日本ロマン派自体の使命も終焉したことをさとったわけである（雑誌『日本浪曼派』も昭和十三年に消滅した）。こうして、保田にとって、残された道はただ戦争の規模の巨大さに陶酔することだけであった。「そこから、何かゞ生れてくるであらう」という放埓な夢想のみが残された。

しかし、そうした「論理」の可能性は、もう一つ別の事情からも根拠づけられていた。それは、誰が(敢ていえばいかなる世代が)そのような「論理」に共感したかということである。大陸の戦争をもっとも熱心に闘った日本兵は、どういう類の人々であったかということである。前に見たように、保田の『蒙疆』の行間には、日中戦争が青年の戦いであるという認識が含まれていたし、そのロマンチシズムも、青年兵士を主要な目当てとして語られていた。また『原田日記』の記録する次のような問題から、日中戦争当時における大陸派遣軍内部の世代的二重構造関係を想像することも或は許されるかも知れない。

「今度の動員計画は非常な失敗であつた。予備後備を混ぜたために、戦地に行つて若い連中と一緒に働く時にも、やはり社会的にいろいろ見識があるし、一面また家族なんかのことを思つたり、財政とか経済とかいふ風な点とか、日本の為替相場の下落なんかを心配したりするので、何等家族的な拘束もなく、或は社会のいろんな問題に関心もなく、たゞ夢我夢中で戦つてゐる若い連中に、ある意味の影響を与へて、どうも士気がにぶるといふやうなことで、今度からは、徴兵適齢年限を低下しなければどうも駄目だ」(『西園寺公と政局』第六巻、傍点橋川)。

保田の「論理」とは、「為替相場の下落」などを考えず、「夢我夢中で戦う」類の青年たちを主力とし、日本によって行われんとした最後の帝国主義戦争のための論理であったと要約しうるように私はいま考える。のちに見るように、戦争の末期から戦後にかけて、保田の「論理」は近代戦否定の傾向をますますハッキリさせてゆくのであるが、そのことは、しかし、日中戦争において、彼が戦争のロマン化によって、好戦的ムードを鼓吹したとみられることと矛盾しないのである。ここにこのロマン主義者の戦争の論理のイロニイがあるといえよう。保田が全体としてあの戦争をどう考えたかを示す文章をあげてみよう。いずれもそれは敗戦後に記されたものである。

「結論だけを簡単に申さう。我々は近代戦といふものに破れたのである。文明開化日本が近代戦に敗れたのである。文明開化の帰結としての近代戦に敗北したのである。（略）

明治御一新以後、大久保利通とか福沢諭吉と云つた人々の指導した文明開化日本の成立のためには、当然近代戦の為めの準備となり、原因となるもの、即ち市場と植民地の開拓をなさねばならなかつた。さうした進路に当然現はれるゆきづまりから、近代史的侵略をすでに早く完了した先進諸国に対し、実力を以て分前の再編成を要求せねばならない結果となつた。これが明治三十年以後のわが国の歴史である。（略）

我々は戦時中を通じて、この福沢風の文明観と苦闘してきたのであつた。我々は外観上に於て破れた。近代戦の思想は終始我々の考へを圧倒してゐるが如く見えた。然し我々は誰人にも譲らず、破れなかつた。（略）

福沢らの考へから帰納された近代的軍国主義は、完全にうちのめされた。しかし我々はこれをよろこぶ代りに、腸を断つ迄に悲しんだ。（略）余は文明開化の失敗を見るとき、我が見方に落着したことを知り、然もよろこばない。（略）今や裁断の啓示に日本は慎まねばならない」（『日本に祈る』）。

人によっては、超国家主義者として悪名高い保田のこのような戦争観を見て、或は唖然とし、あるいは憤然とするかもしれない。これはその文中の「近代戦」「文明開化日本」を「軍国主義」「帝国主義日本」とおきかえるならば、そのまま敗北した共産主義者の文章におきかえることもできるはずだからである。しかし、ここでは戦中に遡って、保田の戦争観を改めてかえりみることにしよう。

保田が日本の対中国戦争に関して、もっぱらロマンティクな「詩興と詩趣」をのみ感じ、戦争の勝敗についてさえ、ほとんど関心がないという意味のことを述べていることは、前に記した。彼がそこに感じとったものは、「今日は精神が形式を離れて天地の間に彷徨し出した稀有の日」(『蒙彊』)という放埓な空想のみであり、典型的なイロニイの感覚であった。しかし保田は、まさにその放埓さの故に、世の便乗的日本主義者に対しても一貫した批判を行いえている。

「今日さういふもの(右翼的な文学、伝記作品など——橋川)を供給する文化運動の担当者が、人がある程度感動して、ついてくるといふことがらにのみ満足して、詩でない愛国詩や、誠実さのない教訓文学をまき散らすことは、文学文化のためにつつしんでもらひたい。詩でない所謂愛国詩が、どんなに文化を低俗化したかといふことは、考へただけでも腸の断つ思ひがする」(『コギト』昭和十八年六月号)。

こういういい方と、たとえば次のようないい方とは、もちろん非常にきわどくふれあっている。

「尚ほ、或る文芸雑誌が明治大正の文学の中で、国民必読と思はれるものを挙げよ、との質問を発してゐるが、その回答を見るに、明治天皇御集を挙げた者は森本忠氏唯一人、他の十数名は全然その点に気が附いてゐない。何となさけないことではないか。(略)日本では詔勅、御製を除いて国民必読のものなどないのであるが、仮令其処まで言はなくとも日本文学の一貫せる伝統が宮廷のみやびを慕ひ、宮廷のみやびを習ふところにあるのは明らかであつて、現代文学者の大多数が此の感覚を失つたところで国民文学を言ひ、文学報国を言つてゐる現状が問題なのである。これが文化に於ける機関説的傾向の現れでなければ幸ひである」(『読書人』昭和十八年七月号――下島連「嗤ふべき論文」)。

保田がこのような脅迫じみたやり方の風靡にどれほど責任があり、どこでそれと異っているかを事実に即して確かめることはむずかしい。しかし、保田の「詩趣」はこのような性質の「形式」をも斥けるていのものであったことは確かである。彼がいわゆる日本主義の批判によって、より右よりへの挑発を意図したものではなく、「悪くはないが未だし」というていどの感じ方をしていたことはその文章からはほぼ証明できる(具体的な行動になると私にはわからない)。

そしてまた、彼が日本の戦争指導の全体に関して、それが依然として文明開化の近代戦原理にもとづいていること、それは否定さるべきであるとしたということも、後からの詭弁でもなく、ごまかしでもなかった。たとえば彼は敗戦間近い頃、政府の国民精神統合の政策に反対して次のような意見を述べている。

「今日の祭りの復興の赴くところには、祭りといふものに於て、ただ一切を観念的な説明に終始しているものが多いのである。つまり国風を説明し、又それを回想させるだけの用にあててゐる傾向が少くない。しかもそれが、たゞ観念的な日本精神の説明に止つてゐるものが多いのである。これはつゝしみたいと思ふ。さういふ演出はたゞ観念的国体論を教へるにとゞまり、国史も伝統もあらはさぬし、今も神代と一つにして、今が万世不窮であるとの現実感と事実をさとさぬ」(『コギト』昭和十九年七月号)。

日中戦争以来、本来の村祭や盆踊は中止されていたが、長期戦下の国民の志気沈滞に対処するために、昭和十七年、各府県は盆踊復活の通達を町村に発したといわれる(神島二郎『近代日本の精神構造』第一部参照)。保田は多分そのような政策を念頭におきながら、それがナチス同様の大衆操作にほかならないとし、本来保田らの説く道とことなることを縷々として述べている。便乗的日本主義、東亜協同体論、「世界史の哲学」等々に対する態度も同様であったことはすでに知られている。

しかし、それなら彼のあの放埒な戦争讃美は何を意味したのか? 小林秀雄とともに保田は、日本の知識層の戦争への懐疑心の超克のために多くの寄与をなしたことは事実である。しかも彼が近代戦(=帝国主義戦争)の否定をくりかえし示唆してきたことも事実であるとすると、その矛盾はどう説明されるか? ともあれ彼は、戦後の著述において、革命によらざる「支配の廃絶」「政治の追放」という夢想を述べている(『日本に祈る』参照)。そのメンタリティの一貫性はそこにも見てとることができるはずである。

保田は戦争に対する「雄大な楽天」を述べた。その「楽天」が戦争の過程を通じて微動もしなかったかどうかは彼のエッセイだけからはよくわからない。しかし、たとえば昭和十九年初め、保田はある種の宣伝文学を批判して次のように書いている。

「陸軍が大東亜圏を確保し、連合艦隊が必殺の陣形を厳持してゐる現状を了知している我々は、同時に日本現在の智能の優秀さを確信してゐるのである。この条件を無視して、我が帝都の将来の状態に羅馬市伯林市の近況を以てあて、以て帝都民の人心を振起しやうとする如き文学に、自分は健全な常識の上から、賛し得ない。それらの文学が、果してあくまで都民の正気をわき立たせるか、中途にして然らざる結果をひき起し、新手のものによつて救はねばならぬかは、深く慮らねばならぬのである。羅馬市は千里の外から攻められたのではないのである」(『コギト』昭和十九年二月号)。

これは昭和十二、三年頃の「楽天」に比べて、やや硬直した無理なポーズを含むように思われないではないが、やはり保田は、戦況の推移に対する懐疑的な好奇心の無用さを信じているように見える。しかし、伊東静雄の場合、戦争の逐一の過程に膚接したその関心のもち方は、保田と比べてはるかに素樸であり、一喜一憂の大きな振幅は傷ましいほどに鮮かである。ちょうど右のような保田の論に照応する伊東の心の動きは、次のようなものである。

五

「二、三日前から、大鳥島か小笠原（発表は禁止されてゐるが）のあたりでわが海軍が真珠湾以来の大戦果（航母十数隻）をあげたらしいといふ噂がある。真実は知る由もないが、こんなことがひそかに云はれるところに国民の心のあり方がよくわかる。しかしひよつとすると、これも謀略の一つではないか。安心させて心の緊張をゆるめさせやうといふ謀略ぢやないかといふ警戒心がおこる。われらは発表通りにきいておればいいのぢやないかと思ふ」（昭和十九年三月十一日の日記）。

伊東の戦況への関心は軍事力への素朴な信頼とそれを裏切る不吉な直観との間にたえまなく揺れ動いている。彼は戦果の発表のたびごとに大本営発表を日記に書き写し、己れの心の振幅をも併せて簡潔に記している。

「約束に従ひ、富士君学校に迎へに来て、京都にゆく。その車中で大戦果を知る。（大本営発表略）不思議なほどの偉力。感謝、わが心明るし」（昭和十八年十一月六日の記）。

「向陽学校のくらい運動場で開始待ちながら（在郷軍人の銃剣術訓練のこと——橋川）、『月明』を唱す。そしてこのごろの自分は大へん幸福であると思つた。家庭は段々よくなつてゆく。そして、この二日間の大戦果」（同十一月七日の記）。

しかし伊東の心は、戦果の発表による昂ぶりを己れの家庭と心理の姿によって確かめねばならないというほどに、不安にみちみちていたと見るべきであろう。戦争は彼の外にあるばかりでなく、彼の存在そのものの中に喰い入っていた。たとえば、次のような哀切な夢想の苦悩にみちた華麗さを見よ。

「夜夏樹しきりに寝がへりをうち目をさました。花子も自分も充分眠れなかつた。そしていろいろな面白い夢を見た。わが軍大快勝して、巷に国旗や海軍旗があふれ、それがアッと思ふ間に一斉に空高く林立した。驚いて周囲の人々に尋ねると、わが国が、決定的な勝利を占めたといふのであつた。大イルミネーシヨンが夜空に壮麗に映えるそんな夢を見た。声を放つて泣いて歓喜してゐたやうであつた。花子は、ねむりながら相当大きな声で歌をうたつてゐた。ゆりおこしてきくと、日比谷の大音楽堂で独唱してゐた夢であつたさうだ」（昭和十九年八月九日の記）。

それは大阪の市井に住う当時三十八歳の一日本人と、妻と子のある夏の夜の風流夢譚というにすぎないが、われわれはそこに、国民大の苦悩と願望の鬼気せまるような発露を感じないであろうか。

もう一つ、これは前にふれたけれど、伊東の心の深い亀裂を偲ばせる一つのエピソードの記録がある。

「今日大手前に行こうと堺東駅に来たら遺骨の凱旋に出会ふ。皆直立し頭を垂れて迎へてゐると、群衆中の一人の四十位の男——縞のワイシャツに半パンツ、地下足袋ばき、戦闘帽をかぶつてゐる。服装は清潔だが、顔色実に黒く、一見して屋外労働に従事してゐる男らしい。直立不動で、最敬礼し、やがて遺骨に向つて朗々と何か歌ひ出した。詩吟に似たうたひ方で、又和歌の朗詠のやうでもある。二度ほどくりかへしてうたふ間に遺骨は駅の構外に出て行つた。

富士、清き流れ、もののふ（ますらを）、桜の花の散るがごとく、神武天皇様、靖国の社といつたやうな語句からなるうたで、二度くりかへす文句が少しづつ違ふところをみると、即興詩らしかつた。人々は半ば感動し、半ばうす笑ひ、不思議さうにみつめてゐた。その声は堂々とさびがあり立派であつた。自分は眼底のあたたかくなるのを感じた。いくらか常軌を逸した人らしい眼光もないではなかつたが、狂とも愚とも人は見るこの男の胸に素直に宿り、やがて率直単純に表現せられた皇国の詩情とまごころにうたれた。自分の近来の不安焦燥と、詩人としては緊張のゆるんだ生活を省みることが痛切であつた。まじまじと人の見つめる視線の中で謡ひをへると、はるか彼方の遺骨の行方に最敬礼し、やがてプラットホームの人の少ない辺に行つて直立しつづけてゐた。（略）その声の美しさに似ず、それに自ら酔つたやうなひそかにそれを誇つてゐるやうなところの皆無なことが気持よかつた。又人を圧するやうなところもなかつた。謹直と敬虔、英霊と遺族はどんなにうれしかつたらう」（昭和十九年七月八日の記）。

ここには一人の狂愚とも見られる一日本人の姿と、それを見つめる伊東の心の複雑な危機感とが精確に書きとめられている。ここに登場する人物を戦争と日本人に関する精神病理学的診断の一素材と見ることは不可能ではなく、同じく戦争社会学的考察の対象とすることもできるかもしれない。戦争期において、それが人間の心に強いる高度の緊張のために、平素はあらわれることのない人間と社会、歴史と伝統の存在の深い断面があらわになることは珍しいことではない。しかし、それに「酔つたやうな、ひそかにそれを誇つてゐるやうな」意識におち入ることは、伊東のきびしく拒絶するところであった。彼の学校に配属された一軍人の「変質、居丈高、愚昧、そしてひがみ」に対する辛辣な批評にみられるように（昭和十九年五月一日――三日の記）、現実と自意識の間の鋭い緊張はたえまなく伊東の心を傷けていた。すべての自己陶酔、自己欺瞞から伊東はもっとも遠い地点にいた。彼の詩文の端正さのかげに、しばしば清冽なユーモアが浮び上るのはそのためであろう（一般に、イロニイを方法とするロマンティクにかえってユーモアが欠けていることをカール・シュミットは指摘しているが、保田の文章にもポーズはあるがユーモアはない。その意味でも伊東は資質的にロマン主義者とはことなるように思われる）。

要するに伊東は、一人の病める魂としてあの戦争と戦っている。彼の日常生活の苦悩と戦争の苦悩とは、ともに克服さるべきものとしてとらえられ、民族の病理と自意識の病理とは一体化してとらえられている。ここまでは、日本ロマン派の提唱の含意と同じものであり、保田のイロニイの論理とそれほどかわってはいない。ただ、保田の場合には、イロニイの論理の発見に対する奇妙な自己陶酔があり、規範と論理の無限否定が一切の恣意を許容する心的態度をつくりだしている。もし規範がすべて否定さるべき「文明開化」であるとすれば「すべては許される！」（Alles erlaubt！）戦争の意味、勝敗の目測、手段の合目的性——一切はどうでもよいことがらに帰着する。保田の戦後における近代戦批判が、思想的生産性の疑わしい同義反覆に傾斜しているのは当然であった。

伊東の戦争観はいかなるものであったろうか？　彼が「大東亜戦争をものすごく」憎んでいたことについては、富士正晴の言葉を前に引用した。『春のいそぎ』に収められた幾つかの澄明端正な戦争詩を支えたものが何であったかは、彼の日記などによって一応の考えを出してみた。それは、彼自身の言葉をかりるならば「意識の暗黒部との必死な格闘」（昭和二十三年二月十三日付、桑原武夫宛書簡）から生み出されたものにほかならなかった。そして、その戦争詩の玲瓏とした造型の底にあるものは、人間実存の孤独きわまる行為の意識であったということができよう。たとえば『春のいそぎ』の自序の初めに、伊東は「草蔭のかの鬱屈と翹望の衷情」が開戦によって一きょに「海闊勇進」の思いに転化したという心の姿を「自分は自分流にわが子になりとも語り伝へたかつた」と記している。そして、その自序の書かれた同じ年の秋、彼の日記の中に次のような記述がある。

「広い庭のある田舎の家の座敷で、毎日の日課に、一枚、二枚と小説——といふより、世のさま、家の内、わが感想など書きつぐ仕事をしたいものだ。昨夜学校の風呂には入りながら、夏樹出生のころといふこと、書いておいて、みせてやりたい、と思つた。この異常の時代に生れたことをどんなに回想するであらう（略）一語一語は重く、光つてゐて、全体はさらりと淡白な、そんな文章を書いてみたい」（昭和十八年九月二十一日の記）。

いずれの場合にも已れの子のことが述べられている。「意識の暗黒部との格闘」とは、実生活においてその「子」との格闘であることを象徴する。彼にとって、それは実に重い格闘であったはずであり、それはまた「戦争」そのものの重さにも通じていたはずである。その中から、文字どおり「一語一語は重く光り」「全体は さらりと淡白な」戦争詩が生れてきた。その詩法を彼はドイツの詩人たち、とくにヘルダーリンから学んだでもあろう。しかし、そのことは、彼のロマン主義的気質を示すというより、むしろその反対を意味したはずである。彼は、たとえば保田の『蒙彊』に多くの感動を味い、その『南山踏雲録』に已れに欠けたものを感じとったかもしれない。彼もまた、日本ロマン派のいう「没落への情熱」「日本のイロニイ」の意識をその生活の暗黒面に感じとったでもあろう。そして、保田のいわば「鷹揚」なイロニイに微かに心を慰められ、惹きつけられることもあったはずである。しかし、彼の詩作品の拒絶する光りをおびた均斉と完璧さは、同じ「皇神の風雅」に託された保田の気ままなエッセイと甚だしく異質のものであった。仮りに言えば、後世の人々は、二十世紀の三—四十年代、日本の戦った大きな戦争の姿とその意味とを、むしろ精密に伊東の詩集によって測りうるであろうが、保田のエッセイからその同じものを測り知ることには、かなり煩わしい思いをしなければならないであろうと私は考える。ほぼ同じ時代に生き、同じ挫折と頽廃の中にその生命の方法を追求しながら、この二人の達成しえた戦争の造型と解決はそのように異っている。保田はあの戦争を己れの思想の容れられなかったが故の敗北とみなし、己れの内部に絶対の挫折を見出してはいない。彼にとって、本来「すでに勝敗は問はぬ」というイロニイが大切であり、自己の主体の中にはいかなる責任も成立しないからである。伊東にとって、敗北はまさに完璧な努力の果の運命であった。だからこそ彼は、たとえば蓮田善明の自決を聞いたのち「ひとりの友を失つて、他の多くの友をも遠ざかつていたい気持」という含蓄ある言葉をそのノートに記し、さらにつづけて「ほんたうに壮年時代が過ぎたといふ感がいたします。〈余生〉といふことも考へます。私はただこれからは〈観る〉生活をつづけやうと思ひます。そして詩は譬諭だと思ふやうになりました」（昭和二十一年十一月十四日付、清水文雄宛書簡）と述べたのであろう。ここで「詩は譬諭」といわれていることがらは、そのまま彼の戦争に対する苦悩にみちた格闘についてもあてはまるのではないであろうか。これはいうまでもなく一種の「諦念」に近い心境のように思われる。しかし、その諦念の底には、一人の人間によって闘われたあの「暗黒面との格闘」の宿命的な造型が横わり、彼はそれを、大いなる憤りとともに己れの背後に押しやったのではないであろうか。日本ロマン派の戦争は未だ亡びていない。しかし、伊東静雄の戦争は決定的に、そして究極的に亡びた。保田ばりの近代戦論は姿をかえてあらわれる機会を幾度ももつ。しかし、伊東の戦った戦争は再び戦われることはないであろう。

十五年にわたる日本の戦争は日本ロマン派という象徴的な運動を生み出した。そしてその文学・思想運動は、むしろ好戦主義のイロニイとして戦争への審美的参加を推進した。そしてそこから、一方には同じイロニイによって構想された「絶対平和論」が生れ、他方には、血の実存によって描かれた戦争の拒絶が残されることになった。私は、「日本ロマン派と戦争」の遺産をそのように考えたいと思う。

補論五　資質と政治について

1

先日、二・二六事件で北一輝らとともに処刑された西田税の「無眼私論」というのを読んでいて、私はやや意外の感じをいだいた。

それ以前に、何か西田のものを読んだということもないのだが、この右翼革命家のまわりには、すでに歴史的なうわさというべきものが厚く沈澱していて、自然、私も、型どおりのイメージしか彼についてはもっていなかった。

この文章は、大正十一年、西田が陸軍病院の病床で手記した感想録・日誌という性質のもので、彼はまだ二十歳、士官学校の生徒であった。それが私にやや意外の印象を与えたというのは、この大学ノート八十五頁にわたる手記は、後年いわゆる「革命ブローカー」として、同志の間でも白眼視せられることの多かった、ある複雑な人間の記録とはどうしても思えなかったからである。

むろん、彼への不信感というのは、当時の激烈な分派闘争の副産物にすぎないという面もあるにはあったが、それにしても彼は、今もまだ評価の定まらぬ曖昧な人物である。しかし、この手記は、いささかも曖昧さを含まない、鮮明な気質をあらわしていた。

西田は幼年学校、士官学校を通じて抜群の秀才であったというが、この文章は、あたかも明治・大正期の純情・敏感な哲学青年の文章を思わせるものであり、自註めいたフランス語の使い方も、いかにもういういしい知力をあらわしている。私の読後感は、西田は軍人になるべきではなく、とくにまた、北一輝のような天性のカリスマ的改革者の幕僚として、政治にかかわるべきではなかった、というものであった。むしろ詩人、文学者の資質にちかいものを私はそこに感じた。そして、それとともに、政治というものが（ある場合には美も同じであるが）、いかに運命的な外部の力として、本来政治的とは思えない人間をも犠牲として求めるものであるかを改めて考えた。

ところで西田の文章は、誰かある明治期の文学者のそれに似ているという感じがしきりにしたが、的確にそれを誰とは指摘できない。そのロマンチシズムの鋭い志向はどこか北村透谷、石川啄木というタイプの精神を思わせたし、その一種夢想的な宗教的直情性は明治から大正にかけて多かった殉教者的タイプの思想家たち、たとえば内村鑑三、徳富蘆花、倉田百三などという人々のある文章をさえ連想させた。いずれせによ、それは宗教的な求道者、詩人的な理想家の文章というべきものであって、その生涯が銃殺刑で終らねばならない必然を予感させるものではなかった。しかし、古来、人間の資質と政治との関係ほど、測りがたい問題はないかもしれない。

2

人間の資性と政治との端倪すべからざる関係について、しばしば典型的な例として想起されるものが河上肇の場合であろう。何も五十歳にもなって、非合法の共産党員になる必要はないじゃないかという当時の世評の中には、河上が本来そういうタイプの人間ではないという認識が含まれていた。河上とは青年期に交りのあった柳田国男にいわせれば、「単純な、詩人肌の、人柄のいい男が、学者として立ってゆけるものを、あんなになったのは不幸だった」という味気ないことになるが、これはちょっと皮肉な批評であろう。

というのは、柳田自身、詩人から官僚へ（そして幾分は山県系政治家へ）、官僚からジャーナリストへ、さらには民間研究者へという経歴が示しているように、いわば自己の資質を「幾つにも折って、常に新しく使う」（柳田自身の言葉）ことによってのみ、その生を全うしているからである。何が本人の幸か不幸か、もとよりわれわれに判断できるはずはないであろう。

西田税と関係なくもない人物でいえば、橘孝三郎なども一つの意味ぶかい形象である。大正初年、第一高等学校生徒時代の彼は「真面目に生き様とする心」「愛と誠」「同類意識的精神性」「精神的個人主義」などのエッセイによって、大いに一高生を感動させた文学青年であった。一高文芸部の歴史を見ると、橘が学校を中退したときの記事は「この頂門の一針（「精神主義的個人主義」のこと）を愛友に捧げて氏は丘の生活を去った。（倉田）百三氏とともに、われわれの尊い殉教者であらねばならぬ」と記されている。「生活即芸術即哲学の根元境を目ざした真摯な態度」というのが橘に与えられた形容であるが、この橘とその先輩に当る倉田百三とが、昭和に入って、同じように国家主義的政治の渦中に突入していったことは、興味をひく。西田の場合もまた、こうした大正精神史のイロニイにみちた経過の一つのあらわれとして見るべきであろう。

西田とは猶存社の頃から関係の深いもう一人のファシスト鹿子木員信の場合も、熱烈な理想主義的ロマンチシズムから、狂信的な皇道政治の世界へと転廻していったいっそう鮮かな例である。彼もまた、はじめは「祈禱し、断食し、読書し、瞑想する」タイプの、求道者的な青年にほかならなかった。その初期の著述『理想主義的悪戦』なども、熱烈なプラトニズムの鮮明な表現であって、そのままでは「すめらあじあ」の政治的侵略主義に連続しうる性質のものではなかった。

このような関係は、より大規模な形では彼の同志大川周明の場合にもあてはまる。大川についての評価はさまざまでありうるが、彼もまた実際政治家というより、むしろ一個の詩人的熱情家としてみるのがわかりよいかもしれない。

すべてこのような資質と政治的態度との間には、ある個人のパースナリティの分析だけからも、またその人間をとらえたイデオロギーの分析だけからも、説明しきることのできない微妙な事情がある。たとえばラスウェル流に、政治的人間の深層心理的契機に注目して、それを三つの型にわけるとしても、果して北一輝を劇化型とみるべきか冷徹型とみるべきかは、すでに決めにくい問題であろうし、その思想との関連にいたっては、いっそう解明はむずかしいはずである。

大宅壮一が『炎は流れる』で用いている人物論の手法は、たとえば乃木希典はところをかえれば、橘孝三郎、井上日召になったかもしれないし、あるいはまた、河上肇のような人間になったかもしれないという、想像上の役割転換を方法としているが、政治と人間的資質との関連は、いかにもそうした想像を誘いやすい問題領域である。

しかし、パースナリティからも、思想からも、問題にうまく迫りえないとなると、いきおい単純化の衝動がおこる。丸山真男のいわゆる本質顕現ないし基底体制還元の方法がそれである。思想史も文学史も、多かれ少なかれそこに頭をぶつける。

近代文学史の上で、上述の問題を典型的に暗示する一つの例が日本浪曼派であろう。中野重治の言葉を引けば、日本浪曼派がある純真無垢な衝動から生れながら、なぜ「天心や鑑三やに行っても啄木には行かなかったか、なぜ形の上では透谷へ行きながら、透谷との関係において兆民へも秋水へも嶺雲にも行かなかったか」、そしてなぜファシズムへ行ったか、という問題と同じものを、私はいま述べているわけである。人間の資質とその思想、さらに政治とそれらとを媒介する無数の偶然的契機といったことがらまでがこの問題には含まれる。左翼が、或いは右翼＝ファシストが歴史を動かすという視点ではなく、むしろイロニイにみちた混沌が視点にすえられるとき、すべてこれらの問題はどのように見えてくるであろうか。

政治と人間の関係における宿命論ないし決定論の諸類型がそこから生れてくる。そして戦争という政治的極大のもとにおいて、それは実に多様な様相をあらわすはずである。

3

尾崎士郎に「後雁」という作品があることを、私は中山正男の『一軍国主義者の直言』という本で知った。中山によれば、この作品は、大陸を旅行した尾崎が、八木沼丈夫という一種すさまじい個性と知り合い、それをモデルに制作したものということである。八木沼は例の「討匪行」の作詞者で、「神と悪魔が共棲している」というタイプの、いわば超ファシストともいうべき人物だったらしい。その神秘的にまで激越な改革者的個性は、かえって満州統治上の障碍になるというので、建国後まもなく、軍によって華北に追放されている。

しかし、私がむしろ意外に思ったのは、こうした異様な激烈さを秘めた個性を扱いながら、尾崎の作品が、むしろ淡々とした大陸風物詩のような筆致で書かれていることであった。尾崎という人は、どういう宿命論者であろうかと、私はそのときに感じた。そのさい、とくに興味があったのは、八木沼ほどではないにしても、やはり同じ満州において、政治への幻滅から、一種変人的な反抗者になってゆく一日本人を描いた島木健作の『青衣の人』という作品を思い浮べたからである。いずれもが政治と人間との交渉を同じような特殊状況の下に見つめていながら、その味わいはかなりことなっている。それは作者のイデオロギーのちがいとも、資質のちがいともいえない、もっと微妙なちがい方を暗示している。島木が宿命論的な味わいをあらわすのは、ずっと後年のことのように思われる。

尾崎についていえば、彼は人間をその運命の相下にとらえるという姿勢を早くから示していた。大逆事件の死刑場面を描いた「蜜柑の皮」の中で、もっとも宿命的な感じを与える人物奥宮健之を中心にすえているのもその象徴であろう。彼の選ぶ人間的主題は「私の夢と空想が、もっとも純粋なかたちにおいて……直結する」ような状態における人間である。そして、その夢というのは、イデオロギーや理想的観念のそれではなく、宿命観の高揚をよびおこすような性質の夢である。

『悲風千里』その他の戦場記録も、おなじ調子をおびていたし、後に、太平洋戦争になってから書いたいくつかの戦場記録にも、同じ夢が流れている。最近刊行された『バタアン半島』の沈痛な調子にも、あらためて尾崎における政治と宿命観との関わりの深さを考えさせるものがあった。

とくにその中で、前後のつながりなく出てくる二・二六事件の青年将校の名前が、私にある感動を与えた。昭和十七年六月九日のところに「池田（禎治）きたり大蔵栄一の書状を渡す。中に巨石は激流を遡るの一句あり。大兄目下の体験は激流を遡る巨石たることを確信すというに至りいささか会心の感を催す」とあるのがそれである。日頃「一室に今日も鰹節を削りて暮す」というしょんぼりした心境にあったらしい尾崎の日録を見ると、彼があの輝かしい「聖戦」下のマニラで、いったい何に屈託していたのであろうかという悲痛感ばかりが伝わってくる。大蔵栄一の書状を獲て記している言葉など、珍らしく昂揚した例外なのである。

戦後、彼は『天皇機関説』のあとがきにおいて「私はこの歴史的悲劇に文学者として純粋な感性によって直面しようと試みた」と述べている。これは当然の話であるが、その中で二・二六事件当時の心境について、彼は次のように書いている。

「絶望もなければ哀傷さえもなく、生きている事実を事実として眺めようとする気もちが……私自身を思いがけなくも大胆な無感動な人間につくり変えてしまっているのである。」

作品中のこの心境は、彼が直接、事件当時、雑誌社のアンケートに答えた心境と、正確に同じである（これは私に尾崎という人間を了解させる一つのきっかけとなった文章である）。

「雪の日であったということが私を幻想的にするのである。雨でなくてよかった。小春日でなくてよかった。雨だったらどんなに陰惨な記憶を残したであろう。小春日和であったら私は生きることに望みをうしなったかも知れぬ。しかし、幸いにも雪の日であった」（『改造』昭和十一年四月号）。

まことに絶望もなく、哀傷もない心境の表現である。抒情的とさえ感じられるが、いささかの陶酔もそこには見られない。むしろ俳諧の心持にちかい運命的な認識である。彼はそこで政治をではなく、自己の資質の自然をみつめている。それは広義にとれば、無政府主義的心境ともいえるかもしれない。そしてその遠い背景には、売文社時代のその青年期の心を横切った、明治社会主義運動の末路の宿命観がかすかに偲ばれるように私は思う。

補論六　夭折者の禁欲

——三島由紀夫について——

1

私は、かつて、三島の小説に対する私の関心は、芸術作品に対するものというより、むしろそこに戦中戦後の青年の血腥い精神史の精緻なスペクトルを見る思いがするからだという、甚だ非文学的な感想を述べたことがある。そのことに関連するのかどうかわからないが、私にこの選集の解説を書けという三島の依頼はほかならぬその精神史的背景を書けというものであった。前述のような言挙げもあり、私は安んじてこの不似合な「解説」の執筆を承諾した。

2

しかし、そのいわゆる精神史についても、実は三島自身がもっともみごとな語り手の一人であることは、すでに定評がある。その「告白」的作品は別としても、三島論の出発点として引用されることの多い「重症者の兇器」をはじめとして、おびただしい作品の自註から、さいきんの『林房雄論』にいたるまで、三島が己自身の精神と時代とのアイロニカルな交渉について、巧みに述べたエッセイは少くない。昨年春、『東京新聞』に連載された「私の遍歴時代」のごときも、同じく平明な、小さな自伝の模範であろう。ともあれ、現代の思想家、芸術家を通じて、彼ほどに精確に自己の精神史を描いてみせる人物はむしろ稀である。

しかし、三島の「告白」ないし自己省察の方法が、日本人の伝統的な自己認識の方法と異質であることは、いわゆる私小説のそれと比べるなら直ちに明かになる。後者はいわば個々の告白によるそのつどの決済、きわめて人間的で自然なその日ぐらしの清算という意味をもっているが、三島のそれは、一定の生活体系に組織化された近代的個人の予定された意味に関する、一種終末論的な非人間性をおびた合理的自己検証である。それはむしろ告白の拒否を原則とする自己表現という意味をもっている。三島はどこかで「大体私は『興いたればたちまちになる』というようなタイプの小説家ではないのである。いつもさわぎが大きいから派手に見えるかもしれないが、私は大体、銀行家タイプの小説家である」と、みえをきっているが、事実、彼の自己審査は、あたかもあの「資本主義の〈精神〉」の担い手たち、カルヴィニストのペシミズムと畏怖にみちみちた自己審査に似ている。彼らは己れの救済と幸福のためにその「仕事」に努めたのではなく、「知られざる神」によって、自己が永遠の昔から救いに、もしくは亡びに予定されているという絶大な恐怖感から免れるために、その非人間的な禁欲と孤独の組織化を行ったのであるが、三島の一見華麗きわまる芸術的行動もまた、まさにそのような恐怖の影に包まれており、人生や芸術の栄光のためにではなく、ある「知られざる神」のためにする営為という印象を与える。

　さいきん彼は、ある雑誌社のアンケートに答えて「人生最上の幸福」としては「仕事及び孤独」を、「人生最大の不幸」としては「孤独及び仕事」をあげている。これは同じアンケートの「あなたの性格の主な特徴」という問いに対して「軽薄及び忍耐」と答えているのとあわせて、三島の思想を平明にあらわすものであろう。そしてこの「仕事及び孤独」という発想は、ほとんどそのままあの恐るべき予定説の教義にあらわれてくるものである。そこではカトリックの人間的なゆとりを含んだ懺悔の秘蹟もサクラメントもありえなかった。

　しかし、それなら、三島における「隠れたる神」とは何か、私はそれを「戦争」とよんでかまわないと思う。

3

　戦争のことは、三島や私などのように、その時期に少年ないし青年であったものたちにとっては、あるやましい浄福の感情なしには思いおこせないものである。それは異教的な秘宴《オルギア》の記憶、聖別された犯罪の陶酔感をともなう回想である。およそ地上においてありえないほどの自由、奇蹟的な放恣と純潔、アコスミックな美と倫理の合致がその時代の様式であり、透明な無為と無垢の兇行との一体感が全地をおおっていた。

　それは永遠につづく休日の印象であり、悠久な夏の季節を思わせる日々であった。神々は部族の神々としてそれぞれに地上に降りて闘い、人間の深淵、あの内面的苦悩は、この精妙な政治的シャーマニズムの下では、単純に存在しえなかった。第一次大戦の体験者マックス・ウェーバーの言葉でいえば、そのような陶酔を担保したものこそ、実在する「死の共同体《トーデスゲマインシャフト》」にほかならない。夭折は自明であった。「すべては許されていた。」

いうまでもなくこのオルギアは、全体戦争の生み出した凄絶なアイロニイにほかならない。三島のように、海軍工廠の寮に暮しながら、「小さな孤独な美的趣味に熱中」することも、戦争の経過に不感となることも、この倒錯した恣意の時代では、決して非愛国的異端ではありえなかった。そしてまた、たとえば少年が頭を銀色の焼夷弾に引き裂かれ、肉片となって初夏の庭先を血に染めることも、むしろ自明の美であった。全体が巨大な人為の死に制度化され、一切の神秘はむしろ計算されたものであった。たとえば回天搭乗員たちは、射角表の図上に数式化された自己の死を計算する仕事に熱中していた。

4

しかし、このような体験は、いかにそれが戦争という政治と青春との偶然の遭遇にもとづくものであったにせよ、その絶対的な浄福の意識において、断じて罪以外のものではありえない。もし人間の歴史が、シラーのいうように、世界審判の意味をもつとすれば、断罪は何よりもこのような純粋な陶酔、聖別された放恣に対して下されねばならないはずである。なぜなら、世界秩序の終末のもっとも無心な目撃者こそ、もっとも倨傲な瀆神者にほかならないからである。

この戦争世代にとっては「罪とか救いとか、宗教的敬虔とかの観念は、常に全く異質的かつ耐え難いものであった」というウェーバーの指摘が完全に妥当する。そこではいかなる意味でも日常性は存在しなかった。それはいかば死の恩寵《カリスマ》によって結ばれた不滅の集団であり、したがってまたいかなる日常生活の配慮《ゾルゲ》にも無縁であった。すでに生の契機が無意味であった以上、罪や告白ということもありえなかった。

この世代は何かを犯したわけでもなく、個々の兇行を演じたわけでもなかった。しかし、まさにそのことが歴史にとっては究極の罪であった。あたかも中世の異端的クリスチャンが某年某日の世界終末を信じ、予め地上の某地に天上の楽園をうちたて、そこに聖なる淫蕩のオルギアを恣にしたのち、剣と焔によってうち亡ぼされたように、彼らもまた亡びに予定された人間たちであった。それを予告する大崩壊が「平和の恢復」にほかならなかった。

敗戦は彼らにとって不吉な啓示であった。それはかえって絶望を意味した。三島の表現でいえば「いよいよ生きなければならぬと決心したときの絶望と幻滅」の時期が突如としてはじまる。少年たちは純潔な死の時間から追放され、忍辱と苦痛の時間に引渡される。あの戦争を支配した「死の共同体」のそれではなく、「平和」というもう一つの見知らぬ神によって予定された「孤独と仕事」の時間が始る。そしてそれは、あの日常的で無意味なもう一つの死——いわば相対化された市民的な死がおとずれるまで、生活を支配する人間的な時間である。それは曖昧でいかがわしい時代を意味した。平和はどこか「異常」で明晰さを欠いていた。

「敗戦は私にとつては、かうした絶望の体験に他ならなかつた。今も私の前には、八月十五日の焔のやうな夏の光りが見える。すべての価値が崩壊したと人は言ふが、私の内にはその逆に、永遠が目ざめ、蘇り、その権利を主張した。……」（金閣寺）

もちろん、しばらくはあの純潔と陶酔のみせかけの持続があった。瓦礫におおわれた大都市と、物そのもののような大群衆の氾濫とは、一九四五年夏の烈日のもと、かえってあの永遠の休日の残像を保障するかに見えた。三島のいわゆる「兇暴な抒情的一時期」である。微妙な、危険な推移があった。三島の中に、血まみれの、裏がえしの自殺が行われ、別の生が育まれたのはこの時期であった。「平和」と「日常」はかえって「死」の解除条件であった。

平和は徐々にその底意の知れぬ支配を確立するかに見えた。死の明確な輪郭、透明な美は、原子爆弾が広島の銀行の礎石に焼きつけたあの人影が薄れてゆくように、しだいに頽廃し、瓦礫の世界にひろがった抒情的ナルシシズムの大歓呼も、悪い冗談のように雑踏の中にまぎれていった。少年は大人に、陶酔は生活に転身せねばならない。三島の美学が権利を感じ始める。

5

戦後、三島は己れの青春を「不治の健康」と名づけることによって出発した。これはもとより逆説である。しかし、およそ生きるものが病み、やがて死んでゆくという有機的自然の過程こそ、三島たちにとってかつて許されたことのない世界であった。死は、無機物との出会いにおいて、夭折においてしか不可能だったからである。通常の意味における「死」がありえなかったように、日常の生もまた拒まれていた。もしなお生一般を生きるとすればそれは仮面による生、たえず変貌する日常性を仮装した、永遠の問いかけという形でしかありえない。それはあの禁欲者たちが、自己の生の確証のためにではなく、隠された決断者の恣意の確証のために行動したのと同じように、不断に生を拒否するために行われる組織的な自己規制という意味をもつ。三島の文体の人工的な華麗さは、実は生の不在の精緻なアリバイを構成しようとする禁欲的な努力をあらわしている。彼は生の此岸からではなく、いわば反世界の側から様式を作り出そうとする。三島の日本精神史における意味は、この点にもっとも鮮明にあらわれているといえよう。そして、もう一つつけくわえれば、三島は日本の思想に、一種のものすごいフモールの感覚をもちこんだといえるかもしれない。ハイネのスタイルでいえば、おどけた仮面の双の眼玉からのぞいている死神の眼のイメージである。しかし、これは不祥の言い方であろうから、私はむしろ三島の生き方における「葉隠《はがくれ》」の倫理を説いた方がよいかもしれない。

「人間一生は誠に纔の事なり。好いた事をして暮すべきなり」

これは多分三島の座右の銘の一つであろう。この放埒な平明さをおびた倫理は、三島の人工的芸術のスタイルと意外に近いものである。「葉隠」は、戦国武士の死にぞこないが、天平の世にその失われたユートピアへの哀切な憧憬を託した倫理書であった。それは動乱の世にではなく、平和の時代にこそその真価を発揮する一箇の教典である。三島のダンディズムが「写し紅粉を懐中したるがよし、自然の時に、酔覚か寝起などは顔の色悪しき事あり。斯様の時、紅粉を出し、引きたるがよきなり」という戦士共同体の作法に共通することは、ほぼ間違いないだろうと私は思う。彼の願望する「剣道七段の実力」というのも、様式化された倫理への哀切なあこがれを示すものであろう。しかしその彼が「あなたが欲しいもの三つ?」と問われて「もう一つの目、もう一つの心、もう一つの命」と答えるとき、私はその欲求の背後に、再びあの不気味な「恐怖」を感じとる。いわばそれはロマン的な変身への熱情、世界崩壊へのいたましい傾倒を暗示しており、恐らく「葉隠」の倫理と相補関係をなすものである。

さいきん三島は『林房雄論』によって、ほとんど初めて歴史との対決という姿勢を示した。それが晩年の芥川竜之介に似た場所を意味しているのか、それとも明治終焉期の森鷗外のそれに通じる境涯であるのか、私には予測できない。むしろ私もまた、一種透徹した恐怖感をたたえる「葉隠」の一節によって、この「解説」を結ぶことにしたい。

「道すがら考ふれば、何とよくからくつた人形ではなきや。絲を附けてもなきに、歩いたり、飛んだり、はねたり、言語迄言ふは上手の細工なり。されど、明年の盆祭には客にぞなるべき。さてもあだな世界かな。忘れてばかり居るぞ」

（一九六四・三・五）

補論七　愛国心――その栄光と病理

1

愛国心という言葉にいかなる意味を託するにせよ、私はまず次のような言葉を思い浮かべる。それは、太平洋戦争中に戦死した一青年のものである。

「私はかぎりなく祖国を愛する。けれど、愛すべき祖国を私は持たない。深淵をのぞいた魂にとっては……」（『きけわだつみのこえ』）

この言葉に含まれる祖国愛という思念には、あまりにも死と虚無の影が色濃くただよい、インテリ的なジェスチュアが目立ちすぎるという見方もあるかもしれない。愛国心というものは、もっと素朴で、晴れやかな清々しさをもっているはずという意見もあるかもしれない。しかし、およそ「愛」の衝動の中には、死への願望がひそむという美学的な、もしくは精神分析学的な解釈は別としても、近代日本史にあらわれた愛国心の正統な歴史像は、ほとんど例外なしに人間の、ないしは民族の死滅の観念と結びついた行動のイメージとしてあらわれている。たとえば「戦陣訓」にいう悠久の大義に生きることと「愛国心」とは、切りはなせない正統的一体性をあらわしている。「靖国の鬼」となって国を護るという発想が、伝統的な「愛国」の原型であるとすれば、それが究極において個人の死と、民族の永生とを媒介する正統化の契機としてもあらわれていることは疑うことができない。そして日本において、愛国心と死の一体性が、招魂社——靖国神社の信仰に制度化されたこと、この制度化された祭祀の様式が日本人に固有の深層的死生観に有効に訴えることによって、その国家主義的エネルギーを最高度に動員・組織化するに成功したことは、たとえば神島二郎の詳細な分析(『近代日本の精神構造』)によっても明かであろう。われわれの経験においても、およそ「愛国者何某」と呼ぶにふさわしいような人物は、概して常人よりも熱烈な死の願望をひそめているという感じのタイプが多い。とくに日本的ファシストとよばれる人々は、例外なしにそうであるといってよいはずである。

シモーヌ・ド・ボーヴォワールの右翼愛国者の分析(『現代の反動思想』)においても、彼らの心性には「生の真理を死の中に見出そうとする決心」が優越しているという風にいわれている。ヨーロッパにおいては、この種の右翼エリートの抱懐する「生への侮蔑」は、ニーチェ的なヒロイズムと大衆蔑視に結びついて、一切の生に対する能動的否定(ニヒリズム)としてあらわれるというのが彼女の考えであるが、日本の思想伝統は、同じ死への衝動にややことなった内容を与えている。日本人の愛国心は、その実現状態においては、むしろそこに人間性の平準化が達成されるという期待である。「靖国の神々」においては、もはやいかなる階級区別もなく、平等に「現人神」の礼拝を享ける資格を与えられた。

しかし、ここでは、愛国心のそのような制度化を可能ならしめた日本人の固有信仰や、明治以降の国家理性の要求には立入るつもりはない。以下の小論において取扱いたいのは、そのような制度化を基盤ないし背景として、日本人の愛国的衝動がどのような波動をくりかえしたかを、いわば形態学的に回顧することに限られる。

ところで、歴史的形態としてみるとき、日本人の愛国心がもっともみごとな姿であらわれ、外国人観察者にしばしば古代叙事詩の与えるのと同じ感激をよびおこした場合として、日露戦争をあげることに多く異論はないであろう。私のエッセイは、愛国心の理論的分析に始ってその政治的機能に論及するという性質のものではないから、ここではさし当り日露戦争期の愛国心を形態論的に述べることから始めることにしたい。というのは、私見によれば、この時期の愛国心の構造や作用、その解体と頽廃の全過程は、日本近代史においてもっとも象徴的な事件であり、それを出発点として、たとえば太平洋戦争期における愛国心の形態にも、有効なアプローチを試みることができるからである。さらに、それは、一八六八年の明治維新と、一九四五年の敗戦のほぼ中点に位置するために、日本ナショナリズムの全サイクルと結びついた視角を提起するのにも便利だと思われるからである。そればかりではなく、それは敵側のロシア人兵士たちの愛国心と真剣な交渉をもったため、数多くの記録によって両者の対比を考える手がかりをも含んでいる。——敵国人に対する観察の質の高さは、おそらく日中戦争以降のそれとは比べものにならないかもしれない。——それらの理由にもとづいて、私は日露戦争における「愛国心」の問題をわれわれの論議の出発点とするわけである。

2

日露戦争における日本人の愛国的行動様式は、しばしば外国人観察者の予想を全く裏切るようなあらわれを示し、彼らを大いにおどろかせた。ベルツの日記などを見ても、随所にその驚嘆の念が記されているが、そのような気持をもっとも代表的に示したものとして、次のようなロンドン・タイムズの観察をあげてみたい。

「もし四十五年前人あり、一九〇四年にヨーロッパの一大強国の艦隊が一東洋国の艦隊のために撃破せらるべきこと、および東洋の水兵が溺死せんとするその敵を水雷艇にて救助しつつあるべきことを予言し、もしくは東洋の一都会の住民が敵の艦隊司令長官の戦歿を公けに哀悼するが如きことあるべしと予言せしならば彼は必ず狂人として嘲笑せられしなるべし……」（「国民新聞」明治三十七年六月五日訳載）

日露開戦後、まず外国人を驚かせたのは予想に反した日本軍の連戦連勝であったが、それよりもいっそう彼らに深刻な印象を与えたのは、それまでせいぜい「巧智によって文明の武器を使用せる純粋なる野蛮人」とみなされていた日本が、いかなる文明国民のふるまいに比べても劣らないほど、否、むしろ先進文明国でさえ企及しがたいほどに高度な文明原理の実行者として立ち現われたことであった。右に掲げられた事実の前半は、仁川沖海戦や旅順港外における両国海軍の戦闘にさいしておこった事実を指すと思われるが、とくに後半部は、注目すべき事件であった。

それは明治三十七年四月十三日、ロシア艦隊司令長官マカロフ中将の旗艦ペトロパウロウスクが日本海軍の作戦に陥入って爆沈し、マカロフも艦と運命をともにしたときのことである。前掲記事は次のように書いている。

「マカロフ提督が旗艦ペトロパウロウスクとともに海底に沈没せしとき、日本人はただ東郷中将の戦略の成功に狂喜するのみなるべしと思われたり。しかるに彼らは、敵将マカロフに向って最上の敬意を表し、彼のすべての名誉を唱えてもっとも厚く彼を弔えり。新聞通信員の報道によれば、彼らはマカロフを弔うためさかんなる提灯行列をなせり。彼らは死せる敵の霊のために白提灯を携え、われらは勇敢なる露国提督マカロフの死を深く悲しむと書したる旗をひるがえして行列せり。敵将の死を哀悼するために、自ら進んでかくの如きをなすもの、史上果してその類例ありや」

ロンドン・タイムズが問題としたのは、戦争における日本人の愛国的な勇敢さだけではなかった。旅順閉塞の決死行動、横川、沖らの挺身行動とその従容たる死、死刑囚にまで浸透した愛国心、等々の話を紹介したのち、ロンドン・タイムズは次のように述べている。

「……しかれどもこれすべてにあらず、人をしてその国に忠ならざるをえざらしむる信仰は、必ずしも彼をしてその負傷せる敵に対して仁ならしむる信仰にあらず、しかるに日本人は、強烈なる愛国心とあわせて、その敵に対する武侠の精神を発揮せり」

彼らがもっとも驚嘆したのはその点であった。彼らがヨーロッパにのみ固有し、アジアには存在しないとみなした文明の根本原理、政治や戦争をこえた超越的普遍理念への忠誠――人類愛や公正の精神が日本に見出されたことは、彼らにとってはほとんど奇蹟としか考えられない事実であった（しかしそれは、日中戦争・太平洋戦争の経験をたどった現在の日本人自身にとってもまた、夢のような過去の物語としか考えられないことがらであろう）。

もちろん、マカロフ戦死におけるこのエピソードだけでは事態を説明するのに不十分である。それだけでは、日本人が愛国心をこえた普遍理念への信仰をいだいていたという証拠にはならないであろう。それはたとえば封建時代の武士道の世俗化した形――強い敵には敬意を払い、弱者には嘲笑をあびせるというモラールの反映にすぎないかもしれないからである。事実日本人は、無能なステッセルの抵抗には尊敬の念をいだき、計画的後退作戦をとった総司令官クロパトキンには軽蔑をあらわすというようなところがあった。いわばやくざ的なヒロイズムのうらがえしである。しかし、むしろ事実はそうではなかった。たとえば奉天戦で戦死した吉岡友愛大佐が次のような歌を作って兵士を戒めている。

「天に享けたる我が魂を／空に帰すは今なるぞ／地より享けたる我が体／之を返すも今なるぞ／天地の中に生い長けて／生きとし生ける武士の／死すべき時は今なるぞ（略）走りし敵は皆殺せ／降りし敵は殺すなよ／捕えとなりし敵兵も／侮る勿れののしるな／たとえ敵兵走るとも／油断なすなよ誇るなよ／勝ちて兜の緒をしめよ（略）雲井に居ます大君や／故郷に居ます父母も／御心安く安めつつ／忠孝武士の鑑ぞと／自ら許す武士の／猛き勲し聞し召せ（下略）。」（明治四十一年「福岡県戦時事績」による）

これは当時の将校一般の信条を端的に反映したものといってよいと私は思う。とくに敵俘虜に対する取扱いを述べたところなどは、いわば「葉隠」を思わせる武士の細心さを示したものであり、戦争がなお道徳的基準の中で遂行されるものであることの直観を示している。

もちろんこうした心構えは、個々の将校の自発的な思想に内在していたというだけではない。それは国家そのものがまた細心に要請したところでもあった。開戦の詔勅の中には「凡ソ国際条規ノ範囲ニ於テ一切ノ手段ヲ尽シ遺算ナカラムコトヲ期セヨ」という言葉があり、戦争行為に対する国際法の拘束が明示されている。もちろんそのことも日本がこの戦争において、国際世論の動向に深い関心を払わざるをえなかったことを示すにすぎないという、リアル・ポリティクスの要求から理解することもできる。開戦直後、桂内閣の発した内務省訓令にも「国交はすでに絶えたりといえども、その臣民に対しては、もとより秋毫も敵意あるべきにあらず、ことに宗教に対しては、その教派如何をとわず、平等一視、さらに平素にかわることあるなし」（二月十九日、神仏各教宗派管長あての訓令）という周到な文句が見られる。これもまた欧米キリスト教徒に対する現実政治上の配慮と見ることはできる。しかし、日露戦争期の日本人は、一般的にいって、必ずしもこのような政府の指図がなくとも、その敵国人民に対して公正な態度をとったであろうと思われる。そのことを立証するエピソードは戦場でも内地でも、数多く残されている。それはいずれも、日中戦争以降、各地において数多い虐殺を行ったと同一の日本人のふるまいとは思えないほど、高いモラールを示すものであった（ここでは戦争否定のモラールを除外する）。このような愛国心のヒロイックなあらわれと、敵に対する「仁」（＝愛）の行動の統一こそ、ロンドン・タイムズをしてのちに再び次のように感嘆せしめたものであった。

「……この歴史的大勝利（日本海々戦をさす）の時における日本人民の態度は、人と神とに取りての看物なり、彼らには優大なる太古の風あり、戦争を通じて勝利の日にも、失望の時にも、常にその態度を改めざりしは、優に大人民の価値ありとすべし。敗敵に対して彼らはかつてごうごうの卑陋の自賛を試みたることなく、唯だ深く感謝し、静かに満足して、常に勝利の原因を以て日本皇帝の稜威に帰せり、云々」（ロンドン・タイムズ『日露戦争批評』明治三十九年）

もし、これらの観察が誤解や誇張でないとするならば、日露戦争における日本国民の「愛国心」は、犯すべからざる品位をそなえたものであったということになる。言葉のもっとも高貴な意味において、それは素朴な愛国心であった。それは無知と倨傲にあふれたショーヴィニズムではなく、好戦的なジンゴイズムでもなく、あたかも古代叙事詩にのみみられるような「太古の風」であったということになる。さし当りモンテーニュあたりがそのエッセイで讃辞を述べるにふさわしいような、素朴な英雄民族のおもかげがそこからは浮んでくる。事実この戦争にあらわれた愛国的行動の多くの例は、それを修飾した後世のあらゆる美談風の誇張をとり去ったとしても、なお圧倒的なリアリティをもって現在のわれわれにさえ迫るものが少くない。それは手がるな戯画化を許さないような、古典時代の風をそなえていることが多い。

この印象がどこから来るのかは未決の問題といってもよいであろう。中江兆民の子の偉大な反戦主義者中江丑吉は、その書簡の中でマルクスがギリシャ芸術について述べた言葉を引用して、「明治には健康な子供のようなところがある。われわれもそうだ」と書いているというが、もしそれを「愛国」的行動にあてはめてよいならば、日露戦争にあらわれた日本人の愛国心は、「健康な子供」のそれを思わせるところがあったといえよう。しかし、近代日本における「愛国心」の問題性は、まさに日露戦勝の後、その急激な挫折と転回ののちにその全構造的な展開をとげることになる。いわばその「素朴」から「頽廃」へのドラスティクな変容において、日本の愛国心はその形態論的特質をあらわすことになるのである。

3

明治三十八年九月、ポーツマス講和会議ののち、あれほどその沈着さを讃えられた日本人の愛国的衝動は、突如として異常な錯乱におち入り、デマゴーグと放恣のうずまく絶望的な倒錯状況を展開した。それはその「太古の風」を一きょに捨て去ったばかりか、およそ無原則な欲望の噴出にうす汚れた悲惨の様相としてあらわれた。いうまでもなく日比谷焼打事件にあらわれた国民のデスペレートな暴動を指すのである。さすがの日本びいきセオドア・ルーズヴェルトさえ、眉をひそめて、日本人民の後進性を指摘しなければならなかったのはその時である。

日比谷事件の経過や本質の分析はここでの主題ではない。ただ、同じような愛国心の衝動がロシアから政府に、権力に向って逆流する過程で、そこにいかにおびただしい人間的放恣さが氾濫するにいたったか、日本人の欲望の統一作用がその沈着なスタイルを失ったとき、いかにそれが容易に「欲望自然主義」の噴出の中に埋没してしまったかが今もなお現実的な問題性としてわれわれの前にある。その転回、倒錯の状況は当時の新聞紙面にまざまざとあらわれている。

「条約破棄の声は一村より一郷に、一町より一市に玉を転がすが如く伝わり伝わって、もはや全国中唯一人としてこれを叫ばぬものはないほどとなった。たまたま、成立したものは仕方がないなどという者があれば、たちまち露探とか犬とか罵って、人間なみには扱わぬ始末である。中にはもしこの条約が成立するとすれば、外国へ帰化するとまで称する者もある。（略）こんな調子で国民はいずれも奮って大活動を始めることとなり、開戦当時の露国に対する意気組みで、必ず破棄せねばやまぬという意気組みであるから、一村なり、一町なり、一市なりから、それぞれ代表を選んで、一斉に潮の如く押しよせんとする様子である。蟻の思いも天まで届くという、まして五千万の活勢力ではないか、いかに頑固な条約でも、破棄されずにおかりょうか」（「大阪朝日新聞」明治三十八年九月四日）

この国民的な規模におけるヒステリアの状況は、一九六〇年夏の東京暴動とその後とを経験したわれわれには、かなり痛切な連想と類推を刺激するはずである。戦争中、ベルツやロンドン・タイムズをあれほど感動させた日本人の沈着さは一きょに失われ、野獣的な混乱がひきおこされた。そして群衆の欲求は絶望的にまで非現実的であった。条約破棄の要求は天皇と枢密院に向って空しく叫ばれ、満州軍には戦闘続行が次々と打電された。シベリアを押えよ、沿海州を割譲せしめよ、償金三十億を奪え！　という戸水寛人らの誇大なスローガンが人心を風靡した。しかも日本軍にはもはや新鋭のヨーロッパ軍団五十七個師を向うに廻して戦う力は全くなかったのである。満州軍総参謀長児玉源太郎は、政府が償金獲得の要求をいだいていることを知って「桂のバカが！」と吐き出すように語ったといわれるし、連勝の日本軍さえ、講和成立を聞いても、どちらが勝ったかわからないという不安な状態にあった。しかも熱狂的な愛国国民の声は、戦争継続をしゃにむに叫んでいたわけである。彼らの愛国的倒錯は、この不完全な講和によっては、宣戦の大詔にいわゆる「東洋ノ治安ヲ永遠ニ維持シ…永ク…帝国ノ安全ヲ将来ニ保障スヘキ事態ヲ確立スル」ことはできない、という論理にもとづいていた。政府、元老は天皇の聖旨に反き、国民と天皇の悲願をそのエゴイズムのために蹂躙したというのである。

「日露戦争は二、三閣臣元老の戦いにあらずして国民の戦いなり……当局者或は自ら心配し、その地位を惜しみ、その老齢を悲しみ、以て一切を措置し、この千載不磨の条件を忍ぶ、何の面目ありて至尊と国民に対せんとする、或は云訳に内場の事情ありというか。その事情や閣臣元老の視て以て憂とする所、国民は毫も憂とせざるなり。国民は未だ毫も戦いに倦まざるなり、倦むは閣臣なり、元老なり」(「大阪朝日新聞」九月一日)

そのように論じ進めたのち、同じ記事はつぎのように痛憤し、煽動する。「否、閣臣元老は純然たる露国の官僚となりしか、もはやこれを疑うをもちいず、しかし今回の講和その責任のあるところ昭々炳々たり、国民果してかくの如き条件を忍ぶか、国民果して戦いに倦みたるか。請う之を聴かん、請う之を聴かん」

これは全く品位を欠いた煽動のための煽動記事である。しかも、このような殺し文句は、国民心理の底にひそんでいたありとあらゆる抑圧を噴出せしめるきっかけとなるに十分であった。九月五日夜、東京は全くの無政府状態に陥入り、引きつづいて全国に多少とも暴動的状況がひろがった。

日本近代史における最初の大暴動となったこの事件について、人心の昂奮は明治維新当時以来はじめてのものという評価が内務官僚によって与えられている。しかし、ここではそのディテールには立入らない。ただ、この事件が、日本人の愛国心に巨大な挫折と転換の経験を与えたことを、徳富蘆花の次のような有名な文章によって示しておこう。それは暴動の一年後に書かれたものである。

「……日露戦争の終局にあたりて、一種の悲哀、煩悶、不満、失望を感ぜざりし者幾人かある（略）今日において旧創を発《あば》くは烏滸《おこ》のわざなり。然れどもかの講和当時における日本国民の心的状態は、むしろ研究に値いせざらんや。かの講和に関する騒擾を以て、たんに失業者の乱暴、弥次馬の馬鹿騒ぎとみなし去るはあまりに浅薄なり。日本はこの怨恨（ロシアに対する三国干渉いらいの敵愾心のこと——注）に力みたり、しかしてその怨恨や、霽れてみれば、甚だ呆気なく感ぜしなり。日本は勝利、勝利に酔ぬ。しかしてその勝利も実は当のロシヤを平身低頭せしむる能わず、かえって我はすでに力の終に近づかんとし彼はこれより力を出さんとするの気はいを感じては、その勝利なるもの案外不たしかにして、戦争の結果は心地よく割切れず、所詮上帝の帳簿に心残らぬ清算の記入をなしえざるその悶々が破裂せしのみ、しかしてこの悶々は株式の繁昌に関せず、強国伍入の奥印済に関せず、ただ国民の胸に残れり、この残れる悶々は即ち日本の前途を支配するの力なるを知らずや」（「勝利の悲哀」）

この国民暴動の本質の評価については、未だに定論がない。単純化していえば、この暴動に同時期のロシアにおこった革命的反乱と同質の「進歩性」を認めるものと、その好戦主義・右翼反動的後退性を指摘するものとに両極化している。しかし、現実はそのいずれもの解釈を許容するような事実としてあらわれた。そこからあらゆる進歩的契機を引き出すことも、あらゆる退行の契機を引き出すことも、ことごとく後の日本人に委ねられるという形で、それはまさしく蘆花のいう「日本の前途を支配する力」であった。歴史的事実とはつねにそのようなものであり、その意味で蘆花の観察は正しかった。このエッセイの主題に引きそえていえば、それは「愛国心」の栄光と悲惨の明確な輪郭を画いてみせた事件であった。その後の日本の歴史は、この挫折の後にひろがった「悶々」の力につき動かされながら、新たな衝動と抱負を培養してゆく。

日露戦争を境として、明治国家への忠誠心は衰退し、愛国心の効用は幻滅におちいる。愛国という名のもとに高度に統合されていた人間的欲望は、今や国家（＝政府）との一体性の幻想を破られ、その放恣な噴出はもう一つの精神的暴動となってあらわれる。日比谷事件と、論壇における自然主義――ニイチェ主義のひきおこした小暴動とが、それぞれ「勝利の悲哀」と「現実暴露の悲哀」という同義のスローガンをかかげているのは象徴的である。いずれもが日露戦争にかけられた国家へのディスイリュージョンをその内在的動機としている。それは、あたかも安保闘争の挫折の後にひろがった脱政治化の傾向と同じように、脱愛国、脱国家の衝動の蔓延である。厳密な意味では、そこに「明治国家」の終焉が始っている。それはちょうど、「戦後民主主義」の幻想を流血によって打破られた六・一五事件ののち、新しい時代が始まったことにも似ている。後の場合においても、それを戦後民主主義の「勝利」とみなし、包括的にその進歩性を評価する見方があり、逆にそれをその敗北とみなし、国民的エネルギーの停滞化と評価する見方が対立している。しかし、ここにおいても、蘆花の評論のようにそこに醸成された「悶々」が、今後の日本を支配する力となるであろうことだけは疑えないはずである。

4

日露戦争前後に国民的規模であらわれたこの愛国心の栄光と悲惨の姿は、現代のわれわれに何を教えるであろうか? ごく単純にわれわれの頭に浮かぶのは、愛国心が究極において政治という悪無限的な人間の努力に、幻想的な完結性を与える伝統的な技術ではないかという疑問である。それはもっとも素朴なあの「鐘楼のパトリオティズム」を母胎としながら、ほとんど宿命的にショーヴィニズム、ジンゴイズムの倒錯にいたって完結するということである。日本の場合でいえば日露戦争後における国家への幻滅は、何よりも広汎な社会的欲望の蔓延となってあらわれ、それは大正期を通じ、階級間の欲望体系の相剋として一般化した。

そして、国家によるその調整・統合が不可能となったとき、再びあの平準化（＝一体化）の願望がよみがえって来た。階級闘争と国際関係の危機は、その願望を改めて大規模な愛国心の体系に組織化する機会を与えた。しかしそれは、もはや日露戦争期の遺風とはかかわりなく、ファシズム段階における幻想の組織化であった。太平洋戦争の宣戦詔書には、もはや「国際法規ノ範囲ニオイテ」云々の拘束は述べられていない。

太平洋戦争期における愛国的衝動の組織化は、日露戦争期のそれよりもはるかに複雑で大規模であった。その倒錯も頽廃も、幻想的な英雄性もはるかに極限的な形態をとった。そして、その最後の言葉の一つは、冒頭にかかげた一青年のそれにあらわされている。日露戦勝後の幻滅によって国民は元老・藩閥国家への反逆に目ざめたとするならば、深淵をのぞいたその青年は、愛国心そのものの中にひそむもっとも老獪の敵——国家と政治の非合理的結合を見たはずである。しかし、彼には反抗の機会はなく、死ぬ以外になかったとすれば、われわれはこの狡猾な敵といかに格闘したらよいか?

その点、私は、日露戦争におけるロシア兵士の敗戦記録をよんで、しばしば感嘆することがある。なんと放埒なだらしなさであるか！　なんとのんびりした負けっぷりであるか！　兵士たちは火焔に包まれた艦内の酒庫からウオッカをもち出して悠々とよっぱらい、そして沈んで行く！　その間に彼らの仲間は革命をおっぱじめている！　私は負けて殺された彼らの行き方は、なかなか大したものだと思うことがある。日本人の愛国心は、あまりに性急に永遠の勝利を求めすぎるからである。

Ⅱ　ロマン的体験

ロマン主義について

ロマンティシズムの定義は古くから文学史、評論史上における難問題の一つとされている。ラヴジョイの言葉をかりれば、ロマンティシズムについて確実に言いうることといえばせいぜいそれが「意味論におけるあらゆる問題群のうち、もっとも複雑で魅力的で教訓的なものの一つ」であるということに帰するらしいが、さしあたり私はそうした意味論のジャングルに分け入るそれほどの興味をもたない。私にとって、ロマンティクとは、要するにそれほど見いだすにむずかしい精神現象ではなく、むしろ容易に人間の傾向性として識別しうるような、ある心の姿を示す平凡な標語にすぎない。

しかし、ロマンティクの精神表現が一義的な明確さを示すことがまれであり、しばしば知的な醜聞ともいうべき倒錯にいろどられてあらわれることも、確かである。何かそこに一種のいかがわしい人間性の側面が露出し、人をして眉をひそめ、眼をおおわしめる頽廃の印象をともなうことも確かにそのとおりである。しかし、ロマンティクの魅力は、いわばそのような醜聞のうちに秘められた善美の呪いに結びつくとき、もっとも救いがたい力として人間をとらえる。ある意味では、それは人間精神のもっとも普通で、しかもリアルな実相を象徴する名辞である。事実、多くのロマンティク批判者の精神の中に、批判されたまさにその心性が転位していることを見いだすのは、それほど珍しいことでもない。ロマンティクの超越的批判はほとんどそれ自体不可能と思われるほど、それは人間の心のとらえがたさと直接に結びついている。人はみずからロマンティクであるか、あるいは何ものでもないとする以外には、ロマンティクの批判者たることはできないかもしれない。たとえばシュレーゲルの批判者ヘーゲルはロマンティクではなかったか？ 純正自然主義とともに純正ロマン主義の批判者であった石川啄木は何ものであったか？ こういった危険な心意状態をおびきよせるのが、まさにロマンティクの問題性である。

ロマンティクの詭弁とソフィスティケーションは悪い意味で高名である。ゲーテ的にいえば、彼らの本質を形成しているものは、スピノザが定義した意味における「羨望」であるという。永遠に何ものにもなりえない者の呪われた自意識は、必然的に病的な神経症的昂揚をひきおこす。彼らの無力で高慢なイロニィがその方法であることはいうまでもないが、これはもし比喩的にいいかれば、亀の子に追いつくことのできないアシルの悪無限的な自己批評というべきものである。ロマン的にいえば、アシルはけっして亀を追い抜くことができないからこそ、アシルである。一瞬に亀の子を超越するものは、もはやアシルではなく、一個の俗物にすぎない。ロマンティクの「羨望」は、その意味では俗人への倒錯した距離感である。

彼らのイロニイの或るわかりやすいあらわれは、その自然論である。彼らがはたしてどういう意味で「自然に帰れ」を主張したかはここでは問わない。しかし、彼らの「自然」がそのまま「人為」の含みをもっており、人間の作為も狡智もまさに自然であるとみなしたことは興味ある点である。自然と芸術、自然と人間の差別は解消し、人生の日常性も舞台上のドラマも、同一位相における自然にすぎないものとなる。そして、特にそのような自然＝芸術論が政治の世界と結びつくとき、種々の知的な醜聞が生まれてくる。たとえば、アダム・ミュラーの場合のように、プロシア政府の官報新聞編集者であるとともに、同じ政府との黙契のもとに、革命党派の機関新聞編集責任者たることを、当の政府に対し提案するという、幾重にも微妙な醜行が発生する。このような政治哲学は確かに奇怪であり、恐ろしい頽廃である。ここでは敵は味方のイロニイであり、残虐は慈恵のイロニイにすぎない。当代の政治家たちが、彼らをむしろ気晴らしの宦官のようにとりあつかったとしても、それはやむをえないことであった。そこでは法則なきことが法則となる。人為の薄弱なソフィスティケーションがもっとも自然な美に転化する。無節操こそ至高の政治道徳となる。男性と女性の区別も無意味となる。そうして彼らは呪われた無差別界のヒーローとなる。彼らにとって不可能事はなくなる。しかしまた、彼らは何一つを成しとげることもできない。カール・シュミットのいう永久逃避の姿勢がそこにあらわれる。

しかし、ロマンティクの魅力は、まさにそのいっさいの醜聞と無能性にある。彼らは人類史の巨大な影のようなものである。そして人類という巨人が、よく自らの影を跳躍しうるか否かは、永久の課題の一つであろう。

擬回想

「徒然草」の中で、兼好は次のような奇妙な心的体験のことを記している。

「……またいかなる折ぞ、たゞ今人のいふことも、目に見ゆるものも、わが心のうちも、かゝる事のいつぞやありしがと思へて、いつとは思ひいでねども、まさしくありし心地のするは我ばかりかく思ふにや」

本当にこういう現象は我ばかりにあるものであろうか？　学生時代、ぼくはしばしば同じような体験をした。しかし、そのようなことが友人にもあるのかと思って、問いただしてみても、むしろ下らぬ妄想として否定される場合が多かったように記憶する。あるいは、そのような体験があっても、それには何ら特別の関心は払われなかったのかもしれない。

「徒然草」の中でこの箇所を見つけたときは、ぼくは年来の不審と危惧が一掃されたような気持がした。それはぼく個人のふとした錯覚ではなく、ともかく古くから人間の注意をひいた体験の一つであることがわかったからである。

戦後になって、大岡昇平の「野火」の中に、この不思議な錯覚について、ベルグソンを引用したくわしい記述があるのも見出した。それからまた、この現象のことを、心理学の方で「擬回想」といったり、フランス人は、たんに Déjà-Vu と名づけていることをも友人から聞いた。ともあれ、ぼくはこの心的体験の意味について、かなりながい間拘泥してきたわけである。それが、どう考えても健全な心理の所産ではなく、ドストエフスキーのメタフィジクな精神病理や、ロマンティクの病める神秘主義の匂いがすることは理解しながらも……。

この頃も、やはりそういう体験はぼくを訪れる。たとえば、ある夜、ぼくは安藤昌益の「自然真営道」の一章をよんでいた。

「自然の世は転定《てんち》と与に人業行ふて転定と与にして微も異ることなし、転定に春、万物生じて花咲けば、是れと与に田畑を耕し、五穀十種を蒔き、転定に夏、万物の育ち盛んになれば、……真に転定の万物生ずる耕道と人倫直耕の十穀生ずると与に行はれて、無始無終に転定人倫一和なり。……中平土の人倫は十穀盛んに耕し出し、山里の人倫は薪材を取りて之を平土に出し、海浜の人倫は諸魚を取りて之を平土に出し、薪材・十穀・諸魚之を易して、山里にも薪材・十穀・諸魚之を食し、之を家作し、海辺の人倫も家を作り穀食し、魚菜し……」

読んでこの辺にいたったとき、ぼくは何ということもなく、ブリューゲルのある画面を思い浮べた。例の、巨魚の腹が切りひらかれ、その中から、ぞろぞろと中小の「諸魚」が、それぞれ大は小を呑みこもうとしながら、はみ出していたタブローである。それだけなら不思議はないかもしれない。薪材・十穀・諸魚ということばのつながりが、とくに諸魚という言葉が、ブリューゲルを連想させたともいえるし、宝暦年間の東北地方の農山漁村のイメージが、ドイツ中世のそれを触発したというだけのことかもしれない。しかし、ぼくの心頭に浮んだのは、かつて、ぼくがやはり昌益のその文章を読み、同じ個所で、同じブリューゲルの画を思い浮べたことがあったという回想である。しかし、ぼくがその個所を読んだのはそれが始めてだったのである。

このような経験においては、いわば時間と空間という感性の先天的なワクが崩れさり、流動化し、人間のエゴは小児のように茫然と自失する。それが病的なものであることは間違いないであろう。しかし、病的なるものにあのように超然としたゲーテさえ「過去と現在を一つに融合させる感じ」「即ち、幽霊のようなものを現在へ蘇らせる直感」について述べている。そして、それは、詩にあってはいつも良い効果をもたらしたが、「生活そのものの中に現れた瞬間には、何人にも、奇異な、不可解なもののように思われ、また恐らくは不快にも思われないわけには行かなかった」（『詩と真実』）とも述懐している。

これは、兼好のいう経験と同じもののようでもあり、ちがったもののようでもある。まして、マイネッケが上述のゲーテの経験様式に関連させて、そこに「歴史主義の成立」を認めていることは、そのままこの種の体験にあてはまるかどうかはわからない。しかし、ともかくぼくは、この奇妙な現象に興味をもたないではいられない意味ではロマンチストであるようだ。

歌の捜索

この数日、わたしはきわめて不可解な、くったくの気分を味っている。いってしまえば、なんだそんなことといわれそうなことがらだが、それでもわたしの気分をある一ところに停滞させ、滅入らせるに足る小さな気がかりではある。

ことがらは、ある歌の記憶に関係している。昔、戦争のさなかに、明かにわたしが記憶に刻みこんだある歌の典拠がいま思い出せないというだけの話である。歌そのものは完全に記憶している。ただ、それをわたしが見たと思った書物の中に、いまどうしても見出せないということからくる焦燥と不安である。

しばしばあることだが、われわれの記憶の中にあまりにも原初的に組みこまれているために、かえってそのオリジナルな姿が曖昧になっているような記憶というものがあるものである。いつぞやも、わたしはゲーテのある有名な言葉がいったい何処にあったのか、もしくは、それをどんな機会に憶えたのかを想起しようとして、とうとうそれができなかったことがある。それは「行動するものは常に無良心である」(Der Handelnde ist immer gewissenlos) という周知の言葉なのだが、わたしはそれを学生時代に読んだという明かな記憶があるのに、さてそれが何の中で語られた言葉であるのかということになると、さっぱりその個所を想起することもできず、手近のゲーテの書物の中に、それを見出すこともできなかった。いわば、明確な記憶だけが宙に浮かんでハッキリとその存在を主張しているにもかかわらず、その現実の母胎ともいうべき典拠はどこにも見出せないということである。そのような時、あたかも、自己の存在の明証性そのものが根本的に溶解するような、一種不安な思いにとらえられざるをえない。俺はたしかに存在する、それは疑いない、しかし、いつ、どうして、俺は俺が存在することを確かだと思うようになったのか──そういう問いの前で茫然としてしまうことがあるとすれば、わたしがさきにいった典拠喪失の感じというのもそれにちかいのである。そして、そのような経験は必ずしも珍しくはないだろう。要するにちょっと呆けたんだ、ということかもしれないし、あるいは別に、たとえば自分の姓名が何の某であることを、いつどのように意識化したかということを判然と想起しえなかったからといって、そんなことに拘泥する必要はさらさらないじゃないか、ともいわれそうである。しかし、どうにもわたしにはそれだけではないように思われるのだ。

＊

前置みたいなものが長くなったが、私が典拠喪失で思い煩っているのは次のような歌である。

いのちよくもて

いつくしめ

はなと匂って
ちる日には
さっときれいで
あるように

ごらんのように、今様風の七五調なのだが、はじめわたしは、この歌を岩波文庫の『神楽歌、催馬楽』の中に容易に見つけられるものと思いこんでいた。理由は特別にないのだが、武田祐吉とか、佐々木信綱という、いまではあまりわたしに縁のない人々の名前と結びついた編纂物の中に、たしかに見出して憶えたものという記憶があったからである。それがなぜ催馬楽というふうに記憶していたのかもあいまいな話だが、もちろんそれは前記の岩波文庫の中に見つけることができなかった。「そうだ、ちがっていた、あれは梁塵秘抄だった」と、わたしはさっそくに記憶のあやまりを訂正してみた。そして、ある夜、やはり岩波文庫の『梁塵秘抄』を初めからしまいまで点検してみた。じつに、久しぶりの再読で、それは大へん面白かったのだが、私の記憶の不確かさはそこでもまた立証された。「いのちよくもて」の淡白な伊達気分を反映しているような歌はそこにいくつか見出されはしたが、どうにも時代が少し早い感じであった。というよりも、それは全くちがった気分を背景として生れているもののようで、わたしが探している場所は大へんとはいわないまでも、どこかで見当がちがっているようにも思われた。

ついでわたしは『日本古典文学大系』の「中世近世歌謡集」に大急ぎで眼を通してみた。「隆達小歌集」のムードが「いのち」のそれと一節か、二節かおいてつながっているような感じであったけれど、もちろんやはりそれでもなかった。わたしの探索能力は、もはやそれ以上に及ばなかったし、しまいには、わたしがかくも明晰に記憶している歌そのものが、友達の誰かの戯作ででもあったのではないだろうかという疑惑さえ生れてくる始末であった。じっさい戦争中は、一種の擬古典的な文章、詩歌の作成において、わたしたちの仲間はなかなか達者であったからである。

ただし、「いのち」はそうでなく、それはわたしが現実に何かで読み、そして感動した中世――近世の歌謡であったことはたしかである。わたしが、当時、それを特攻隊的世代の一人の青年として、一種の頽廃的な自慰の歌として、記憶に留めたことは事実である。いつの時代、いかなる戦乱の世であったかは知らないが、やはりそのような感傷と頽廃の入りまじった思いをいだいた人間たちがいたということに、奇妙な諦念と感動を覚えたことをはっきり記憶している。

＊

さて、わたしのいいたかったことは、人間の記憶がいかに頼りにならないか、ということではなく、その「いのち」が果していつの時代の歌謡であり、どういう刊行物に載っていたか、ということの詮索でもない。それだけなら、わたしの無学を自ら笑えばそれですむ問題だからである。また、わたしが戦争時代にその一篇の歌謡にどのような感情を托したかということがらの解析でもない。それはたしかに一つの面白い精神史的展望につながる問題ではあるが、それも今は詮ない感じである。それに、その問題なら、真向から記紀万葉の一首を問題とし、歴代の勅選和歌集の一首を問題とすべきであろう。それはある意味では戦後全くといってよいほど追求されていないテーマだからである。つまりそれは、日本の古典があたかも祖先返りのように、もしくは学問的方法を媒介としない直接の実感的状況として、人間をとらえるということの異常な意味の問題である。それは旨く表現しにくいような状況であった。しかし、たとえばそれは、次のような錯覚と陶酔の状況であったということはできるだろう。

カール・シュミットが『政治的ロマン主義』の中で紹介しているロマン的体験の一例であるが、あるドイツの詩人が幼い頃 Hylo schöne Sonne という歌が教会で歌われるのを聞いて、その東洋的な、ミスティクな調べにすっかり魅入られてしまったところ、実はその本当の歌詞は Hüll, O, schöne Sonne というありふれたものにすぎなかったことがのちにわかり、大へん幻滅したという話である。シュミットは、そのような錯誤と無意識の自己欺瞞をロマン的気分主義の特徴として規定しているのだが、戦時下のおどろおどろしい古典流行の一部には、たしかにそのような主情的自己陶酔の要素が濃厚にあった。しかしまた、それがそのように広汎であったことは、まさに前代未曽有のことでもあった。問題をあの時期から引出すことが、いわば常に逆説的態度を要求する所以ではないか。

ともあれ、わたしのいう「いのち」の典拠喪失も、そのような精神史の文脈の中で考えらるべきものかもしれない。そんなものはどこにもなかったのかもしれないし、あったとしても、それはこちらの気分的な可能性を刺激する素材としてのみあったのかもしれない。しかし、また、もしわたしの「いのち」が典拠のみならず、存在そのものもまた怪しいものであったとすれば、あの戦争もまた、少くとも精神世界とは全くかかわりない物質の次元での激動にしかすぎなかったことになる。そして、それはそうではなかったということを、わたしは信じないわけにはいかないのである。

だからわたしの焦燥感というのは、やはり正確にいえば、あの戦争の中の自分の姿をそのすべての輪郭とともにとらええていないということからきているようだ。「いのち」の典拠喪失はその焦燥に対する象徴的な機縁にしかすぎない。もっと多くの「典拠」をわたしは見失い、そのことのためにわたしは悽々として楽しまない人間の一人となっている。国文学的関心などという立派なものとは少しも関係がない。俺はいつ存在したのか——いわばそういう存在論的関心がここでもわたしをみちびいているようだ。

戦中の読書

日本の思想・文学を含めた「古典」というもののうち、私が最初にぶつかったものが何だったのかということが、実は案外はっきりしない。一人の人間が最初にその生命をゆりうごかすような書物に行き当った時、それは少くともその人間にとっては「古典」であり、人生の「原典」といってよいはずである。それは必ずしもなんらかの古典全集に収められているようなものではないこともあるだろうし、翻訳書である場合もあるかもしれない。何を「古典」とよぶかということは、一人の人間にとっても、ある民族にとっても、実はつねに一個の課題であるといえるかもしれない。

いわゆる「古典」ではないかもしれないが、私が最初に行き当った文学者は漱石の「猫」であった。田舎の家の土蔵の中に、夭折した叔母の蔵書がしまわれていて、その中に改造版の「現代日本文学全集」があった。小学生の頃から、私はいつかその中のあれこれを引っぱり出しては読みふけるようになった。もちろん、内容がどれだけわかっていたかは覚束ないが、その頃はただ、文字を読むということだけでも結構楽しかったものであろう。私の家は真宗の安芸門徒で、子供の頃からわけのわからないお経を聞いたり、読んだりすることには馴れていた。それに比べれば、ともかくなにやら男や女があらわれ、しぐさや事件の意味はわからなくても、ものの動きらしいものが描かれている小説はずっとあきがこなかった。もちろん、分らない字なんぞはとばして読んでいたにちがいない。いまでも「倫敦塔」や「薤露行」の幻想的な夢心地は、その時のままに思い浮べることができる。文字なんぞわからなくても大したことはないものだろうか？

しかし、決定的な文学的衝撃は中学三年の夏休、鷗外訳の「即興詩人」を読んだ時に来た。それは正に人生そのものへの開眼であった。私は呆然として、数日間は白昼夢を見ている心地だった。人生と世界が、一ぺんにその情景をかえたというか、限りなく美しい世界のイメージと、人間の心のあわれな深さというものが、はじめて眼の前にあらわれたというべきであろうか。私はなんだか生きているのが厭になったように感じた。こういう時、昔の人は出家をしたのかもしれない。その時私は薄倖の佳人アヌンチャタのために、一生を巡礼して送ろうかと思いつめていたにちがいない。

しかし、中学の後半頃から、とつぜん私は日本文学への関心を失った。それがどういうわけだか今でもよく理解できないのだが、要するに少年期の反抗心であったことはたしかである。たとえば近松を日本のシェークスピアというような言い方がしゃくにさわるようになった。私の中学校は当時の広島文理科大学の構内にあったので、私はよくそこの図書館に行った。そしてそこに備えられたイギリスの百科辞典の中に、近松の項目さえないことを調べて来て、近松をシェークスピアに比べようとするものほしげな日本人の根性を嘲笑するような気分をもち始めた。日本の文学など、しょせん猥雑な遊戯にすぎないといつか思いこむようになった。だから、当時中学の仲間が、横光の「旅愁」なんぞを大切そうに読んでいるのを見ると、腹の中でせせら笑っていた。そして、反対に、ジッドとかランボオとかに夢中になるようになった。

日本の古典への目ざめは、幸か不幸か、日本のもっとも暗黒な時代にはじまった。しかも、その決定的な手引となったのは、高校時代に聴いた五味智英先生の素晴らしい万葉の講義ではなく、日本ロマン派の指導者、保田与重郎の著書であった。万葉や書紀、西行や芭蕉のいずれの場合にも、私はロマン派の恣意と陶酔をみちびきとして読んでいったように記憶している。その印象をかんたんにいえば、日本の古典の中にも、人間の息吹とドラマとが存在しうるのかという、思えば冒瀆的な発見を日本ロマン派は私にもたらしたのである。とくに万葉集の場合はそうであった。私は、そこに含まれる人間精神の悲劇に激しいショックを受けた。それまで、奇怪な話だが、人間はただ西欧の文学にのみ描かれていると思いこんでいたのである。

そういう倒錯がどうして私の心の中に芽生えていたのか、それもある解きがたい問題ではあるが、ともかく、高校から大学にかけて、私は再び日本の文学や思想に関心をもちはじめた。戦争は高校二年の時に始まっていた。そのために古本屋には沢山の本が出ていた。群書類従や六国史、八代集や近松全集、そんなものが勤労動員の報酬でそれほど無理もなく買えた時期であった。（古本屋が奥の部屋によびこんで、大杉栄全集をひそかに見せてくれたり、出征する友人が「資本論」をおいて行ったりした時代でもある。）それ以外に、読む本も少かった。遊ぶ機会もなかった。そこで、私たちの多くは、半分しょうことなしに日本の古典に親しみ、そのおかげか、奈良・平安朝の文章にも、室町・江戸時代の文章にも、それほど違和感を感じないですむようになったのかもしれない。ただし、そういう変則な、恣意的な雑読の対象として日本の古典を読むくせがついたために、私などは、ついに、日本古典に関する正統的な勉強の習慣を失い、いまでも、そのことに、負い目を感じることになってしまった。ただ記紀や万葉、西行や芭蕉とともに、道元の「正法眼蔵」親鸞の「歎異抄」などについては、私は私なりの答え方をいつしかしなければならないだろうということを、一種の予感として感じつづけているばかりである。

詩について

一

ぼくは、太平洋戦争中にプラトンの「国家」を読んで、そこに述べられている詩人追放論に大いに共感した記憶がある。ぼくがプラトンについてどれほど理解していたか、ギリシャにおける政治や宗教と詩の関係についてどれほど知っていたかは、ここでは問題にならない。ただ、太平洋戦争のある時期に、一人の曖昧な文学少年であったぼくが、プラトンの表明した詩人への敵意に、なにかひとごとならぬ共感を覚えたということが、いまもぼく自身にとって一つの問題となっているというにすぎない。

もちろん、そこには、当時の一般的な思想状況というようなものの影響はあった。詩や文学に対するある根源的な疑念のごときものは、たしかに状況の中に生れていた。たとえばシュペングラーが『西洋の没落』に記した次のような章句は、日本帝国主義の戦争体制の中にあって、奇妙な陶酔と疎外感とを感じつつあったぼくの心に、鮮かな共感のスパークをひきおこしたものであった。

「……新時代の人々が、本書に動かされて、抒情詩よりも工業に、絵画より海事に、認識批評よりも政治に身を投ずるならば、私の望みは、みたされたものということができる。」

戦争の巨大な機構の中にあって、かえってぼくらの心には放埒な空虚があった。戦争は一人一人の生命にかかわるメルヘンにほかならなかった。生命そのものがメルヘンであり、日常生活につきものの苦悩《ゾルゲ》と責任とは免除されていた。ぼくらは自分の存在について、なんらの気苦労をも必要としなかった。しかし、それらの文学や詩というものこそ、まさに人間の己れと世界に対するさんたんたる配慮の果実ではないだろうか。

たしかに戦争というものは偉大な休暇のようなものである。人間は自己の責任から解除され、気も遠くなるほどの自由にうんざりすることになる。これはそれほどの逆説ではない。戦争のような大状況を支配する権力は、その完璧な抑圧と緊張の体系の中で、かえって人間に無限の自由を提示する。すべての自由が抑えられたのち、もはや人間でなくなったその存在はいかなる権力からも解放される。ドストエフスキーの『悪霊』に記されたあの逆説――「無限の自由から出発して無限の専制へ」いたるあの状況の逆がそこにあらわれる。あたかも死が生に対してもつ無限の自由に似たものがそこにあらわれる。その時、人は「抒情詩よりも工業に……認識批評よりも政治に」という誘いに強く心ひかれるはずである。絶対の自由のパラドックスがそこに実現する。

しかし、もちろんプラトンの詩人追放は戦争の思想とはかかわりはなかった。それはある健全な理想主義の高等政策であり、何よりもイデアの認識と国家形成の原理の関係からみちびかれたものであった。

にもかかわらず、あの戦争の時期に、ぼくの感じた詩人追放への共感の中には、シュペングラー的というよりも、むしろプラトン的な要素もまた含まれていたように思われる。その点が、いまもなお、ぼくにとってある解きがたい問題を提示しているのである。

二

いったい人生は一行のボードレールに如かないのか？――このような種類の問題が詩の神義論にかかわるものにほかならない。それは、宗教における同様の問題と同じように、深く人間存在の根源性に関する問いであり、それぞれの詩人は、なんらかの意味でこの問いによって自己を規定されている。

プラトンの詩人追放の意味もまた間接的に詩人の存在論を含んで展開された。E・カッシーラーによれば、それは次のような論拠にもとづいていた。

「プラトンが戦い否定するのは、詩それ自体ではなく、詩のもっている神話を作る機能である。彼にとっても他のいずれのギリシャ人にとっても、この二つのものは不可分のものであった。大昔から詩人たちは真の神話作者であった。ヘロドトスが述べたように、ホメロスとヘシオドスとは神々の系譜を作り、その形姿を描き、その職務や権限を定めたのであった。ここにプラトンの『国家』にたいする真の危険が存在していた。詩を認めることは、神話を認めることを意味しているが、しかし神話を認めるならば、すべての哲学的努力は無効となり、プラトンの国家の基礎そのものを掘りくずすことにならざるをえない。理想国家から詩人たちを追放することによってのみ、哲学者の国家は破壊的な敵対勢力の侵入から守られうるであろう……」

プラトン自身が偉大な詩人であったことや、ホメロスに対するその深い讃美の念はよく知られているにもかかわらず、彼には詩人を追放すべきより深い理由があった。なぜなら「彼は、以前のあらゆるギリシャの理想よりもはるかに優っていると考えた、新しい思想をもっていたからである。」

プラトンの戦いは明白に政治生活における従来の神話の機能に向けられていた。彼にとって、神話に語られた神々の事績にともなう伝承的権威を許容することは、およそ政治的、道徳的生活にとって必要な基盤の廃棄を意味していた。周知のように、古代国家の宗教的性格は、擬人的多神教と、密教的儀式性との多様な結合としてあらわれた。ギリシャ都市国家の宗教性と神話性とはその一連の儀式のうちによく示されているが、プラトンの攻撃したものはまさにそのような祭政一致の形式に含まれる因襲性にほかならなかった。そして、そのような伝承と旧習の媒介者であったものがほかならぬ詩人たちであり、詩人たちは、そのために理想国家の埒外に追われねばならなかった。

「われわれは、たまたま誰かが作った物語を何でも無雑作に子供たちに聞かせ、そして彼らが成人したときにもつべきだとわれわれの考えるものとは屢々正反対な諸観念を、彼らの心に抱かせておくであろうか。……そこで思うに、われわれがまずなすべきことは、寓話や伝説を作るものを監督して、意に満たぬものはすべて斥けることだ。そしてわれわれは乳母や母親たちを説いて、その子供たちにわれわれの是認したものだけを物語らせ、さらに彼らが子供たちの身体を撫でて強く形よくしようと今しているより以上に、こうした物語で、その魂を作りあげることを一層考えさせるであろう。」

これは一種の文芸統制の意味であろうか？　プラトンが絶対的に否定した唯一つのものは、専制的な霊魂と専制的な国家にほかならなかった。したがってこのプラトンの言葉は、そのような意味でとられてはならない。それはただプラトンの「善のイデア」と、その理想国家論の意味において述べられたものであることは、改めていう必要はない。しかし、ここで、プラトンをして神話と詩人の追放を決意せしめるにいたった古代ギリシャ国家の危機状況がどれほどに深刻なものであったかということは、明らかな印象である。伝統的な政治生活の中で、あれほどに巨大な影響力をふるっていた神話と伝承を排除するという仕事がいかに困難――むしろ不可能にちかいかということは、われわれの現代を反省することによっても容易に理解されるであろう。

しかし、紀元前五世紀に、プラトンの試みた神話（詩人）追放という巨大な構想は、もちろん地上の国家において成功することはなかった。ただそのようなドラスチックな試みを含んだ彼の政治思想こそは、その後のあらゆる政治哲学の中に継承された原理として作用することになった。即ち、すべての人間生活の事象のうちに浸透して根源的にその経験内容を設定する神話的なるもの、伝統的なるものの排除という極端な方法を通して、はじめて経験生活の諸範疇を超えた「神の国」の理念が政治の世界に導入されたわけであり、それが古代都市国家の民族的基盤を超えた普遍的政治理念として、キリスト教世界へと伝達されることになったのである。

三

詩の神話的起源ということについては多くの論考が存在する。そしてたとえば人生がボードレールの一行に如かないといわれる場合にも、一個の神話が民族の全生活のあらゆる意味を超えるというのと同じ含意がある。一つの神話が民族の幾世代の生活を支配するように、ある詩句はその多義性の拡がりの中に一個の人生をみごとに含んでいる。周知の美的体験というものはそのようなものであり、そこでは人間と世界の意味はすでに見出されたものの反射として数行の中に収められている。神話が人類の世界体験の原型を意味するように、一行のボードレールの中には一個人の完結した世界体験の原型が含まれている。

そのことは疑うことができない。ある種の神話と詩歌が永遠であるというのは、それがそのような人間的諸経験の原型を含んでいるからにほかならない。われわれは、現代のすぐれた詩と、古代のすぐれた詩との間に歴史的な時間を感じわけることはない。

しかし、まさにそこに問題がある。少くともプラトンの詩人論はそこから始っている。彼自身、卓越した神話の制作者であったことはいうまでもないが、彼が詩人追放の原理とした「善のイデア」と理想の国家の理念そのものが一種の神話的性格のものであったことを考えるだけでも、彼の詩人＝神話追放の思想的根拠がいかに混沌とした巨大な思想の文脈に根ざしていたかが予想せられる。それは、おそらく、後のキリスト教と文芸の問題において、より微妙な弁証をともなって継承された問題であったであろう。

およそある新しい思想がその秩序を世界に実現しようとするとき、しばしば権力による既成の伝承・古事の強力的再編成をともなうことは歴史上の事実である。日本においても、古事記や日本書紀編纂の企図の中にはそのような意味があったといえるであろう。古事記序文に、天武天皇の直言を太安万侶が伝えたものとして「朕聞く、諸家のもたる帝紀及び本辞、既に正実に違い、多く虚偽を加ふと、今の時に当りて、其の失を改めずば、未だ幾年をも経ずして其旨滅びなむとす。云々」と記されている。ここで何を基準として「正実」と「虚偽」が区別されたかはともかく、その時代が古代日本における最も深刻な国家的危機であり、伝統的信仰と思想の大きな混乱期であったことはいうまでもあるまい。些か強引に類推すれば、ギリシャにおける古代的国家理念の解体と、歴史的相対主義ともいうべきソフィスト学派の抬頭という不吉な時期にプラトンが神話の追放を試みたことと、崇神朝以降の古代的祭政国家理念の解体と大氏族間の暗闘の激化、対外危機と異国思想の流入という混乱期において、記紀の編纂による神話・旧辞の人為的統一が行われたこととの間には、ほぼ同一の思想史的意味が認められるかもしれない。

いずれの場合においても、伝統的な神話が新たな国家形成にとって有害であり、むしろ廃滅すべき機能をもつということは共通に意識されたといえないであろうか。古事記や書紀は在来の伝承・説話をむしろ形象化し、保存する意味をもったと考えられるかもしれないが、事情は決してそうではなかったのではないだろうか。神代の伝承や歌謡は新たな天皇国家の原理系統の中に配列されることによって、むしろそれ以前の政治生活の意味転換を実現したのではないであろうか。そこでもまた、古い代の詩人たちは追放され、新天皇国家の新たなイデオローグたちによる詩・史の編纂が進められることになったのであろう。

四

しかし、いずれにせよ、国家による詩人追放がかつて歴史的に成功したことがないことは事実であった。神話と詩の起源が人類生活のいかなる部分に根ざしているにせよ、それを政治的に廃除することは実現されえなかった。しかし、反面、政治権力が自ら神話と詩の源泉としての資格を要求し、それを達成したことは史上に珍しいことではない。ナチス・ドイツの血の神話による支配はそのもっとも恐るべき達成にほかならなかった。それが一種の美学的政治支配の技術を創出し、人間支配の芸術的達成のごとき態様をとったことは著しい特徴である。そこでは、多くの詩人や芸術家が現実に追放せられた。そして、その場合、たとえばゲオルゲ・グルッペに見られるように、ドイツの知的階層のあるものたちはプラトン復興の名によってそれを正当化しようとさえしたのである。

再び初めの問題にかえってみよう。もしボードレールの一行が人生を凌ぐものであり、一個の神話が民族生活に君臨するものであるとすれば、それらの詩を作った詩人たちが極度に危険な公敵に値いすることはいうまでもあるまい。イエスがその福音を説いた時にも、既成の宗教秩序にとって事情は同様であり、カヤパ一族とピラトのとった処置はまことに正当であった。とくにピラトは、時代の大転換期に立会いながら、事態の処置を人民投票に訴えたという点において、心にくいまでに正当であったといえるであろう。

いずれにせよ、詩の問題は、何よりも人間の魂の問題であることは明らかであった。プラトンの前述の引用はそのことを具体的に物語っている。そしてまた、ナチスのような神話政治は、政治がついに人間の霊魂を直接的に素材としてとらえるにいたったことを示している。いいかえれば、古来、政治は権力によって人間を支配しようとし、信仰と詩とは、人間の魂をとらえることによって、政治とは異った方向に人間を組織しようとするものであった。その場合、政治と宗教の関係をめぐって闘われた人間の歴史は、その根底において、全人間的作用を対象としていたから、詩人もまたたえずその闘いのもっとも深い基調に参加していた。その場合、詩人もまた一個の権力と同じように、たえずある恐るべき危険にさらされていることは忘れられてならないであろう。ということは、詩が人間存在を全体的にとらえる機能をもつことによって、権力と同様に、人間の生と死とを深く支配するという事実にもとづいている。もちろん、政治が人間をとらえるとらえ方と、詩が人間をとらえるとらえ方とは異質のものである。政治は人間の日常性の外角から、あたかも運命のように人間を打つ。政治における死がいずれも人間の非有機的存在性を浮び上らせる形をとるのはそのためであろう。政治は人間の表情と生理に浸潤し、その有機的組織となることは決してない。しかし、詩が（神話が）人間をとらえるとらえ方はそうではない。それはあたかも嬰児の唇と母親の乳房との関係のように、ある有機的な自然の関係として人間の生理の中に浸透する。多くの詩歌は、いつ、どこで、誰から聞いたということもなく、人間の思念の中に芽生え、忘れもせず、記憶もしない影像として人生の内部に定着する。それは、支配力の衝激というものをともなうことなく、しかも、権力の瞬間的打撃と同じような運命として、人間の魂を生かし、または殺す作用をもつ。それは、その起源においては、ほとんど政治権力の形態と区別されえない。多くの支配は歌謡をともなう祭式の形で発生した。したがって、政治の宗教的起源を危険視するならば、詩もまたそのいかがわしい同胞として監視と警戒をゆるめることはできない。

もとより、プラトンの詩人追放論は、上述のようなすべての諸点を含み、広汎な弁証を含んでいたはずである。あたかも、イエスが荒野の試練においてつき当った三つの試みに対して行ったと同じように、そこには人間の永遠の歴史に関する洞察が欠けてはいなかったということができるはずである。そして、イエスによって斥けられた悪霊の試みが今もなお生きていると同じように、追放さるべき詩人の問題が今もなお生きていることは至極当然であり、自明といってよいはずである。

さて、三度び同じ問いにかえることにしよう、果して美しい詩の一行は、人生にとって何に値いするか？　ぼくの知っているある詩人は、人生の目的はその一行を書くことであると明言して、何のためらいも示さない。ぼくは彼が天使の姿に似せた悪魔ではないかと戦慄する。そして、ぼくの中の天使だか、嫉妬ぶかい悪魔だかが、彼を抹殺せよ！　追放せよと囁くのを聞く。ぼくはそこで決断がつかない。かつて、石川啄木は痛快なことを書いている。

「三年経ち、五年経った。何時しか私は、十七八の頃にはそれを聞くだけでも懐しかった、詩人文学者になろうとしている、自分よりも年の若い人達に対して、すっかり同情を失って了った。会って見て其の人の為人を知り、其の人の文学的素質に就いて考える前に、先ず憐愍と軽侮と、時としては憎悪を注がねばならぬ様になった。殊に、地方にいて何の為事も無くぶらぶらしていながら詩を作ったり歌を作ったりして、各自他人からは兎ても想像もつかぬ様な自矜を持っている、そして煮え切らぬ謎の様な手紙を書く人達の事を考えると、大きな穴を掘って、一緒に埋めて了ったら、何んなに此の世の中が薩張りするだろうとまで思う事がある様になった。」

これは痛快というよりも、痛ましい文章という方が正しいだろう。そのように書いた啄木自身、むしろ明治理想国家のどこにも席を与えられず、追放され、病気になり、野垂死しなければならなかった。それは明治国家の健全さのあらわれではなかったかと、ぼくがいま痛切に感じるとしても、それはぼくの俗物性などとは全く関係がない。その啄木でさえ、美しい一行などという言葉には恐らく嘔吐したであろうとすれば、一体それはどういうことなのか。プラトンは、追放された詩人のために、どういう保障を考えていたであろうか、といえばお笑草になるが、ぼくの思念はどうやらそのあたりをどうどうめぐりするだけのようである。

敗戦前後

昭和二十年八月、私は東京帝国大学法学部学生であるとともに、農林省食糧管理局（略称、食管）嘱託という肩書をもっていた。いわゆる勤労動員で、学校へ行くかわりに、その頃上野の精養軒に疎開していた食糧管理局に通勤していたのである。

その頃すでに公園には、戦後のパンパンのはしりのようなズベ公が出没していた。戦争の末期症状がそういう形でもあらわれ始めていたころである。

食管には同じ大学から十人くらい、私同様兵隊に向かない身体の連中が来ていたが、私の配属されたのは大陸物資輸送本部という管理局内の連絡機構で、本部長はたしか当時の長官楠見義男が兼ねていたと思う。

その頃の日本の食糧事情が、日本海を渡って細々と運ばれてくる満州、朝鮮の雑穀に依存せざるをえないほど、極度に窮迫した状態にあったことはいうまでもない。南方からの輸送はとっくに杜絶し、わずかに日本海のルートが頼みの綱であったが、それとて次々と米空軍の機雷投下によって封鎖され、清津、羅津、元山といった港から出航する船舶の航路は、しだいに北へ北へと圧迫されていた。下関も、門司ももう使えなかった。東北地方の小港、北海道、樺太の港までが、大陸からの食糧を揚陸しはじめていた。西日本の日本海岸では、単接《たんせつ》揚塔と称して、いきなり砂地の海浜に向って船舶が突進する非常手段までが試みられていた。しかも揚陸地から、日本の戦争機構の胴体部である東京地方までの輸送路は、空襲のためこれまたまひ寸前の状態にあったのである。

私の仕事は食糧を積んで大陸を出航する船舶の名前、積荷の品目と数量、目的地をとらえ、同時に着荷した食糧の貨車輸送状況を日計一覧表に記入することであった。それには暗号電文解読の作業がともなっていた。暗号は、主として三井系商社（三井油糧）のコードが用いられていた。ときとして見なれぬコードがあらわれて、その種類の判別に頭をひねらされることもあったが、概して解読は簡単であった。しかし、品目の名称、数量の表示（トンか、石か、車輛数か、等）などは、大陸と内地の通信者によってまちまちであり、ときには船舶の名称もまぎらわしいことがあったし、目的港が情報によってくいちがうこともあった。そのために、日本海上に幾つかの確認不能な船舶が往来しているという結果が生じたり、出航連絡もない船がいきなり内地の港に着くということもおこった。それらはすべての資料を組み合せて迅速に確認されねばならなかった。というのは、われわれの計算した資料は「食糧戦争」のための基礎材料だったからである。

ここで戦争というのは、日本陸軍と日本海軍を相手とする戦争である。陸軍のA物資、海軍のB物資に対抗して、民需のC物資を防衛する戦いであった。たとえば清津から、民需の高粱、大豆を載せた船が新潟に向けて出航したという電文が入る。しかし、途中機雷原をさけて航路をかえ、とつぜん秋田に入港したというような場合、ちょっとでも手配がおくれると、アッという間にまるまるAさんにしてやられてしまう。いったん取られたらどうにもならない。だからA、B、Cのおえら方の間で、大陸物資の配分調整のための連絡会議が開かれるという前日など、私たちは眼の色をかえて実績と見込数量の確定に懸命になったものである。

その年の六月だったか、私は本職の官吏であるI事務官と二人、出張を命ぜられて山口の萩、仙崎地区の揚陸状況を視察に行ったことがある。海上には触雷した船が幾つも残骸をさらし、海水に浸った食糧の引揚のため、あちこちの漁村から小舟が駆り出され、しかもその分配をめぐって部落間に激しい争いまでが起るという状態であった。揚陸された雑穀は、海岸に野積となり、仙崎の町など、路上一面に大豆がこぼれちっていた。そしてその上を無数の蝿がむらがりとんでいた。凄惨な夏の日ざしのもと、眼も鼻もあいておられないほどの臭いと蝿であった。山陰線の輸送力には限度があり、やむなく山陽線小郡駅まで、県民を動員して一輪車による突貫輸送が県知事命令で施行されていた頃である。

しかし、この視察旅行では、私は山口市の食糧事務所をはじめ、萩の旅館でも、本省職員としてのわれわれ二人の青二才に提供される食事のぜいたくさに眼をみはった。私が役人、とくに本省官吏というものの威力を知ったのは、生涯においてそれが初めの終りである。東京でも、その頃防衛食という名の陶器入りのかんづめ(?)や非常用の乾パンがあったが、食管の某課長など、のべつにお手盛配給でぼりぼり乾パンをかじったり、せっせと防衛食を家へ運んだりしていた。今は学者のかんづめに使われることの多い駿台荘で、暗幕を張って大宴会をやったこともある。とにかく役人とはえらいものであった。

　その出張から帰って間もなく、私は多分省内にいた高校の先輩O氏の思いやりで、こんどは郷里の広島に転属され、自宅から広島食糧事務所に通勤するという、当時としては夢のような幸運にめぐまれた。(陸軍一等兵丸山真男は、当時広島にいて、時として事務所を訪ねたことがあることを後になって私は聞いた。)全国の交通網はすでにまひ状態にあったから、私としては故郷に帰れる機会など、もうないだろうとさえ思っていたからである。一面の焼野原となった東京の自炊生活とくらべて、山紫水明の広島での日々はまるで牧歌的でさえあった。もっとも広島の人々も、空襲に取りのこされていることにかえって異様な不気味さを感じ、一日も早くそれがすまないかなあと、挨拶がわりのように口にしていたものである。

　八月三日。東京から役所への電話で、私は上京することになった。九月の卒業をひかえ、採用試験の手続のためである。八月四日の早朝、私は母に送られて広島を発った。それが、幼年期いらい、私の知っている広島との永別となった。

　八月六日、原爆広島に投下――そのニュースを、私は上野公園の食管で知った。多分、当時食管と連絡の深かった海運総監部の無電であったと思うが、情報は早く、正確であった。半径二キロ以内全壊、四キロ以内半壊ということから、私は少くとも私の家はやられていないと判断した。その翌々日、広島通過の列車で上京した職員の目撃談からも、私はその推定を確かめることができた。そのためか、不思議に肉親の生死を思う感情はわかなかった。というより、その頃目黒のアパートで大豆ばかりの自炊をしていた私の身体は、駅の階段の中途で立ちどまらねばならないほどよわっており、すでにつよい感情はよけいなものになっていたのかもしれない。

それからの一週間は、あたかも世界終末をまちうけるかのような、不思議な静かさが東京にはあった。高射砲も鳴らず、味方の戦闘機もとっくに姿を見せなかった。市中には、もはや爆撃目標もなかったのである。

その頃のある夜、当時の人々は皆記憶しているであろう——唯一機のB29の北上に対して、初めて空襲警報が発令されたことを。すでに、広島の「新型爆弾」の恐ろしさは、人々の心に浸透していた。空襲のサイレンの音、やがて遠くの空から忍びよってくるその一機の爆音——生き残っている幾百万の人々が、息を殺してその瞬間をまちうけている気配を、私は布団の中でもまざまざと感じとっていた。しかし、私は起き上ろうともしなかった。もうそれは絶対に手おくれであり、絶対的に話にならない行動だからである。私はあらゆる存在の壁を透視して、死の素顔を見るのを感じた——しかし、何ごともおこらなかった。私は今でも思う。あの時東京上空に飛来したアメリカ兵は、そうした日本人の気持を知ったうえで飛行したのであろうか、と。

八月十五日正午、私は部屋にいた。アパートの人たちも、大ていどこにも出かけないでいた。工場でも、どこでも、もうすることなどないといってよかったのである。ラジオはとなりの組長Tさんの家に集って聞いた。

終ったとき、ながいながい病床にあった老人の死を見守るときのように、いわれのない涙が流れた。その時思ったことは二つだけである。——一つは、死んだ仲間たちと生きている私との関係はこれからどうなるのだろうかという、今も解きがたい思いであり、もう一つは、今夜から、私の部屋に灯をともすことができるのかという、異様なとまどいの思いとであった。

八・一五紀行

中国地方では旧のお盆をするところが多い。私が妻とともに広島の郷里に帰って墓参をしたのが八月十四日、それから中国山脈を横断して松江に出たのが十六日の夜であったが、ちょうどそれは、この地方の盆行事の初めと終りにあたっていた。

広島では、どこの山かげの墓地にも一面に盆燈籠が林立し、遠くからも華やいで見えた。夕方になると、燈籠に灯がともる。私の郷里は広島市の東のはずれの向洋というところにあるが、このあたりでは、広島湾の島々を見晴らす幾つかの丘の上が、祖先の墳墓の地となっている。遠くや近くの一角が夕闇にぽーっと白く浮び上って墓地の所在を示し、森かげにひっそりと立つ二、三基の墓石のあたりも、今宵ばかりはあざやかにそれとわかる。

燈籠は二、三尺の可愛らしいのから、六尺をこえる大ぶりのものまである。いずれも竹の先端を五つに割り、五角錐の形にひらいて先を割竹で結び、まわりを赤、緑、黄、青などの色紙で貼り廻したもので、五隅にはやはり色紙を幣帛状の房に切ったものを垂らす。燈籠の底にあたる竹の穴に茄子のへたをさしこみ、その切口に軸木をさして蠟燭たてにする。こうした燈籠を墓地に運ぶのは、清く涼しげな浴衣を着た子供たちの晴れの役割でもあった。

こうして燈籠をたてるのは、柳田国男さんの説かれたとおり、祖霊の帰りたもう家路を明るくし、そのたしかなしるべとしようとする仏教よりも古い民間の心持ちであろう。地方によっては、盆路づくりといって墓地から家までの道筋の草を刈り清めるところさえあるというが、そういえば、私などにも、幼い頃、母にともなわれて墓地の草刈りをした思い出がある。

盆棚の設けは、この地方ではもう古式ではなく、仏壇に灯をあげ、瓜や茄子のつややかなのを供えるだけのようである。盆提灯もあまり目につかなかった。

盆踊りも昔のようではないと町の人々はいう。世話役の老人も少くなり、若い者の関心ももっとモダーンなリクリエーションに移ろうとしている。それでも、その翌日、広島市から可部線に乗って太田川をさかのぼる沿線の町や村の広場には、紅白の幔幕をひきまわした踊りの櫓がいくつも目についた。市街地のほかでは、今もなお徹夜の踊りが行われているようである。

八月十五日夜は、太田川の水源にちかい三段峡という峡谷に宿をとったが、その夜おそくまで、狭い川原には幾組ものキャンプ・ファイアが焚かれ、「歌声」の合唱がそそりたつ溪谷の絶壁にこだましていた。青年たちは、こうしてしだいに盆踊りということを忘れてゆくのであろうか。

翌十六日は溪谷の山路を一里ほどもさかのぼって、餅の木という山間の小部落に出た。農家の軒先に水色にすそをぼかした盆提灯が唯一つ風にゆらいでいる。こうした山中の一つ家に、夜ぽっつりともる灯は、いかにもどこかの高みから降って来る精霊の目じるしにふさわしいと思われた。

餅の木から再び急流に沿ってさかのぼると、にわかに樽床のダムに行き当り、県境の八幡原の高原がひらける。このあたりは、広島県でももっとも辺鄙な土地で、民俗学の宮本常一さんがよく歩かれた地方である。宮本さんが、戦争中、雪の降る中を、バスに乗って故里を去って行く応召兵士のわびしい姿を見て、涙を流されたのがこの村である。そして今、私の乗っている一日二本とかいうバスの窓でも、一人の青年が人目もかまわず大きな白い布を懸命に振っている。遠い山かげの藁ぶきの家の木かげに、これもまたシーツのような大きな白布をうちふる婦人の姿が小さく見える。お盆に帰省したその青年が、今また他郷の生活に帰ってゆくところであろう。私にはそれが二十数年前の応召兵士たちのイメージに重なって見える。こうして、何人の青年たちがこの村里を去り、そのある者は、生きて帰らなかったことであろうか。

私はその前日、十五日に見た山村の光景を思い浮べざるをえなかった。谷間の農家の軒先には、黒い喪章をつけた日の丸の旗が多く見られた。村役場の指図でもあったことだろうか、それはまさしくあの戦時下の英霊出迎えの光景であった。亡き人々の霊は、いったい墓所にともされる燈籠の灯をしるべに帰ってくるのか、それとも日の丸の旗を目じるしに天降ってくるというのか。私はその日東京で行われているはずの政府の慰霊式典を思い浮べて、言いがたい空しさを感じた。

松江についた夜は、もう魂送りの燈籠流しの当夜であった。宍道湖から中の海に注ぐ大橋川の水面には、無数の燈籠がただよい、ゆるやかに海に向って流れてゆくところであった。

Ⅲ　停滞と挫折を超えるもの

世代論の背景

――実感的立場の問題――

いわゆる「世代論」や世代中心的自己主張の諸形態に対して、私は、どちらかというと皮肉でいらだたしい感じをもっている。だからはじめに、ゲーテの『ファウスト』にあらわれる「得業士」をして永遠の新世代の声を語らせることにしたい。

己が造るまでは、世界もなかったのだ。
日は己が海から引き出して来た。
月のみちかけは己が始めた。
…………
ある夜己がさしまねいたので、あらゆる星が
一時に、輝き始めた。一体あなた方に、
世俗の狭隘な思想の一切の束縛を

脱させて上げたのも、私でなくて誰です。

…………

こういう超近代的なセリフを聞かされたのはメフィストにほかならないが、さすがの彼も少々気を悪くしてしまう。何しろ例の得業士は「わたしが有らせようとしなければ、悪魔もない」と断言するのであるから、たしかにメフィストが閉口するのもむりはなかった。メフィストはそこで有名な棄ゼリフを吐く。「まあ考えて御覧なさい。悪魔は年寄りだ」というのがそれである。

私はもちろんメフィストのような「年寄り」でもなければ、中世神学の暗やみとは何の関係もない。むしろこの得業士とともに、「心の中で魂の告げるとおり、自由に楽しんで、内なる光明をおって、光明を前に、暗黒を後に、希有の歓喜をもって、さっさと前進」するんだと、タンカを切りたいくらいであるが、その私でさえ、我国のいわゆる世代的自己主張のあるものにぶつかると、つくづくメフィストのように気分が悪くなることがあるのは致し方ない。それには、以下にのべるように、さまざまな歴史的事情が絡んでいるからである。

戦後世代論の口火を切ったのは「近代文学」のグループであった。私などはそのころ二十歳と少しでしかなかったが、そのグループの所論に心ひかれるというよりも、なんとまあ元気のいい連中が生き残っていたものだと感心する方が多かった。事実彼らの提起した問題はほとんどあらゆる戦後的課題を網羅しており文字どおりテーマ・セッターとして華かに登場していた。私などいわゆる「戦中派」としては、なにかその賑々しさは不自然で妙なものに思われたといっても、感覚的表現としては認めてもらえるだろう。

「世代論」というのもこのグループが提出したが、それは、彼らの提出したその他多くの問題（鶴見俊輔によれば、それは、主体性論、戦争責任、転向文学、政治と文学、知識人論、等々、すべてで十点が数えられるという〔『戦後日本の思想』〕）と少しことなり、いわば認識方法論といった位置を占めていたといえよう。それはこのグループの自己批評の方法論であるとともに、思想批判の唯一の装備であったということもできよう。彼らの提起した問題がおびただしく順次に論点を移動させ、一巡したところで再び帰ってくるよりどころというものは、実は大したものではなかったようだと私は見ているが、その究極の心理的根拠として、世代というある漠然とした認識構造があったと思われるのである。

いらい、世代論は、その中から何でも引き出すことのできる近代的批評のモードとして、当時の児童、現在のティーン・エージャーにまで浸透するにいたっているが、その功罪の大半が「近代文学」に帰すべきことはいうまでもあるまい。

しかし、私はここで、むしろ「近代文学」の世代意識の根源を、現代思想史の構造の中に探ることを試みたい。それは「近代文学」に、よかれあしかれ、あまり過重な負荷をかけたくないためであり、また、恐らく「近代文学」自体、いまでは戦争直後とはかなりその態様・志向をかえていると思われるからである。

我国において、いわば近代的世代論が初めて現われたのは、昭和十年前後の解体的状況の中であったと私は考える。三木清の『歴史哲学』や「文学における世代について」、それに対する杉山英樹の批判「世代について」(「唯物論研究」一九三五年十二月号)などを念頭に浮かべていうわけであるが、別に高坂正顕『歴史的世界』(昭和十二年)のなかにも、「世代・エポック・時代」といった項目があったのが想起される。文学史の方でこの時期に、注目に値いする世代論があったかどうかは審かにしないが、ともかくこの時代が「世代」という問題意識を育んだことは、きわめて著しい徴候であったと思われる。

いうまでもなく、この時代には「戦争責任」という問題意識は、現在の形では存在しなかった。したがって、三木や杉山の「世代論」が、今から見ればいわばアカデミックな甘さを含んでいたことも当然のことであった。しかし、現に「近代文学」が提起し、そのまま今もなおわれわれの眼前にある現代史の問題状況は、ほとんどすべてこの時代に構造的な現実態として完結していたことは明白であり、「戦争責任」と「中間文化」の問題でさえ、いわば未来形で明かにその姿を現わしていたことは少し当時の歴史をふりかえればこれまた疑いえないであろう

花田清輝は「日本における世代の対立の最大の原因は、戦争中のレジスタンスの皆無であった点にもとめられる。……フランスのような国には、日本のような世代の対立はみられない」(『乱世をいかに生きるか』)と指摘しているが、その「レジスタンスの皆無」の先行段階が、つまり昭和十年前後の思想的・行動的解体状況にほかならなかったわけである。

「近代文学」の主題は、この昭和十年代の体験によって規定された。鶴見俊輔によれば、彼らはその時点に立ち、「その一点から全然動かなかった。昭和二十年までもちこして、ずっと立っていて、同じ思想状況を反趨していた」(同前)といわれる。鶴見とともに、このように「歴史の

流れの中にジーツと立っている」思想的エネルギーを高く評価する藤田省三は、そのような停滞的思想運動のいわばメタフィジクが世代論であった、という趣旨をのべ、そこに、ルネサンス、ないし啓蒙期史学の革命的意味と等しいものを認めようとする。私は、この鶴見・藤田の世代論解釈には到底賛同しがたいが、それはともあれ、世代意識の形成が、断絶した歴史と自己との関り方を批判的に再構成しようとする意欲から生れ、そこに一種の歴史認識論といった内容を含んだことは推定するにむずかしくはない。

このことは、ヨーロッパにおける世代意識の形成過程とも対応しており、その意味で、それは近代的自己批評様式といいうるものであった。つまり、ヨーロッパにおける世代の意識は、やはりルソーとフランス革命という大断層期に始り、ドイツ・ロマン派において最初の明確な意識化を与えられ、一八四〇年代の「時代精神」の主張をへて、第一次大戦後のいわば実存的世代論ともいうべきものに多様な表現を見出した、と要約されよう。

いいかえれば、世代の意識は、個体と歴史ないし社会との関連を問う広汎な、また正統的な近代市民社会の問題状況に関りをもったのであり、そこに形成される特有の自意識の一形態として発達した。それは、もっと厖大な思想史的文脈でいえば、近代における歴史主義の成立と解体というテーマに含まるべきものであった。

昭和十年代の問題状況が、近代日本に含まれた全矛盾の集中的な噴出であったこと、その政治的・思想的表現のすべては、一方におけるプロレタリア＝共産主義運動の内的解体、他方における「国体明徴運動」の両極の間に配列しうるものであったことは多言を要しない。そのような状況は、我国の中間層インテリゲンチャによって「精神の危機」「不安の思想」としてとらえられたが、そのことは近代的自我の内面性を支えた究極的形象――歴史の論理の解体・喪失の感情をも含むものであった。

この時代に、革命的世界観としてのマルクス主義的歴史主義が最初の風土的分極をとげたことは、現代思想史にとって非常に重大だと私は考える。それは一方では小林秀雄のような審美的非歴史主義に分極し、また日本ロマン派にもっとも純粋にあらわれたような歴史の神話化に帰着した。前者は思想の問題は究極のところ2×2＝4か文体の問題かに帰する（「Xへの手紙」）と断定し、歴史ということも「思い出」の様式＝スタイルの問題に解消すると見きわめ、さっさと日本中世の様式美の中に遁入した。後者は、現在を永遠の過去と同一視する農本主義的非歴史主義にその存在規定を見出すに至ったが、このいずれにもいわゆる世代論の必要はなかった。

私の考えでは、「近代文学」のような世代論は、そのいずれにも帰着することのなかった一種の中間的な歴史主義の立場であったと思う。それは小林的な耽美主義（花田清輝風にいえば、それは歴史をいじり、玩弄する態度だ）への強い傾斜をつねに含みながらも、その本質においては日本的な実存感覚を核心としたものと思う。

カール・レーヴィットは近代の歴史主義克服の道として、一方にゲオルゲ的な歴史の文学化＝英雄詩化があり、他方にハイデッガー流の実存主義があるといっている（『ヘーゲルからニーチェへ』）が、前者は小林や日本ロマン派の方法にちかく、後者は「近代文学」から最近のもろもろの実存的世代論を含むといえよう。――石原慎太郎の「肉体的＝実感的ロマンチシズム」、後藤宏行の『陥没の世代』などはその代表的なものであり、それとやや並行した形で、加藤秀俊の「中間文化論」的世代論があると考えたい。

荒正人の回想によれば、かれら三十代（戦争直後の）が四十代の一群を望見するとき、もっとも自然な疑惑としてわき上ってくるものは、「その思想はよく理解できるが、その肉体はどう処理されているのだろうか」という疑問であったという（「自分の蠟燭」）。したがって彼らは、北条民雄から小林秀雄を含めた極限的自己認識の立場――「肉体のことば」に深い共感を感じたというが、それは前に引いた三木清の論文が世代の立場をパトスの立場として、論理より心理、理性よりもレトリック、思想よりもスタイルの立場として規定していることと符合するものであり、のちの「実感論」という文学批評論にもつながるものであった。

ここで一般に「実感」という認識構造が、いかに我国知識人の思想形成と行動形成に深く浸透しているかについては、多く論じようとは思わない。私の知るかぎり、その点について、もっとも執拗強靱な分析を試みた戦後の思想家は丸山真男ただ一人であったと思うが、いわばこの思考様式は、世代のいかんをとわず、進歩・反動の所属をとわず、われわれの思考と行動に骨がらみとなっているものであった。「近代文学」グループが「論理のことばではなく心理のことばを」というとき、それはいわば、歴代の日本支配層が、国際政治のレベルで主張した不断の「現実主義」――現実感覚とも対応すべきものであった。

このことは、「世代」のレベルにおいても、それぞれの「実感」主張にある正統的な外観を与える根拠となっている。いいかえれば、個体の「実感」という究極的主張が、そのまま一般の社会意識によって是認する根拠そのものが、新たな「世代」的・実感的主張の理由づけとなる。いわば各世代間の分裂・相剋と、社会体制の全般的な実感尊重とがもちつもたれつの構造関係を示したといえよう。世代という生物的・発生論的根拠が、そのまま総体としての進歩の擬似的類推として正当化される構造が、とくに我国社会には根づよく残存しているわけである。しかし、このような構造の分析については、丸山の「肉体文学から肉体政治まで」(『現代政治の思想と行動』下巻)、「現実主義の陥穽」(同上巻) などが深い考察を示しているから、これ以上はふれない。

このような「実感」的立場は、じつは我国の現代思想史におけるもっとも広汎な課題——「転向」問題の本質ともかかわりをもっている。昭和十年代における「転向」が、家族＝郷土＝国家の「実感」への回帰をてことして行われたことは、種々の転向文学、転向手記の明かに示すところであるが、そのような実感構造の究極的形態は、なんらかの意味での没思想＝没論理に帰着せざるをえないものであった。その一極が天壌無窮という神話的自然への回帰であり、他の一極が世代的自然への帰着であった。後者はいわば、実存主義以前の、即自的な実存感覚として展開されたわけである。

私は昭和十年代における「世代」思想の日本的展開をほぼそのように考える。それはヨーロッパ近代における世代意識の発達と必ずしも無縁ではないにせよ、その契機となったものが、「転向」という現実の事態であった点において、やはり特異なニュアンスをおびるものであった。

このような観点からいって、鶴見俊輔の「戦後日本の思想状況」(岩波講座『現代思想』十一巻) は極めて尖鋭な視点を与えている。彼は「世代のばらばらさ、時代の無原則な移動を批判する一貫した原理」として「転向を問題とする」方法を措定する。種々雑多な世代的思考がぼかしてしまう傾向のあった一筋の中心的課題――「転向」の実例のすべてから、「われわれの思想をこえふとらせる栄養分をとることのできるような思考の構造を用意しなければならぬ」という強烈な志向が鶴見の論考にあふれているが、私も、このような措定以外に、ばらばらな世代中心的思考様式を内側からつきぬける道はないように考える。

もちろん、ここでいう「転向」の概念は、「近代文学」が使用したものよりもはるかに普遍的な構造としての意味をもつ。三十代以上には通用しても、それ以下には通用しないというものではなく、明治以降、透谷、鑑三、尚江等を含めたもっとも普遍的な「転向」の問題を含むそれであることはいうまでもないであろう。しかも、鶴見は、「現代の日本の状勢下では、転向の問題の解決は（いつはてるともない仕方で、しかし確実に進みながら）行われなくてはならないし、現代の日本人にとって実行可能なこの方法がインタナショナルな思想史のワクにおいて考えてみても、もっとも実りのある方法だと思う」という含みのつよい予想をもらしているのである。

実感・抵抗・リアリティ

一

先日、若い社会科学者と文学者が二人ずつ集って、最近の文学と思想の問題をめぐって座談会を行った。出席者は文学の方では大江健三郎と江藤淳、社会科学の方では加藤秀俊と田口富久治であった。僕はその中間で、司会の役割をふりあてられた。

問題はさいきん高見順もくりかえし発言している「実感」の問題を中心とした。もっとも、文学者の側も、社会科学者の側も、高見の発言そのものにはあまり関心がないらしく、直接それをとりあげたものはなかった。むしろ全くそのような「実感」をすどおりして、若い感性と知性がすでに自らつくりあげている概念の一つとして、縦横に吟味された。

簡単にいうと、実感否定の立場を強硬に打出したのは江藤であり、実感の立場に否定的な関心しか示さなかったのは大江であった。加藤と田口は、全体としてむしろ実感の有効性をコミュニケーション理論の立場から支持するという形になった。加藤が感想としてのべたように、文学者が「実感」を否定し、科学者がかえってそれを擁護するという面白い結果がそこにおこった。具体的なくいちがいの場面として、笑声がおこったのは、加藤がその立場から夫婦間の完全コミュニケーションを自明のものとしてのべ、江藤が憤然(?)として自分の体験をもとに反論したときであった。ここではいささかユーモラスな形で、「実感」の尊重は夫婦間の融和を前提とし、「実感」否定の立場は夫婦間の断絶を予想するということがわかった。

勿論このような対立が生じたのは、「実感」という概念の整理が行われていないことにも原因した。加藤はそこで意味論の立場から整理の労をとったが、むしろそれ以前ないし以後の問題として、文学者のいうそれは究極的には美的実践＝創作方法の問題として考えられていたのにたいし、科学者の側ではそれが総体的な大量伝達機能の要素として考えられ、その内容と様式の問題は二次的なものとされたという事情があった。大江が独特の皮肉さでいったように、科学者は文学者が自明のことがらとして出発する次元ばかりを問題とするという解釈は、たしかに当っている面があったようだ。いいかえれば、「生活綴方」式の実感論であれば、それはなんら確実な創造の基礎をなすものではなく、むしろ人間と文学の怠惰な堕落をまねくというのが大江の断定であった。

しかし、だからといって、加藤は高見順のような意味で実感を擁護したのではなかった。その基礎になっているものは、行動科学の広汎な諸前提であって、高見のように規定内容のあいまいな、したがってともすれば既成の文学意識の温存にしか役立たぬような立場とは明瞭にことなっていた。いずれの側でも、実生活と創作方法の原理という伝統的な含意は否定されており、社会科学者の場合には新しい組織論への展望が、文学者の場合には新しいリアリティの創造が緊急な課題として共通に意識されていたのである。

認識の問題としては、実感論の争点はいわゆるアクチュアリティの問題ということができる。創作の問題としては、実感と想像力の方法論的な関連ということもできる。実践的な問題としては、主体の意味と組織の問題に関連してくる。歴史的にいえば、伝統と創造の問題であるということもできる。それらは、文学者であると科学者であるとをとわず、ひろく解決をせまられている問題である。政治的に見れば、大衆化の内容をなす広汎な非政治化状況に含まれる多様なアクチュアリティの氾濫と、政治的意志決定の問題に関連する。原水爆の恐怖は実感であり、その阻止はリアルな決定の問題である。ここに、実感——抽象化（想像力、構成力の機能といってよい）——高次の実感という実践と創作の方法論が成立つ。たんなる実感では原水爆は阻止できないという認識は、いまではあまりとっぴな見解ではないであろう。そのことからも、実感の抽象化——分析の必要ということは明かであろう。文学においても、事情は同じといえないであろうか。

二

従来、日本の近代文学においては、創作方法としての「実感」の立場が支配的であったことは改めていうまでもないであろう。「肉体的」、「実感的」という概念は、それ自体非常に成熟した発展を背景として生まれ、素朴な解決などではビクともしない伝統的手法の基礎づけをなしてきた。いわゆる自然主義私小説の美学的な完成度は、それに反対する諸流派のエネルギーをも内在的に吸収解消せしめるほどの強靱さをもったのである。それにはさまざまな要因が働いていた。伝統的な日本人の思考形態、高い蓄積度をもった日本語の情緒構造、それらを基盤とし、それらを逆説的に強める傾向をもった日本における近代化の全過程の意味などは、近代文学の表現に広汎な影響をもったのである。

このことは、一例として、近代における文学論争史の一側面を注視することによってもうかがえると思う。つまり、いかに「思想」というものが、文学内部の問題としてその中に生きることが困難であったか、という事実である。古くから、たとえば青野季吉と正宗白鳥の「批評方法に関する論争」があり、のちに小林秀雄と正宗の「思想と実生活」論争があった。むしろ、「政治と文学」の発端から結末にいたる全論争は、同じ文脈で考えられてよいものであろう。しかも、それは、さらにさかのぼって、明治における文学の問題の底流をなしていたものであった。

ここで思想というのは、いうまでもなく、分析と抽象の機能であり、あえていえば、「公式化」の作用である。文学的には、それはフィクションの機能ということになるであろう。

人間の想像力の根源が何であり、その時代的な限界がいかなるものであるかについて、一般的な分析を行う能力は僕にはない。ただ僕が漠然と考えていることは（そして、それは甚しく非文学的な空想につながるが）、ある民族が、その民族の言葉で行う限り、その想像力の極限的な達成は、とくに小説の場合、その民族の政治的限界に等しいであろうということである。もし、美というものがあるとすれば、それは、その言葉を所有する民族の政治的な可能性の極限形態と一致するであろうということである。私小説にあらわれたおどろくべき美学的構想力は、その絶頂の姿においても、ついに天皇制の内包する美的限定を突破することはなかった。天皇制という政治的構想力の限定をはずしてしまえば、それらの作品は、すべて奇妙に完成した美しい楽書のようなものであったと僕は考えている。鷗外のいわゆる「かのように」の絶対的条件を取り去ってしまえば、鷗外の歴史小説といえども、必ずしも僕らを感動させ、ゆりうごかす人間の文学ではなかったと僕はいいたいわけだ。もっと具体的にいえば、鷗外に心酔することによっては、僕らはついに鷗外のきずいた「沈黙の塔」に自らを化身させるほかはないだろうということだ。美がもし無差別な化身の機能であるとすれば、僕らはむしろその追求をやめた方がいい。むしろ一切の文学を追放したほうがいい。万葉の相聞歌を誦しながら侵略を行うよりも、非文学的な野人となった方がいい。少くとも、この数十年、日本民族は、そのような覚悟をもった方がいいのではないか。僕らは甚しく美に対してよわく、「かのように」の情緒の理解において繊細をきわめるのだから。

三

新しい日本文学の可能性がどこから、いかにして生れるか？　僕はそのような大問題に簡単に見とおしをスケッチすることもできない。しいていえば、伝統的文学の綜合的な、求心的な方向を内側からつき破ることによって、僕らが、僕らの実感する美のイメージを無限に分析し、それを究極にまで抽象することによって、としかいえない。しかもそれは、たんに文学的な、美的な努力によって達成されないであろうと僕は予想する。すでに、それが達成されないであろうという証拠は、現代文学の幾つかの代表的作品によって示されていると思う。三島由紀夫、石原慎太郎、第何番目かの新人達の作品がそれであると僕は考える。それらは、その手法のいかなる新奇さによっても、本来美でしかない領域で闘われている営為であるからだ。

ここで大江健三郎の最近の作品、その文学的提唱の意味に僕は関心をもつ。それは世代論ではなく、実感的ないし実存的様式でもないと僕は理解する。彼のいう「文学的共同体」の意味は、なお完全に明かであるということはできない。彼の提唱の根拠についても、論者は必ずしも一致した見解を示さない。それは政治的にはさまざまな解釈をよびおこす。ある人々は、その美意識と実践的なプログラムの完結性にむしろ危惧の念をいだいている。しかし、ただ一つ明かであることは、大江の文学が端的に反ファシズムの形象化を準備し、そのための展開を用意しつつあることだと僕は思う。昭和十年前後、大江のそれに相当するような文学的実践がどこかにあったはずだと僕は感じている。何よりも大江の文体に生温かく呼吸している「小動物」のような繊細なリズムは、それが世界の空をおおう巨大に抽象化された「死」に対して、もっとも敏感に感応する人間のリズムであることを思わせる。彼の描いたさまざまな人間と動物の姿は、完全に近く抽象化された明確な生命のヴィジョンであると僕は理解する。たとえば「飼育」において、そこに描かれた山村のイメージが、日本の山村のどれにも似ていないということをいぶかしむ評者もあるが、それは何かに捉われた見方であろう。大江は自然描写などに伝統的な関心などないはずである。「小動物」のようにいじらしく温かな人間存在の姿と、その人間の見ることのできる何かしら醜悪で厖大なものとの対照の表現によって、大江の文学は、むしろ唯一つのことに人々をよびよせようとしている。それは、自我への惑溺といった、耽美的な実存主義などというものではないと僕は感じている。そこにそれに似たものがあるとすれば、それはただ自由なヴィジョンの姿がそのように思われるのであり、新しい知性の機能がそのようなあらわれをとるのであると僕は思う。それはむしろ分析する能力のダイナミックであり、自然や日常性にべったり密着することを抑制する形象化の追求であると僕は思っている。彼の作品の中にこもる内容的な時間の感覚は、たとえば三島のアラベスクな断面構成とはことなり、そこに一つの抽象化が成就されていることを思わせる。それによって描かれた形象は僕らの中に移り、僕らの中に生き始める。

僕は、そのようなものとして大江の文学を理解し、したがって、その組織上の提唱に対しても同じような立場から、これを認める。それは必ずしも一定のイデオロギーによって基礎づけられたものではない。しかし、もし文学と政治の面において人民戦線の構想が可能であるとすれば、それは文学と政治における反ファシズムの組織としてだけであろう。とくに、わが国のような広く深い美的伝統の存在する環境において、美的抵抗のはたすべき機能は決定的であるといっていい。昭和十年前後、わが国の人民戦線が挫折したのは、弾圧はもとよりとして、美的な構想とプログラムが弱かったということでもあった。

このようなことをいうのは、安易な政治主義の退行的批判が、再び性急に美的領域に侵入し、誤った還元主義によって自ら統一の結節点を破壊することを懸念したからである。

今日の文芸復興

現在、再び「文芸復興」の声がどこからか聞え始めている。「文学界」一九五八年十月号で、「第二の復興期」という座談会が平野謙、臼井吉見、山本健吉、江藤淳（司会）によって行われているのも一つのきざしであろう。しかしこの座談会は、現代を昭和九、十年頃の「文芸復興」にそのまま類推しているわけではなく、「復興」ということをとくべつに論じているのでもない。表題は、ここでもむしろジャーナリズムの要請を提示したものにほかならないだろう。いわば「文芸復興」という名前をこのさい引合いにしたいという希望が、そのまま文学的状況のあいまいさを暗示する形になっている。

大体、「文芸復興」期の諸問題ほど批評家のもてあましているものも少いだろう。それはきわめてとらえにくい現象であり、事実に関しても、その評価に関しても、矛盾したところが少くない。いささか乱暴にいえば、このさきどんな風にひっくりかえるか知れたものじゃないと思われるような論点が少くないのである。この時期の評価に関して、中野重治は「コケの知恵はあとから」ということばを引いているが、それがまだ十分に過去のものになっていないという事情も考慮される。要するに「文芸復興」というそれ自体いかがわしい名前をおびた昭和文学史上の奇妙な時期は、いまなおきわめて流動的な評価の中におかれているわけである。この時期に活動した文学者の半ばはなお第一線に働いているし、その時期の特徴的なイデオローグ・批評家であった小林秀雄の仕事もそのまままつづいている。つまり、かりに「復興」ということをいうにしても、それに「第二」という指称を付ける根拠はあいまいだということになる。そして、そういうことは、すべて、いわゆる第一「文芸復興」期の問題が、本質的に片づいていないことにもとづく。あたかも、現代の政治権力の問題が、「復興期」に先行した革新官僚の問題を継承し発展させているように。

しかし、現代の一般的な状況が、昭和八、九年のそれに似ていることは、いちおう容易に指摘しうることであろう。まず、それは、ムードの類似として指摘することができる。岸政権のもとにある国民心理の様相については「天下泰平」ということばがいわれたが、満州事変二、三年後から日華事変にかけてのいわゆる「文芸復興」期の社会的心理状態も、意外かもしれないが、これまた異様な「安定と均衡」のそれにほかならなかった。当時、窪川鶴次郎は、「昭和八年における満州事変の解決、連盟からの脱退……は、非常時の事態を一般国民の間に明確ならしめ、一点に集中された人々の関心と行動は、この新たな情勢のもとに、新たな経験の上に立って解き放たれた……そうして社会心理は漸く安定と均衡を得るに至った」と書いている。これはいかにも屈託を含んだ微妙な文章ではあるが、事態は正にそのとおりであったというほかはあるまい。

要するにこの時期の「安定と均衡」は、その底流におびただしい不安の予想をひそめ、それらの相殺的な効果の上に擬制的に形成されたものであって、窪川のいう「新しい経験」――満州国に象徴された帝国主義的膨脹の小市民的心理への投射と、それによって補償された「解放感」とは、やがてあらゆる不安の感情を吸収し再編成してゆくことになる。それが日本ファシズムの完成過程にほかならなかった。

そして、現在が、また、そのような「補償」と「解放」を求めるさまざまな不安を時代の底流としていることは疑えないだろう。それは、「われわれのどうすることもできないような一般的危機の予感がただよってきており、そのような雰囲気は〔第二岸〕新内閣の成立後ますますハッキリしてきている」（藤原弘達）という指摘などにもうかがわれる。さらに、地方農村において、現在を満州事変前後の雰囲気と感じている人々が決して少くないことも思い合わされる（たとえば、「文芸春秋」一九五八年四月号、林逸郎「暗殺者の季節」参照）。そして他方では、共産党の分裂・後退をへて「統一戦線」の論理と組織の問題が改めて文学と政治の重要な論点となっている。

すべてこのような時代の類似性を指摘することは容易である。というよりも、同じ思想と文学の問題がそのまま継承されているのであり、解決されなかったものが新たな次元のひろがりの中で再提起されているのである。いわゆる「マスの噴出」と「中間文化」の普遍化という事態も、けっして全く新しい戦後の条件ではなかった。当時において、知識層が挫折ののちに「庶民」と「民族」への傾斜をたどり始めたとき、それは、宮本百合子が昭和十二年頃に指摘したように、「誰でも読む新聞、誰でも聴くラジオと軍歌、演説が知識人の知識の糧である」という事態、「今日ほど知識人が客観的に大衆なみにおかれていることはない」という事実と関連していた。現在のいわゆるマス化の浸透ということは、その平準化とアマルガメーションの意味に関して当時とかわらないはずである。したがって、「文芸復興」という商業的・PR的フレーズがあらわれることも、一向に不思議はない。いわばそれは、そのように謳い出すことによって、かえって第一「復興」期の実体をあらためて照明するための手がかりになるかもしれない。

そのように考えると、現代の文学と思想の課題は、抽象のレベルでは、昭和十年前後のそれと全く等価であるということができる。かつて共産主義という輝かしい知識分子のシンボルが後退したのち人々は改めて錯乱し解体した「自我」の実体に直面しなければならなかった。小林秀雄が当時から現代にいたるまで追求している問題の核心にあったもの、「社会」と「私」の機能的相互変換をめぐる問題は、げんに「組織と人間」という形で継受されている。『私小説論』が結論的に暗示した「私」の課題は、むしろ現代においてより単純化され、抽象化されてあらわれているとぼくは思う。

「私小説は亡びたが、人々は《私》を征服したろうか。私小説はまた新しい形で現われて来るだろう……」という見とおしの真直な延長の上に、現代文学の焦点が結ばれている。小林がその展望をいだいたとき、事態はまさに新たな「思想小説」の展開を感じさせるようなものがあったし、その断片的な試みも事実存在した。そこから、平野謙のように、この時期が戦争によって挫折せしめられることなく発展していたなら、日本文学の新しい次元が切りひらかれ、「昭和文学」の独自の成立が見られたであろうという解釈が生れる。しかし、事実はそうでなく、小林が予感した「私」の文学的可能はつかの間に消えさり、そこに残像のように「昭和文学」の幻影と予感がのこるにとどまった。復興期のイデオローグとしての小林の純粋な興味は、したがって『私小説論』の結びに近い数節にもっとも美事に示され、また、そこにおわることになる。昭和十二年頃から、「私」をめぐる状況は急激に変化し、問題は急速にとりのこされ、あらゆる「私」の問題を吸収するファナチックな民族的ロマンチシズムがすべてを埋没することになる。

ここで現代における人間の問題を要約してみると、それは正しい意味での実存的状況の問題ということができよう。おそらく戦後におけるように人間があらゆる実体的価値——それが国家その他の集団的イデオロギーに関するものであれ、個人的イデオロギーに関するものであれ——から切り離され「甲羅のない蟹」のようにあらゆるアクチュアリティの氾濫にさらされるにいたったことは、日本においては未曽有であった。現代日本人の人間同士の関係というものに注目するだけでよい。そこにはいかなる先行する時代にも見られなかった異常さがひそんでいる。人間にとって、人間とは何かという基本的な文学上のアプローチが現在では一種仮説的な意味でしか成立しなくなっている。天皇も「象徴」という仮説によってしか存在の意味がなくなっている。同じことは、すべての「思想」についてもいえるであろう。極端にいえばそれは「道具」としてのみ意味をもつ。それ以下のものでないにせよ、断じてそれ以上のものでないという事態が普遍化している。そして、そこにもし「私」の問題があるとすれば、それはいかにも昭和十年に小林の予想した状態に似ている。

ぼくは、ここで、個々の作家が、そのような問題に対してどのように答えているかを吟味をする余裕がない。ただ、ぼくの予想をいえば、昭和十年前後の「私」の問題は、現代、はじめてその正当な解決をみちびく端緒をつかんでいると考える。つまり、戦争による「私」の問題の強力的解決がありえない限り、問題は純粋に論理的に個々の作家の前から消滅しない。「日本的なるもの」を媒介とした「日本的」な解決など不可能となっている。状況の論理性と思想的意味は普遍的である。いうまでもなく、その普遍化を作り出した主要なものは、原水爆政治という宇宙的な事態であるとぼくは思う。そしてそのような場所で最近美事な仕事をしている一人が大江健三郎だと思う。彼の文学がいちじるしく抽象性の高いものであり寓話的な味いをもつことは、右にのべた状況そのものの高い抽象性と対応している。現代におけるリアリティは、たとえば小林の「歴史と文学」風の解決を前提的に拒否するはずのものである。

そのような意味でいえば、現在、「第二の復興期」がいわれることは、論理的に間違っているわけではない。しかし、勿論、その前に、第一の「文芸復興」の意味の限定がより明確に行われる必要がある。そして現代「復興」をいうことは、むしろ初めの「復興」期の問題を一回り大きく解決するという作家・批評家の実行と関連させなければナンセンスにおわることを銘記すべきだろう。それが「二度目の喜劇」におわるかおわらないかは、やはりその点にかかっている。

戦後世代の精神構造

1

「一昨年の冬、僕はエジプトの土の家に泥まみれになって眠り、ナセルの軍隊に加わって戦いたいという狂気じみて暗く、激しい情念にとらえられていたものだった」。

最近の新聞紙上で、大江健三郎はそう書いている。これは、戦後、二十代の青年によって書かれたもっとも美しい文章の一つだとぼくは思う。江藤淳が大江の文体についていった「豪奢な、しかも抑制されたイメージ」は、この短い文章に鮮かに波うっている。しかし、ぼくはここで、大江の作品論や文体論をやろうというのではない。ただ、この美事な文体をもった作家に関連して、ある感想を述べてみたいのだ。

ぼくは大江の作品のなかで「人間の羊」と「飼育」が好きだ。「飼育」については、すでにいろいろ書かれているから、ここでは、前者を読みながら、ぼくの想念の中に根をおろした感想の一部を語ってみたい。それを読みながら、ぼくは、カフカとかガスカールとかカミュというよりも、むしろ魯迅を思い浮べていた。感覚的にきわめて明確なイメージと状況を択びながら、ぼくたちの心の深いところの、暗くあいまいな思想の原形質に垂下してくる文体が、ぼくに、魯迅の作品のあるものを想いおこさせたのだ。さきの新聞の文章のあとの方で、大江は書いている。

「たとえば昨年のこと……ハンストの学生たちが、おそらくは餓えのためにネズミのような顔をしてごそごそはい出してきたとき、まわりに群れた見物の学生のあいだにまきおこった小さい笑いや怒りのドヨめき……」と。

ここにもいわゆる思想は語られてはいない。しいていえば、「ネズミのような顔」という直喩が見られるにすぎないのに、それは、ぼくたちを、いやでもぼくたちの「人間の条件」の方へ引きよせる力をもっている。しかもその人間は、ある特定の皮膚の色と体臭をもった、まぎれもない人種であることを感じさせる。

ぼくは、大江の作品についていわれる「実存主義的」とか「不条理風のテーマ」といったものを実はあまり信じていない。普遍的な「人間の条件」などでなく、大江の感じている異常なテーマとは、日本人という特別の人間的状況の問題にほかならないと思う。「飼育」のほとんど古代的に澄明な形象化の背景にある「伝説のように壮大でぎこちなくなった戦争」と「まれびと」のように天から降ってきた「異人種」のヴィジョン、「人間の羊」に描かれた、これまた伝承のように暗く緊張した日本人同士の寓話的な対立、「偽証の時」の明瞭な日本政治の批評――そんなことを思い浮べるとき、当然のことながら、彼の文体の感性的実質を形成しているものは、ほかでもない、この国の季節と生活のエレマンであるようにぼくには思われる。

少し話がそれるけれど、民俗学から入って政治史研究にすぐれた仕事をしている神島二郎によれば、敗戦は「異民族との大量接触という歴史はじまっていらい、いまだかつてなかった民族の経験」を提供したのに、むなしくそれは見のがされてしまったといわれる。そのような規模で、問題に近づく学問的方法もなく、それにこたえる文学的理性もなかったようにぼくも考える。

そして、「飼育」や「人間の羊」のなかにこそ、そのような民俗的感性のレベルにまで下降し、そこから、さまざまな深層的香気をともなって造型された最初のドキュメントを見たいとさえ考える。ぼくが、魯迅を連想したというのは、そのような想念にとらえられたからだ。そして、大江のようなスタイルならば、日本の「阿Q」も描けるのではないかと思う。なんといっても、外国軍隊の占領という未曽有の体験をうけとめることのできる文章は、大江くらいの年齢から初めて可能になるのではないかなどとも考える（そういえば、大江と同じ世代の吉野壮児なども、黒人兵の物語を書いている）。

ここで初めに引いた大江の文章にかえってみよう。そこにいわれた「暗く、激しい情念」が、きわめて日本的であるといったらいいすぎであろうか。しかし、戦後の青年たちで、この暗い兇暴な情念にまみれなかった人間はむしろ少いであろう。大江より少し年長の青年なら、「エジプト」のかわりに「朝鮮」といったであろう。そして、もっと年長の世代なら、「ニューギニア」か「ビルマ」を思ったであろう。

この種の重くよどんだ狂熱は、二十代から三十代半ばまでの青年たちの心の奥底にひそんでいる。そして、誰しもが、その洞窟のなかに、己れを含めて、幾人もの友人たちの魂の腐臭を感じているにちがいない。そのような狂熱は、必ずしもイデオロギーとかかわりがない。大江はそのような情念の中から、「右翼」への急激な退行現象が生じることを明確に知っている。「ナセルの軍隊」に加わり、そこで死ぬことさえが間違いであることを感じている。朝鮮で死ぬこともそうであった。ということは再びぼくたちを日本の条件という、巨大で曖昧な壁の前にひきもどすことになる。大江が「火山」で書いている文章を引けば、「もっとも根本的な場所では、ぼくこそL子の死の責任を負わなくてはならないのではないか」。ここで、L子のかわりにめいめいの基本的な条件の名前をおくことができるはずである。

2

中野重治が「文学における新官僚主義」を書いたのは昭和十二年であった。二・二六の翌年中日戦争の起る年の初めであった。それから二十数年をへて、いわゆるネオ・ファシズムの気配とともに、文学と心理の領域においてもまた、一種の新官僚主義の萌芽があらわれている。石原慎太郎などはその旗手の役割を果そうと希望しているようだ。

いわゆる新官僚のパースナリティは、中野が前記の文章で引いている林房雄の言葉によって端的に示されるだろう。つまり林によれば、「日本の実業家、官吏、軍人」などの中にも「まともな教養人」であり、「ちょうど文壇の真面目な連中がもつような抽象への情熱をもち、なにかの理論または理想の基礎づけがなきゃ動けないというようなものをもって」いる人間が少くないというのである。そして、そういう「日本のナショナリストはデマゴークだと一概に言いきれない」ところがあり、「案外彼らの方がなにものかつかんでいるんじゃなかろうかという一種の危惧、左翼からいえば不安ですがね、そういうものを与える」とされる。ここで、自身またそういうナショナリストに転身した林の描いている新官僚のキャラクタリスティクは、現在の、たとえば岸信介から中曽根康弘あたりのそれにぴったりするであろう。そして、彼らに日本改造の夢を托そうとする石原は、さしずめ林房雄という役どころとなるのだろう。そうしてみると、歴史は、二度目の喜劇としてくりかえされようとしているのであろうか。

いつぞや石原や大江健三郎、江藤淳、浅利慶太らの「若い日本の会」のメンバーに、村上兵衛とぼくを加えて会合したことがある。この座談会は、冒頭からぼくと石原の戦争論をめぐる対立となった。石原は「戦争々々と繰言をいうよりも現実の苛酷さを直視せよ」といい、ぼくは「現実の苛酷さという空語に惑溺するよりもその苛酷さの歴史的意味を覚れ」という形で、三十分も議論したであろうか。どちらも感心した議論にはなりえなかったが、ぼくがともかく明かに感じとったのは、石原における「現実の苛酷さ」というパセティクな把握が、かつて、たとえば日本ロマン派の提唱した「イロニイとしての日本（＝現実）」という状況規定と、そっくりそのままだということである。

もっとさかのぼれば、石川啄木が「〈何か面白い事は無いかねえ〉という言葉は不吉な言葉だ……世界の何処かには何か非常な事がありそうで、そしてそれと自分とは何時まで経っても関係が無さそうに思われる。……まるで、自分で自分の生命を持余しているようだ」（「硝子窓」）と記した明治末年の日本人の精神構造と、共通する因子を含んでいるということである。いずれの場合にも「時代閉塞」「現実の壁」の中でのデスペレートで「性急な思想」が鬱屈した低音として流れている。「何か非常」なことの中へ没入しその惑溺の中で自己を確認したとみなそうとする逃避の姿勢が感じとられる。

我国の近代史ではそのような衝動的でマゾヒスティクな弱さがしばしばもっとも勇散らしいポーズとしてあらわれている。東条英機が開戦に当っていった「清水の舞台からとび降りる気持」からヤクザのヒロイズムにいたるまでそれは一貫している。これらは、日本人のヒステリックな弱さのあらわれでこそあれ、真の強さ、主体的決断のあらわれではない。その弱さがもっとも大規模に、劇的にバクロされたのは、東京裁判における政治指導者の矮小な善人ぶりにほかならなかった。かれらは、自分たちの行ってきた決定の各レベルにおいて、どの場合にも責任をとることを知らなかった。ただ、状況と既成事実に押し流されて、デスペレートな決断を強いられたことを認めたにとどまる。しかもそれを何かヒロイックな行動と思いこんでいたのである。こうした意味での弱さは、もっとも典型的には石原にあらわれているのではないか。江藤淳が、石原らのメンタリティに非常な「古さ」を認めているのは、正確な指摘であろう。

しかし、本質的なその古さに一種みせかけの新しさを添えているものは、いうまでもなく、現代の世界状況と社会のメカニズムが作り出すモードの変化にほかならない。石原がことあるごとに口にするカルチュラル・ラグというのは、そのような変化の新しさに対する彼の衰弱した焦燥感にすぎない。世界は日々に新しく、日本のメンタリティは依然として古い——その落差に対して、石原はたえまもなくいらだち、性急になる。権力——しかも恐しく古い権力集団によって一きょにその落差を埋めようとする思考様式は、おそらく明治のインテリよりも古いというほかはあるまい。それはまた、権力に対する伝統的なオプティミズムによって支えられており、戦争下特攻隊員のいだいたほどの権力への懐疑もそこには見られないのである。

その意味で、石原が国務大臣中曽根に捧げた日本改造のための詩は、大へん象徴的である。老朽した船板を破って、新しい樹が生長する。その樹をもって新しい船を造ろうという発想は政治と権力状況に対する素朴な有機体論的把握を暗示しているともいえよう。生の哲学とロマンチシズムとアニミズムの混合のようなその政治把握は、いかに戦後的太平のムードに浸潤されたとはいえ、かつての青年将校の行動の論理に比べてさえ、あまりにも古いのである。青年将校の場合には、かれらは自己の目標が破壊であることを知っていたが、その後に来るものに対してはむしろ断念していた。いわんや既成政党との結びつきを考えるほどに純情ではなかったのである。

しかし、こうした心理の暗流はたとえば「ああ江田島」を見た学生が、「強い規律を求めたいぼくたちの気持にぴったり」だといって感動する(「週刊読売」一九五九年九月二七日号)などの例でもわかるように、ひろく現代青年の深層にひそんでいるとみなければなるまい。しかしその「規律」が独立人格にとっての「規範」ではなく、奴隷たらんとするものへの「型」であることは明白であろう。この種の青年が日本改造をはかるとき、それは再び日本の何ものへかの隷属を生み出すであろうことは疑えない。何故なら、真の独立精神のない主体によって、独立した国家は決して形成されえないからである。かれらは、日本と外国の独占資本の走狗となるにちがいない。

われわれにとって、必要なものは、つねに、型として与えられる規律を拒否することであり、己れの中に生じる惑溺への誘惑を柔軟な懐疑によって切りかえしてゆくことであろう。「個性の復権」などということは、それからあとの問題である。

3

いわゆる「世代」観念に対しては、ほとんどこれを論ずる人々のすべてが否定的な考えをいだいているように思われる。にもかかわらず、その否定の足もとから、くりかえしくりかえし世代という自己主張の形態がよみがえってくるというのが実情のようである。まず、はじめに、そういった世代意識とは何か、それは、日本の思想史のなかで、どういう意味をもつ現象であるかを考えてみたい。

「世代」というのはいうまでもなく、ある生物学的な、もしくは系図学的な文化理念である。その根底には、人間の基本的な存在様式を、生命そのものの継続的な再生過程によって設定しようという考えがあり、そこに一個の生物学的な文化理念を作っている。したがっておよそすべての世代的自己主張が、その肉体的、生理的若さということの強調において共通するのは必然的であり、また、その肉体理念の神秘化やロマン主義化に傾きやすいのも当然であった。

ヨーロッパにおける世代意識の最初の芸術家的表現となったのは、ドイツ・ロマン派であったとぼくは考えるが、そのロマン派のスポークスマンとみられるF・シュレーゲルにおいては、その新しさの主張の中に、濃厚な肉体と肉感的感能の礼讃があらわれており、世代論的感性主義の典型的思考というべきものがすでに認められる。世代論と「太陽の季節」的な肉感的ロマンチシズムの結びつきは、それこそ何ら新しいことではないのである。

現代日本の例でいえば、戦前の日本ロマン派の代表者の一人芳賀檀において、あたかも現在の石原慎太郎に見られるものと同じ肉体の神秘化、生理の新しさの偶像化が行われている。というよりも、石原的ロマンチシズムの根源にある精神構造は、近代日本のある病理的構造体のコロラリイとして考えうるものにほかならない。もしたんに青年の新しさということのみがその自己主張のアルファであり、オメガであるとすれば、それはむろん文化や精神には全くかかわりないことがらであるのはいうまでもない。ただわが国における世代論は、とくに最近において、ヨーロッパ的世代意識の構造といちじるしいちがいを示しているとぼくは思う。それは、歴史的思想との関連における両者のちがいということである。

ヨーロッパの世代意識は、端的にいえば、ヘーゲル的な汎合理論的歴史把握に対立する歴史の身体化、パトス化の意味をもった。歴史における相対的独自性を世代概念に結びつけることによって様式化しようとする意味がそこにあった。いいかえればヘーゲル的な世界精神に対立する非合理的視角の導入という内面的動機がそこには認められ、そのことによって、歴史の内在化、肉体化が行われたのである。その意味で、それはかえって強烈な歴史意識を前提とした。それは歴史の理性の重圧に対する猛烈な反抗の意味をもったのである。

ところが、最近のわが国の世代意識には、そのような意味での歴史意識は全く欠けていると考えられる。多くの若い世代の自己主張をみても、それは漠然とした既成の価値、権威への反抗を唄うにとどまり、それらの価値に対する〃紊乱者〃があることを自称するにすぎない。つまり、反抗の対象がきわめて散乱的にしかとらえられていず、歴史における世代的様式という明確な意識が認められないのである。いいかえれば、近代日本の歴史の重圧をハッキリとうけとめ、それへの対抗価値として自己の様式を実現しようとする意識が乏しいのである。

これは、一般に現代の日本人が歴史意識という精神能力において欠けるところがあるという事実と対応する。真の世代意識は歴史の重さに対してむしろ強すぎるほどの意識がなければ形成されえない。そうでない場合、そこにあらわれるものは、いわば擬似的世代意識にすぎず、直前もしくは直後の世代に対する生理感覚的自己主張となるほかはない。これは、世代意識の自己形成が、つねに歴史との動学的緊張関係のなかで行われる場合と全くことなっており、いわゆる世代エゴイズムの悪しき連鎖反応しか生れないことになる。そして、このような擬世代意識の根底にある哲学は、生理的、年齢的に新しいものが歴史的にも新しいであろうという無意味な「生命の哲学」であり、本質的には全く伝統主義的な日本的思考様式にほかならない。そこでは、歴史はたんに自然的時間の自然な流れとしてしか表象されていず、歴史における主体の意識が歴史を断ちきる精神機能から生れてくるということが意味をもたないのである。

たとえば石原慎太郎の場合、しきりに価値の断絶を主張するが、事実はかれ自身が、孤独な闘いのうちに歴史を断っているのではなく、むしろ歴史から断たれてある状況の中で、倒錯した孤立感をいだいているにすぎない。石原が歴史を切ったのでなく、歴史が石原をただ押し流しているのである。

最近、若い世代の間に一種の国家主義、一種の祖国理念の復活があるといわれている。これはたとえば石原がしきりに日本人のカルチュラル・ラグに焦燥し、自民党の青年将校的幹部と結んで強権的な日本改造を考えているのではないかと疑われている例や、中曽根康弘を支持する農村の真面目な青年たちの集団である「青雲塾」の問題がジャーナリズムの話題となったことや、あるいは、いわゆる「怒れる若者たち」の間に見られるファシズム的英雄待望――テロリズムへの心理的傾斜などが世間の注視をあびたことなどから考えられたものであろう。たしかにそのような傾向が、前ファシズム的ムードを成していると見ることは間違いではなく、その場合、新しい国家理念が権力の中核的シンボルの意味をもつかもしれないことは考えられる。

しかし、果して国家理念の新しい形成がそれらの青年層に現実にみられるであろうか。もしくは、いいかえれば、ネオ・ファシズムにおいて、ナショナリズムのいとなむ役割がハッキリと想定されているであろうか？

この問題に実態的解答を与えるに足りるような資料をぼくはもっていない。したがって、問題に対する解答は一般的たらざるをえない。つまり、権力のシンボルとしての国家が現代の若い世代意識においてどううけとられているか、という視角からみるほかはない。

ぼくの知るところでは、敗戦によって日本のナショナリズムはもののみごとに消失してしまった。そして、いわゆる大衆化状況の拡大のなかで、権力のシンボルはむしろスポーツや芸能人のそれに重点をうつし、一種の能力主義的なものへと転化している。そこでは「日本」というシンボルのプレスティジュは著しく減退している。むしろ、現在において、日本という権力シンボルの再建と強化につとめているのは、安保改定と再軍備の強化に直進している大独占資本と政府以外のものではない。それ以外のところから（いわば下から）国家シンボルの強化の動向はむしろ出ていないようにぼくは考えている。そして、石原的な孤立した世代意識から生れる国家権力改造のヴィジョンは、かえって独占資本主義体制のつくり出した幻影との同化作用にすぎないと考えている。

歴史意識なき世代意識が、そのようにして、歴史の悪しきイロニイの餌食となろうとしているというのが、現在の状況についてのぼくの考えである。そしてその場合国家観念という歴史的理念は、ただ盲目的なにせのシンボルとしてのみ作用するのであろう。

4

いつか「文学界」の座談会で大江健三郎や石原慎太郎、江藤淳などと一しょになったとき、大江が、『われらの時代』について言ったことばがぼくをちょっとおどろかせた。かれはその自作を「トラジ・コメディ」と名づけ、ほかの作品は棄ててもこれだけはのこしたい、と言ったのだが、そのいずれもがぼくには意外の感じがしたからである。そのことは、ぼくの側に何か誤解があるのか、それとも大江の自己批評の中に錯覚があるかのいずれかだという感じをぼくにいだかせた。

ぼくは『われらの時代』を読んでほとんど感動はしなかった。武井昭夫のようにそれを「ファシスト小説」と感じることもなかったが、吉本隆明の「わかい世代の思想と行動を、いまの社会状況のなかでとらえてみせた注目すべき作品」という真正面の評価にも、半ばは同感しながらやはり疑問をいだかないではいられなかった。前記の座談会で江藤淳が『われらの時代』というのは「大江さんの脳髄のなかに夢みられたメルヘンだな」と評しているが、ぼくの読後感もまずそんなところで、作品のリアリティの構造に何か普通の感動をみちびかないようなところがあると感じていたのである。

そのあいまいな感じは、大江が江藤に答えて「それをどうして僕の脳髄のなかでというの？なぜ主人公の頭のなかで演じられたといわないの」と苦情を述べたことによって、さらに、大江がそれを「トラジ・コメディ」と自己規定したがっていることを知ることによって、やっとハッキリした形を与えられた。つまり、大江はそこでやはり一種の誤算をやっているのだとぼくには思われたのである。

その誤算の性質がどのようなものであるかを説明することは、ぎりぎりのところで「現代とはいかなる時代か」という認識の問題に帰着するだろう。ここでは作品評が目的ではないから、問題をわれらの時代の構造論に絞って考えることにしたい。

大江の『われらの時代』という命名はたしかに的を射ている。それは作品の中にあらわれるフランスの政府と本屋のアピール――「若者よ、君たちの時代だ！」に対する日本の不幸な若者の回答であり、停滞と閉塞の中から叫びかえされた、われらのエコーであるという意味で、なかなか鋭敏な題名となっている。大江はそこで、「君たちの時代などはありやしない、あるものはただ悲喜劇的に閉ざされたわれらの時代だけだ！」と語っているかのようである。

ここには、大江ばかりではなく、現代の青年層に広汎に見られる断絶と孤立の意識が暗示されている。異った世代、異った価値の世界からの連帯の呼びかけに対して、挑戦的な拒絶を回答する若者の代表的人物として、たとえば石原慎太郎があり、その他、無数にその相似形が氾濫しているのが現状である。そしてかれらが自己の存在を一個の様式として主張しようとするとき、それはほとんど必ず石原の「哲学」に象徴されるように、「青年の特権である肉体主義」という無内容な「生の哲学」に埋没してしまうのである。

およそ戦後日本におけるほど、思想的な怠惰と惑溺が「世代」という装いで氾濫している文化圏は珍らしいとぼくは思っている。とくに最近の世代的自己主張と自己防衛は、ほとんど世代論とよぶことさえできない性質のものであり、むしろ擬世代論というカテゴリイを作るほかはないほどだとぼくは考えている。ここではやや論点をずらすことになるが、本来の世代論は、かえって強烈な歴史的普遍の意識によって媒介されたものであるのに、歴史意識の形成に大きな弱点を蔵する近代日本の思想においては、世代論はほとんど生理的年齢論ともいうべき自然主義的様相にまで堕落しているのである。その立場の徹底が、結局一種の自滅作用におわるような「肉体主義」をみちびくのは理の必然なのである。

しかし、たとえば石原に代表されるような生理礼拝と、大江がむしろ実存的な主知主義の立場から捉えた「時代停滞」の内閉感とは、発想をことにしながらある共通の現代をそこに暗示している。かんたんにいうならば、高度独占資本主義とマス化状況と人間の自動人形化《オートマトン》（エーリッヒ・フロム）とによって組成された現代社会の「平和」ということが、かれらにとって不条理な「壁」として、強烈な自意識の解体化をもたらしているということである。そこから、方法と価値のフレームをすべて破壊しようとする石原の超ロマン主義的な行動主義と、時代の停滞に密着して、むしろその停滞に一体化しようとする大江のメルヘン的な「リアリズム」とがあらわれることになる。いわば一方は盲目的な行動によって人間存在の実感を獲得しようとし、他方は現実の多様な展開を内面的に屈折することによって、統一的実在感を作り出そうとする。

このような精神構造は、むしろ現代日本の青年に広汎に認められる意識のパターンを示しており、その意味では、石原や大江が若い世代の代表的存在であることは疑えないと思う。そのいずれにも共通する閉塞感覚は、幾つかの学生調査からもかなり明瞭にうかがいとることができるからである。

たとえば、ぼくは最近法政大学で行われた学生の実態調査を見て、現代青年層の精神的特質を示す指標として、「小市民的私生活」への逃避傾向、政治的方位感の喪失、実感尊重と価値意識の多元化とアナーキイ、行動のフレーム・オブ・レファランスの「趣味的」な細分化、等々の傾向があることをハッキリと気づかされた。たとえば、政治的には急進的であり、生活的には「趣味」中心であるという意識形態が広汎に認められるかと思うと、政治的には「無関心」であり、つよくアパシイにとらえられておりながら、安保改定、憲法変更には行動によっても阻止するという意識形態もかなり多く認められるのである。もちろん、全体としては、体制と権力の「現状維持」に利益を感じているとと思われるグループが多いのであるが、それすらも、体制に対するイデオロギー的関心などというより、そこに複合的でダイナミックな利益関心の打算が作用しているとみた方がよいような傾向を含んでいるのである。

こうした複雑さと曖昧さは、トータルな意識の存在形態としては、大江や石原の感じている時代の「閉塞」と「停滞」に対応し、それによってもたらされたものであると見てよいはずである。大江がいっているように、かれのみでなく、日本共産党を含めた全体の日本人に、なんら明確な統一的ヴィジョンがないということ、それが時代の停滞の本質であるということである。

しかし、ぼくが大江や石原の思想に半ば共感し、半ばは否定的たらざるをえないのは、かれらに欠如しているとぼくの考える「歴史意識」の立場からである。もっとも具体的なレベルでそれをいえば、たとえば「戦争」があり、したがって「戦後」があるという自明の事実に対して、かれらが、ぼくには奇妙というほかはないような断絶感によってしか反応を示さないことである。

この問題——「歴史意識」と「戦争体験」の関連で現代をとらえようというぼくの考えは、別のところでよりくわしく論じたから、ここでは要約的に述べることにする（『近代日本思想史講座』第七巻所収「歴史意識の問題」、『現代の発見』第二巻所収「日本近代史と戦争体験」参照）。

前記の「文学界」座談会でも、ぼくや村上兵衛と大江や石原との間には、思想的にも、感覚的にもハッキリした断層があることがわかった。かれらは、ぼくらが戦争をあるいは「回顧」としてて、あるいはルサンチマンとして、いわば女々しく反すうしているとしか理解しないことがハッキリしたのである。そして、そのような態度は、この「現実」の「苛酷」さを回避しようとするものだと考えていることがわかった。ぼくは、このことは、いわゆる「戦争体験」の論者の側に含まれる弱さにも理由があるにせよ、なによりも、かれらの側における思想的訓練の弱さに起因すると考えている。問題は「歴史意識」ないし「歴史責任」の次元で振出されているのに、かれらにおいては、それは心理もしくは、実感のカテゴリイでしか受取られていないということである。

しかし、もし「戦争」をそのようなレベルでしかうけとりえないならば、現代における戦争の「不在」もまた、同様に内閉的で実感密着的な次元でしかうけとられないであろう。大江や石原が現在の「平和」に焦燥を感じ、危機感と停滞感にみたされていることはもちろん了解される。しかし、吉本隆明がいうように、かれらはその危機と停滞の本質をつかみえないで焦燥をくりかえしているのである。ぼくは、かれらのその焦燥は、「平和」を「平和」としてしか実感しえないかれらの意識形態そのものに由来すると思うし、いいかえれば、かれらがいまだに「戦争」をとらええないことに関連していると思う。体験がないから無縁であるというかれらの口ぐせは、それこそ子供っぽい逃口上である。かれらが「戦争」と「平和」をあわせたものにたいし責任を感じえないならば、かれらは結局歴史における子供であることをいつまでも希望する種類の存在ということになるだろう。一人前の文学者にそのことは許されないであろうし、第一かれらの文学そのものが図式性という壁にぶつかることになるだろう。石原などは、すでにその壁のところで、およそ文学者らしからぬ低迷をあらわし始めているのではないか。

さて、ぼくの「われらの時代」論はこうである。

まずぼくは現代の「閉塞」ということを、大江や石原のようには信じない。時代の「壁」というようなメタファは、しばしばあまりに文学的に用いられすぎる。それに、実存主義の趣味や発想が、手頃な装飾としてあまりに用いられすぎる。そして、そこから、メルヘンじみた荘重さをおびて、現代の「停滞」と「閉塞」がきずきあげられるという結果になる。大江や石原は、あたかも二人の服装の異なる司祭のように、身ぶりと呪文をそれぞれ分担しながら、同じその「壁」に対する礼拝をとり行っているかのようにぼくには思われる。石原の身ぶりはあたかも「壁を殺せ! 迷信を刺せ!」と説いているかのようであるが、実際はもっとも熱心な「壁」の正統派なのである。

どうもぼくには「われらの時代」の構造はそのようなものに見えて仕方がない。かれらは戦中派の「戦争」礼拝にかんしゃくをおこして、ままごとのような「われらの時代」教を創り出したのではないだろうか。ぼくには、やはり、それは作中人物の脳中のメルヘンというより、それに一体化した大江自身のメルヘンであるように思われてならないのである。

若い世代と戦後精神

さきごろ、ぼくは、ある水戸生まれの老人から、幕末のあの凄惨な水戸党争の話を聞いた。水戸藩の人材を亡ぼしつくしたといわれるその内紛の幾つかのエピソードのうち、とくにある一つの話がぼくにつよい印象を与えた。それは十六歳で天狗党に加わり、はじめて人を斬ったという一人の少年の話である。

その少年は二十歳になるかならずで維新をむかえた。少年の家は代々神官であったというが、かれはその業をつぐとともに、一切の世俗の生活から離れた。そして、八十幾歳で死ぬまで、全くの無為の日々を送り、酒を飲み、子供と遊ぶ以外に、ほとんどあらゆる世事にかかわらなかったという。その人は容貌魁偉、軀幹雄大、一見巨人族的風ぼうの、しかも美丈夫であったそうだが、こういう話を聞くと、ぼくは、すぐに幕末＝維新期の「戦中＝戦後派」というイメージを思い浮かべるのである。

こういうたぐいの人間は明治初年には沢山いたのであろうとぼくは考える。いつか、谷川雁が

「思想の科学」に書いていたかれの祖父の話なども、そのような例の一つとみていいのではないだろうか。つまり、ぼくのいうのは、ある全身的な革命=戦争行動とその挫折をくぐったのち、その生涯をかけて体制の疎外者たることに専心した種類の人間のことである。現実の秩序と体制の論理に必ずしも抵抗することなく、しかも徹底的にそれと無縁の場所に精神を支えるというエネルギーの構造と条件がぼくの関心をひくのである。こういう精神が形成される機会は日本の近代史上に少なくとも二回おとずれた。谷川もいうように「最初は西南戦争までの十数年であり、その後は今次大戦後の十年である」。

さて、三島由紀夫の『鏡子の家』を読みながら、ぼくはそんなことを考えていた。ここに描かれている四人の青年たちと鏡子とは、ある秘められた存在の秩序に属する倒錯的な疎外者の結社を構成している。かれらのいつき祭るもの、それはあの「廃墟」のイメージである。三島がどこかで「兇暴な抒情的一時期」とよんだあの季節のことである。「この世界が瓦礫と断片から成立っていると信じられたあの無限に快活な、無限に自由な少年期」――それがこの仲間たちを結びつける共通の秘蹟であった。

じっさいあの「廃墟」の季節は、われわれ日本人にとって初めて与えられた稀有の時間であった。ぼくらがいかなる歴史像をいだくにせよ、その中にあの一時期を上手にはめこむことは思いもよらないような、不思議に超歴史的で、永遠的な要素がそこにはあった。そこだけがあらゆる歴史の意味を喪っており、いつでも、随時に現在の中へよびおこすことができるようなほとんど呪術的な意味をさえおびた一時期であった。ぼくらは、その一時期をよびおこすことによって、たとえば現在の堂々たる高層建築や高級車を、みるみるうちに一片の瓦礫に変えてしまうこともできるように思ったのである。それはあのあいまいな歴史過程の一区分ではなかった。それはほとんど一種の神話過程ともいいうる一時期であった。そのせいか、ぼくには戦前のことよりも、戦後数年の記憶のほうが、はるかに遠い時代のことのように錯覚されるのだが、これはぼくだけのことであろうか？

ともあれ、そのようにあの戦後を感じとった人間の眼には、いわゆる「戦後の終焉」と、それにともなう正常な社会過程の復帰とは、かえって、ある不可解で異様なものに見えたということは十分に理由のあることである。三島がどこかの座談会で語っていたように、戦争も、その「廃墟」も消失し、不在化したこの平和の時期には、どこか「異常」でうろんなところがあるという感覚は、ぼくには痛切な共感をさそうのである。いつ、いかなる理由があってそれはそうなったのか――こういう疑惑はずっとぼくらの心の片すみにひそんでいるのではないだろうか？

三島はさきの引用文のあとの方で、「それに比べると、一九五五年という時代、一九五四年という時代、こういう時代と、私は一緒に寝るまでにいたらない」と記している。つまり、そこでは「神話」と「秘蹟」の時代はおわり、時代へのメタヒストリックな共感は断たれ、あいまいで心を許せない日常性というあの反動過程が始まるのであり、三島のように「廃墟」のイメージを礼拝したものたちは「異端」として「孤立と禁欲」の境涯に追いやられるのである。「鏡子の家」の繁栄と没落の過程は、まさに戦後の終えん過程にかさなっており、その終えんのための鎮魂歌のような意味を、この作品は含んでいる。

元来、ぼくは、三島の作品の中に、文学を読むという関心はあまりなかった。この日本ロマン派の直系だか傍系だかの作家の作品のなかに、ぼくはつねにあの血なまぐさい「戦争」のイメージと、その変質過程に生じるさまざまな精神的発光現象のごときものを感じとり、それを戦中＝戦後精神史のドキュメントとして記録することに関心をいだいてきた。『鏡子の家』は、その意味で、ぼくにとって大へん便利な索引つきのライブラリーのようなものである。

三島が戦後のあの異常にメタフィジックな風景の喪失を感じた時期に、もう一つの新しい季節が始まっている。『太陽の季節』が芥川賞をとったのは昭和三十年、「鏡子の家」がその呪術的な役割をおわることになる翌三十一年には、日本のジャーナリズムは、ほとんど一年中かかって「太陽族」の問題をおいまわしている。こうして、戦後のバトンは、新しい選手――石原慎太郎にタッチされることになる。

石原という作家のことを考えると、ぼくは、奇妙に日本ロマン派の騎士芳賀檀のことを連想する。この二人の間にある精神史上の相似性は、ほとんどある種の歴史的なスキャンダルを感じさせるほどである。それは一種恥しらずな祖先返りのようにさえぼくには思われる。敗戦を境目にして前後に十年の地点に、それぞれ陳腐なロマンチシズムに身づくろいした二人のドン・キホーテがつったたっている！

この二人は、何よりも正系のロマンチストらしく、F・シュレーゲルいらいの官能礼賛と肉体の神秘化において、論理とレトリックの粗野と虚飾性において、「育ちの良さ」に関連する愚直さにおいて、さらに、これまた正統派ロマンティクに共通するイロニイの欠如において、大へんよく似ている。ただ芳賀がゲオルゲ・グルッペやドイツ・ロマン派の言葉で語り、石原がアメリカ社会学風の言葉で語ることがあるという差異はあるが、「青年の特権である肉体主義、肉体的宇宙感の放埒、実感的情念的行動力を振り廻すこと」(石原)の礼讃と、「もっと青春のもつ本能の正しさを、寧ろ肉体のもつ正義を信じたい」(芳賀)という「神聖な厚顔さ」(ヘーゲル)において、両者は全く等価である。

芳賀においては、この肉体礼賛は、排外的民族主義を媒介として、生理的に老廃した中国にたいする「若い日本」の侵略の正当化へと発展するし、石原においては、その「実感的情念的行動力」は、政治的危機感を媒介として、国務大臣中曽根康弘と独裁政治の礼讃へと傾斜する。「深い夢をはらんだ強い政治」への憧憬こそ、かつて昭和十年前後の「時代閉塞」状況において、日本を民族主義的ロマンチシズムの破滅過程にみちびいた生理衝動にほかならなかったが、石原がその発想の歴史的無効性に無知なことはおどろくべきである。それは石川啄木より古く、明治初年の放らつな青年たちよりも陳腐であることが、全く意識されていないのである。

こうして、石原においては「戦争」と「歴史」とがつまずきの石となる。三島の没歴史的美意識が、自然のように永遠なあの戦争のスタティクなイメージにむしろ安定した足場をもつのに対し、石原に与えられたものは、再建された独占資本主義の体系とその市場因子としての感性的現実感とにほかならない。かれのいうカルチュラル・ラグの焦燥感や「現実の苛酷さ」という観念は、そのままかれの危機的な美意識の内容に転化している。しかし、そのいわゆる「現実の苛酷さ」の実感は無内容であり、しいて内容を与えるならば単純で流動的な「若さ」の危機感ということにすぎないだろう。だから、石原は「個性への復権を」などによって、その肉体的・生理的感性論の哲学化をこころみるよりも、むしろ自己の発想の陳腐さを知るべきであり、そこから、「現実の苛酷さ」を規定する歴史の論理とぶつかるがいいのである。

かつて芳賀は、日本帝国主義の苛酷さに刺激されてマゾヒスティクな侵略主義に陥った。石原は、再建され、自信をつよめた日本独占資本の苛酷さに刺激されて、「制服」とテロリズムによって武装した新たな「走狗」になろうと望んでいる。しかし、かれは『鏡子の家』の峻吉のように「大日本尽忠会」の誓約書に血判を押すというような羽目にならない方がいいだろう。なぜなら、それほど没個性的なことはなく、それほど「放埒」さからとおいこともないからだ。

石原がしきりに「殺意」といい「価値紊乱」ということによって時代の「平和」というあいまいな壁をつき破ろうとしているのに対し、むしろその壁面にあらわれるさまざまな存在の影を凝視することによって「われらの時代」のトラジ・コメディーを描こうとしているのが大江健三郎である。

大江は、石原のように直情、愚直ではなく、はるかに老かいで内閉的なロジシャンという感じがする。少なくとも石原のように「放らつ」な官能的ロマンチシストではなく、むしろ、早熟な少年のように論理的なのである。かれがその悪評高い『われらの時代』を、かえって自己の代表作と称して平然としているところにも、それはうかがえるだろう。それればかりか、たとえば武井昭夫が「アカハタ」で行ったオーソドックスな批判を逆手にとって時代の「停滞」というヴィジョンを自己流に論理化し、普遍化しようとさえ試みている。

つまり、大江によれば、「いかなる若い日本人も、日本および日本人の未来にたいして明確なヴィジョンを持っていない」のであり、それは「僕だけがそうなのではないのだ。武井昭夫氏が反省するとおり、日本の革命運動、その推進者としての日本共産党もまた、いかなるヴィジョンもいだいてはいない」のである。にもかかわらず、大江は、石原とことなって「だんじてファシズム待望のムードにおかされていない」。かれは「ファシズムへの傾斜を断固として拒みながら停滞のなかで眼を見ひらきつづける」リアリストとして自己を規定している。そしてそのような状況の下で、大江の眼に映じる「われらの時代」は、まさしくトラジ・コメディーとしてあらわれるほかはない、というのである。

大江の立場はなによりも論理的につじつまが合いすぎている。それは石原の感性主義とみごとな対照をなしているといってもいいだろう。そしてその点において、石原は、大江の論理的帰結としての「自殺」という造型に対して、やや見当ちがいに反発したりする。「死にもせず、いや殺しもせずに〈これがおれたちの時代だ〉と言ってはならないのだ。そう言うことはわかり切っている」というのがその反発である。

一方は「時代閉塞」の壁ののろわれた凝視にエネルギーを注ぎ、他方は盲目的な体当りの行動と破壊に直進しようとする。ここに現代青年のエネルギーの二つの可能な極が見られるといってもいいだろう。

しかし、ぼくが不思議でならないのは、この二人において、共通に「時代閉塞」の状況の実体化――物神化が行われていることである。いわばその「壁」の歴史的相対化の志向が全く欠けており、せいぜい共通にナセリズムへの情動的共感によって、心理的な相対化が行われているにすぎないことである。この二人の作品のある種の閉ざされた図式性はそこから生じているのではないだろうか。一方は壁があるから破壊するといい、他方は壁があるから凝視するというだけの図式である。

いずれの場合にも「平和」という時代の「壁」に対する信仰のごときものが、その作品形成の動因となっている。その「壁」とみられるものを構成するあの「廃墟」の要因はここでは全く忘れられているのだ。三島の祭神であった永遠の「廃墟」というイメージのかわりにかれらはいかがわしい「平和」という条件のなかで、子供のようにむずかったり、脅えたりしている。かれらはあまりにも「平和」に圧倒され、かえってまだ知らぬ「殺りく」と「戦争」という玩具を欲しがったりしている。そこから大江のように、いわゆる「戦中派」の戦争体験への子供じみた嫉視も生まれ、石原のように「戦争と現実（平和）といずれが苛酷か」という見せっくらの心理も生まれるのだろう。

しかし、くりかえしていえば、ここでもかれらのつまずきとなっているものは「歴史」である。初めに引いた老人の話でいえば、その老人にとって、明治以後の六十余年は「平和」であったのか、それとも「廃墟」であったのか。それは「停滞」でも「自己破壊」でもなく、まさしくただ「歴史」であったろう。

大江や石原が時代の「壁」の背後にある歴史への感覚をもちえない限り、かれらはただ「時代の子」として、ある好ましい評判をかちえてゆくであろう。つまり、時代を動かすのではなく、押流されてゆくであろう。なぜなら、かれらは、絶望的なまでに「われらの時代」にとらわれ、惑溺しているからである。

停滞と挫折を超えるもの

1

われわれ日本人が、大変なエネルギー*を日々消費しつつあることは、およそしばらく世間からとおざかったことのある者なら、誰でも容易に気づくことであろう。私は、数年前、療養生活のために、ある療養所にしばらく暮したことがある。治療がおわって半年と少したったのち、はじめての外出で都心に出て来たとき、私は自分の眼と耳を疑うような経験をした。それは、平常は全く意識することのなかったすさまじい生活エネルギーの氾濫を街頭にみかけたということである。静かな部屋と庭との中にとじこめられていた私の五感は、まず国電の疾走がおそろしいまでにおびただしい騒音と震動とをともなうということにまずショックをうけた。私の五体は、それにたえるために異常な緊張をつづけねばならなかった。街頭をよこぎるために左右をみわたすとき、電車と自動車とオート三輪と人間とが、猛然として私の一身をめがけて襲いかかるような感じがして、あたかも四方から迫ってくる魚雷の航跡をにらみながら、必死に操舵を計算する艦橋の士官のような緊張におそわれたりした。ともかく、半年ばかり平穏な生活を送ったものの眼には、街頭にひしめくエネルギーの様相は、まるで凄絶といった実感をひきおこしたのである。

平常、私たちは、われわれの周辺にあるその異常なエネルギーの消費現象にあまり気づかない。しかし、私のようにしばらく娑婆をはなれたもの、あるいは外国の生活から帰って来たものの眼には、わが日本の国土は、まるで、気狂いじみたエネルギーのるつぼとして映ずるもののようである。堀田善衛は書いている——

「日本の電気、ネオンサイン、すさまじい消費。ああいうすさまじい消費にふけっている都会は、どうやら香港に小型のものがあるとしても、東京からおそらくローマかパリまではないだろう。

……おれたちは、世界一の勢いでもって生産し消費している。道路だって生産するのも早ければ、消費して穴ボコだらけにしてしまうのだって、物凄い勢いでやっているのだ。そしてその道路を修繕することにかけてだって、町筋を泥だらけにするほどの勢いでやっているのだ。自動車だって、ミシンだって、家を建てるのだって、小説を書くのだって、なんだって……。消費文化の異常な発達と、それが発達しうるという旺盛な可能性」(『インドで考えたこと』)。

このような悲喜劇的な感慨は、国を離れたことのないわれわれにも実感としてわかる。そのためには、土曜日の夕方か日曜日の午後、どこかのさかり場を歩いてみるだけでよい。そこにうずまく群衆の動きをみればよい。かつて、孔子は衛の国を訪ずれ、その人口の豊かさを見て「庶なるかな」と嘆賞し、まずこれを富まし、つぎにこれを教化しようという抱負を述べている(「子路第十三」）。しかし、われわれのところでは孔子様も、そんなのんびりしたことをいってはいられないだろう。ある外国帰りの学者が帰国早々に、街頭にあふれる群衆を見て、「諸悪の根源は実にここにある」と痛嘆したというが、日本のエネルギーの根源である一億人口の圧力は、お釈迦様でも、孔子様でも、そんなにたやすく制禦できるしろものではないだろう。

たしかにわれわれは、いたるところにエネルギーの氾濫を目撃することができる。世界一の鉄塔をおったて、世界一の造船力を発揮し、ロカビリイに熱狂し、オートバイに生命をかけ、さらに自殺率において世界の最高水準をゆくなど、いずれもわれわれのエネルギーの発現現象にはちがいない。また、もしエネルギーをもっとも動物的なレベルで考えるならば、人口増加率に示される人間の生殖行為において、さらにその生殖行為に関する文学作品の生産量においてわれわれはたしかに、世界のどの民族にも劣らない能力を発揮しているのである。いわばわれわれの国土は、汎エネルギー主義ともいうべきものに包まれ、もうもうたる熱気を大空に放散しているという感じさえするのである。

* エネルギーという考え方は、二重の意味をもっているといえよう。それは潜勢力としての無規定な力を意味するとともに、一定の作業量を実際に遂行する力を意味している。CODの定義でいえば、前者は「他の物体との関係から生じる緊張《ストレス》によって仕事を行う力」であり後者は「その運動によって仕事を行う力」ということになるだろう。いずれもなんらかの作業遂行に関連した考え方だが、それがアクチュアルに作業を行うか否かの点で異るわけである。

この考え方は、われわれがここで問題とする人間的な（もしくは社会的な）エネルギーについても、やはり有用なものであろう。というのは、人間社会におけるエネルギーの存在とその形態は、やはりアクチュアルに働きつつあるものと、一定のストレスを待機しているポテンシャルとにわかれると考えられるからである。

このような日本人のエネルギーの根源は何か、またその発現形態を特色づけるなんらかの構造式があるとすれば(それはありそうだが)、それはどのようなものと考えられるか、問題はまずそこらから始るであろう。

エネルギーの根源はいうまでもなく人間である。物質のエネルギーというのも、人間の作業、労働なくしてあらわれることはないわけだから、ここでは、経済的生産力としてあらわれるエネルギーと、イデオロギー部門における運動形態とがあわせて考えられていいことになる。

人間におけるエネルギーは、一般的にいえば状況に対する関係から生じる力ということができよう。とくに社会関係や政治過程におけるエネルギーは、まさに緊張そのものを指しているということができるはずである。この根本的意味づけに関連して、エネルギーの問題性が、多かれ少かれ危機という印象をともなって想起されることも了解されるであろう。危機こそ状況の中の状況であり、それに対する人間行動の中にのみ、本来のエネルギーが認められるからである。状況が規格化され、ルーティン化される場合は、人間行動のエネルギーはパターンとして固定化し、反射行動のように低い緊張しか含まないことになる。この場合は、エネルギーという問題意識はあらわれることなく、むしろ教養というエネルギーの様式化が問題となるであろう。

このように考えると、まずエネルギーの根源をなす人間の状況意識を分析してみなければならないことがわかる。いいかえれば、日本人は一般にどのような状況意識をもつか、どのような場合にもっとも敏感に危機を感じとるか、という問題がそれである。この問題は、一般的には日本人の精神構造、価値意識の問題などに関連することはいうまでもないだろう。そして、その純粋形態がかつては天皇制の精神構造であり、もしくは臣民意識であったことも多言を要しないであろう。つまり、かつては、日本人のエネルギーの発動を究極的に規定した状況意識は「天皇」というシンボルに集約せられていた。特攻隊も、「姫百合の塔」の少女たちも、天皇の名において、そのすべてのエネルギーを注いだのであり、「護国の鬼」という名称は、そのようにして注ぎつくされたエネルギーに対する悲しい名前にほかならない。

ところで、天皇制の下におけるエネルギーの構造形態を特色づけるものは、しばしば指摘されるように、天皇への距離の意識であった。いわば天皇制的身分のヒエラルキーにおける上昇性向が、エネルギーの緊張関係を作り出すのである。したがって、そこでは、国民のエネルギーは官僚と軍人のコオスにもっとも集中的にキャナライズされることになる。明治国家が、地方的利害関係へのエネルギーの分散を抑圧し、中央集権国家への集中をはかるために制定した文官任用令は、そのためのもっとも有効な装置として機能したわけである。

しかしこのようなエネルギーの組織方法は、当然、「天皇制」に随伴するあらゆる特性をあらわすことになった。そこでは、エネルギーの究極目標は天皇という究極的実体への合一化におかれ、その権威の追及、争奪ということに緊張の根本動因が見出された。わが国の近代政治史にあらわれるエネルギッシュな闘争の基本的パターンは、自立的な政治的価値の対立闘争というのではなく、すでに具体的に与えられた正統的価値（天皇）をめぐる紛争であった。その場合、対立者は、いずれも天皇への直結意識によってその内面的エネルギーを正当化し、相互に他方を天皇の権威に対する侵害者とみなす傾向を現わした。この種の闘争意識の内容は、いわば特権的正統のためのエネルギーに支えられたものということができよう。しかし、それはまた、封建制下の特権意識的な状況意識とはことなったものであった。そのことを日本政治における顕著なエネルギー現象——制度的な割拠主義、セクショナリズムの闘争の面においてみると、次のようにいわれる。

「……日本の官庁機構を貫流するこのようなセクショナリズムはしばしば〈封建的〉と性格づけられているが、単にそれだけではない。封建的割拠性は銘々が自足的閉鎖的世界にたてこもろうとするところに胚胎するが、上のようなセクショナリズムは各分野が夫々縦に究極的価値への直結によって価値づけられている結果、自己を究極的実体に合一化しようとする衝動を絶えず内包しているために、封建的なそれより遙かに活動的〈侵略〉的性格を帯びるのである。自らはどこまでも統帥権の城塞に拠りつつ、総力戦の名に於いて国家の全領域に干与せんとした軍部の動向が何よりの証示である」（丸山真男「超国家主義の論理と心理」）。

ここにいわれているエネルギーの動機構造は、たんに官庁、軍部にみられたものではなく、一般に日本人の行動様式についてあてはまるものであろう。いわゆる民間右翼の大同団結がつねに失敗におわり、無数の小集団として、それぞれが天皇絶対の意識において自己のみをエネルギッシュに正統化したことはその例証と考えられるし、「天皇危うし」の庶民的実感によって太平洋戦争の讃美に直結した高村光太郎の場合も、またそれに類比しうる多様な職業集団の場合も、いずれも同様の価値意識によって、そのエネルギーを動員しているといえよう。

ここで、当然問題となるのは、戦争下に発動されたあの膨大な国民的エネルギー——政治学的にウルトラ・ナショナリズムと呼ばれたものの構造は何か、ということであろう。それは、すべての総力戦が要求する一般的動員体系にすぎないということはできない。なぜなら、そこにはおよそ一般に戦争にともなうすべてのヒロイズムと残虐というエネルギーの発現様式のほかに、特攻隊の場合のような例があったからである。それは勇敢さという危機における人間的エネルギーの形態とは、質をことにしたものであったし、おそらくエネルギーのあらわれ方としては、全く日本に独特のものと考えるほかはないものであった。

もちろん、近代戦は戦闘員と非戦闘員の区別を無意味とし、あらゆる人間を戦争という巨大で圧倒的な車輪の下に粉砕してしまう。総力戦がその経済的要求のために個人の私有物を「供出」せしめるのと同様、精神動員の必要は、人間のもっとも内面的な価値感情をまで容赦なく奪い去ってしまう。「また逢う日まで」の悲劇は普遍的に人間をおおいつくすのである。そのようにして、総力戦のためのエネルギーの調達が行われるが、そこには当然に各種のレジスタンスがひきおこされざるをえない。そしてその抵抗の究極的な基礎は、いうまでもなく「生」に対する人間の執着であったろう。もし人間から、その最後の抵抗素をとりさるならば、そこにどのようなエネルギーがあらわれるか——戦争は、幾つもの凄惨なエピソードによって、その例証を与えている。そして、特攻隊や幾つもの玉砕は、その典型例と考えられるものであろう。

その場合、もっとも強力に「生」の執着を断ちきる動機づけとなるものは、なんらかの信仰的要素であることはいうまでもあるまい。古来、宗教上の闘争がもっとも凄惨な様相を示したことは、歴史上多くの例を見ることができる。それは、そのような形で、人間の根源的エネルギーをより尊いあるもののために消費しつくしたのである。

戦争中、日本人のエネルギーをほとんど狂信的に動員しえたのは、その種の宗教的なモチベーションにほかならなかった。しばしばいわれるように、擬似宗教国家としての日本の存在構造そのものの中に、そうした擬似宗教的な殉難のための心理的基盤があった。そして、そのような殉難に対する補償として考えられたものが、招魂社から靖国神社にいたる制度的な礼拝の装置にほかならなかった。それは究極的な価値である天皇の「御親拝」を受けることによって、あらゆる死者の存在性の完結（＝神化）を保障する制度にほかならなかったのである。

戦後社会における思想的なエネルギーの解放状況は、敗戦による「第三の開国」（丸山真男）という事態によってもっとも要約的に示されるであろう。「第二の開国」としての明治維新が、どのような形で潜在した日本人のエネルギーを解放したかは別に考えねばならないが、敗戦の衝撃によるその解放の特質は、大きくわけて国家体制の次元と、社会制度の次元とで考えられるであろう。第一のそれは、いうまでもなく、天皇制のタブーからの解放であり、伝統的な国体観念の規範からの自由化ということであった。このことが日本人の精神的エネルギーの解放にいかに重大な意味をもったかは、戦後十四年の今日、いまだ正確には測定しきれないほどだといっても過言ではないだろう。なぜなら、維新による「開国」が、その反面において、国民的エネルギーの強権的な制圧――いわゆる「開国の中の鎖国」(亀井勝一郎)をともなったとすれば、その「鎖国」のイデオロギー的な保障をなしたものこそ「天皇」であり「国体」にほかならなかったからである。敗戦は外国の力によってこの保障をとりのぞいた。

社会制度における解放の焦点は、小天皇制としての家父長的家族制度の廃止によって、明確化される。かつて河野広中がミルの「自由論」を読み、思想の大転換を来たしたことを告白しつつも、なお、「忠孝の道位」は究極的に除外温存されたことを述べたのは有名であるが、戦後社会においては、もはや、「忠孝」も有効な信条体系の座標軸たることをやめた。

これらのことは、いいかえれば明治以来の家族国家理念の崩壊ということであり、さらに、政治的統合理念としてのナショナリズムの解体ということである。家族国家理念を主軸とする天皇制的超国家主義は、戦争において、たしかに強力に国民のエネルギーをキャラナイズし、これを一定方向に組織しえたのであるが、戦後、それは急速に消失してしまった。そのあっけなさは、むしろ内外の観察者を驚かせたほどであったが、この事実ほど、わが国における国民的エネルギーの構造形態をよく示す例はなかったといえよう。

という意味は、あれほど自らも誇り、かつ、外国人の眼にも理解を絶するほどに高度の集約性をおびていると映じた日本人の「愛国心」が、いわば一朝にして雲散霧消してしまったことの秘密の中に、日本人のエネルギーの高次の政治集団(国家)における構造形態が、もっとも明らかに証示されるということである。

この問題は、わが国のナショナリズムの構造的特質としてしばしば論じられる問題であり、ここでは立入った解釈を行う必要はないであろう。かんたんにいえば、日本人の政治エネルギーの高次の表現であるナショナリズムは、実は国民の内面的自発的組織化というものではなく、普遍的価値の立場から見れば恐るべき「偽善」に外ならない「天皇」信仰の擬制によって強制されたものである、ということである。

敗戦はそのような強制的枠づけを粉砕し、そこから、はじめて、日本人は「自然権」としての自発的エネルギーの論理にめざめることになった。そしてそれを促進したものは、天皇国家の神話の解体ということと、戦後社会に顕在化した「大衆社会化」の傾向とにほかならなかった。とくに、後者の「大衆化」ということは、それが「消費」性向の優越によって特徴づけられるにせよ、広範な国民的エネルギーの吸引と展開とをもたらしたのである。

たとえば「雷族」のエネルギーというものは「スピード」の大衆消費現象によって誘導されたものにほかならないという意味で、現代社会でのエネルギー形象は、多分に受動的な性格をおびることになるのである。

一般的にいえば、現代においてエネルギッシュとみられる諸現象——石原慎太郎から、「雷族」「ロカビリイ族」等々を含めて——は、たとえば明治維新の時代に発動した自主的な指導者エネルギーとはことなり、むしろ変化する現実によって規定された内閉的傾向を特徴とする。ロカビリイ族も「雷族」もその行動の中に決して内面的な幸福感をいだいているのではなく、いわば現実に流されながら、その流れの中で仮空の緊張を味わっているにすぎないようなところがある。たとえば大江健三郎の『われらの時代』の閉塞感覚はその例証となるであろう。

よくいわれるように、それらの若いエネルギーには方向がなく出口がないのであり、そこから「アンラッキイ・ヤング・メン」といった自覚症状も生れることになる。そのような閉塞の中のエネルギーが、たとえば石原に見られるように、一種の青年将校的な決断主義に傾こうとしていることは、十分に警戒されなければならない。現代日本がヒットラー出現前のワイマール時代に類推されるのも、そのようなアモルフなエネルギーの存在形態と関連があることは勿論である。

しかし、現代政治の問題の一環として、若い日本人のエネルギーの問題を具体的に考えることは、いまは別の機会にゆずるほかはない。

2

現代日本における思想的エネルギーが、ある挫折と停滞の状況におかれていることはひろく気づかれている。全体として、われわれ日本人がどこへ進んでいるのかという方位感とヴィジョンが失われており、自己の立脚点に対する明確な意識、生活に関する定型的なフォルムの感覚が散乱している。一般的にいえば、有効な信条体系によって支えられた価値意識の社会的機能が衰退し、そのかわりに、感性的現実への異常な惑溺が氾濫している。

すべてこのような事態の展開は、その内面にかえってある曖昧な豊富感を含むことによって、とくに現代的な特徴をあらわしている。すでに数年前からいわれた「戦後はおわった」に含まれる諸指標のうち、経済生活の安定ということと、独占資本体制の整備にともなう大衆社会状況の展開ということとは、そこに新しい消費文化の「噴出」ともいうべき事態をもたらすことになった。この事態は、当然におびただしい心理的反応を連鎖的に引きおこした。いわゆるデモンストレーション効果はマスコミによって全国的に浸透し、経済的搾取と心理的搾取の二乗化的影響は一種未曽有のエネルギー現象を展開するにいたっている。堀田善衛がややコミックに描いている「日本のエネルギー」がそうしてくりひろげられることになる。

「おれたちは世界一の勢いでもって生産し消費している。道路だって生産するのも早ければ、消費して穴ボコにしてしまうのだって、物凄い勢いでやっているのだ。そしてその道路を修繕することにかけてだって、町筋を泥だらけにするほどのひどい勢いでやっているのだ。自動車だって、ミシンだって、家を建てるのだって、小説を書くのだって、なんだって……」(『インドで考えたこと』)。

当然、そのことはわれわれ日本人の旺盛なエネルギーと、その可能性を示すものではあろう。かつて「耕シテ天ニ到ル」と讃えられた日本人の「勤勉」さは、いまや大衆社会の規模において、そこに含まれるあらゆる生産と消費の可能性について凄じいばかりの速度をともなって発揮されている。

そしてそのようなむしろ異常ともいうべき「繁栄」の全体をおおうものが、いわゆる「天下泰平」のムードであり、ほとんど「鼓腹撃壌」というにふさわしい政治的無関心であることも、多くの徴候からよみとることができる。かつて、私の会ったあるハーバード大学生は、数年の日本駐留の後、母校に帰ったとき、学生たちをおおっている一種の気分について、「ひどく自足しきっている」（very complacent）と語ったことがある。そして、私たちの見る日本人一般の表情にも、たしかに同様に「ヴェリイ・コンプレイスント」というほかはないような様相があらわれている。

最近、某大学で行われた学生実態調査の例においても、そのような気分の浸透はかなり明瞭に認められるようである。そこでも、体制にたいする無関心ともいうべき態度の増加がいちじるしく、それと見合うように、小市民的「趣味」生活の選好が濃厚にあらわれている。*そこでは「公共」への献身や、「正義」の達成というような理念はハッキリと後退し、実感的な私的生活への没入が一般的な価値感情を吸収している。

すべてこのようなムードの普遍化は、いわゆる大衆化に一般にともなう事態であろう。そこにおいて、人々は、「満たされぬ欲望は知らなくなり、力を加えられずに服従し、指導者なしに指導され、人間のように動く機械を作り、機械のように働く人間を生む自動人形となって」（フロム）その快適な生を生きているように思われる。いいかえれば、現代における人間とは、巨大なマス・メディアによって満足せしめられるという以外に存在理由のないある数量的因子のようなものと考えられるのである。フロムは、そのような事態について「人間は死んだ」というショッキングな命題を提示している。死んだ人間は、もはや不幸ではないであろう。不幸は、ただ生命によってのみ感じとられ、その唯一の条件となるはずである。

そして、事実、そのような現象的な「豊富」と「充足感」の奏鳴の裏面に、全く異った不幸なメロディが或は高く、或は低く流れているのである。

＊　この調査によれば、将来の生活のイメージとして、もっとも多く選ばれているのは、「金や名誉を考えずに、自分の趣味にあったくらしかたをすること」という回答であり、それは「進歩」「保守」「無関心」の各グループに共通してみられる傾向である（たとえば昼間部の男子学生について、進歩派の六四・五％、保守派の六七・四％、無関心派の六八・一％がこの回答を選んでいる。夜間部でも、比率はほぼ同様であり、ただわずかに反対志向を内容とする「世の中の正しくないことをおしのけて、どこまでも清く正しくくらすこと」の比率が増大しているだけである）。

しかし、ここから、いきなり現代学生の小市民的私生活への逃避傾向が一般化できるかどうかは問題がある。むしろここにいわれる「自分の趣味にあったくらし方」とは、現代社会における価値感の多元化を立体的にうけとめた場合のフレームを意味するとも考えられるからである。逆にいえば「正義」とか「公共」とかの価値体系が、予め与えられたものであるという伝統的思考様式からの断絶がそこには想像されるからである。そのことは、もっとも進歩的な夜間部女子学生において、しかも進歩派グループにおいて、この回答がむしろ高率を示していることからも想像されるように思われる。

そのように見ると、一見実感主義的生活への逃避とみられるこの傾向の中にこそ、かえって価値意識のあるダイナミックスが含まれ、一種の停滞と危機の意識をはらんでいるともみられよう。そして、いわゆる、「天下泰平」のムードは、構造的にはまさにそのようなものではないであろうか（この項、雑誌「法政」一九五九年十月号参照）。

「われわれは停滞している。一九五〇年代の日本および日本人の認識表〔標?〕には停滞のマークが記入してある。停滞は日本の知識人のみをみまっているのではない。日本の工場地帯に、漁村に、農村に、停滞は一つの悪疾、致命的な悪疾としてひろがって行きつつあると思われる」(大江健三郎「現実の停滞と文学」――「三田文学」一九五九年十月号)。

これは現代日本の「不幸な若者たち」の一人が記した日本のイメージである。さきに述べたむしろ壮観ともいうべきエネルギー現象の精神的深部のところに、このような病理が深く浸透しつつあることは否定できない事実であろう。大江はつづけて書いている。

「病根は一つだ。一つの致命的な病根が、われわれをもコミュニストの武井昭夫たちをも同様におかしている。あらゆる若い日本人を一つの病根がおかし、かれらを停滞のなかでじりじり腐らせてゆこうとしている」。

ここでは、大江はコミュニスト武井の大江批判を肯定しつつ、逆にコミュニズムそのものをも同病者の列に引き入れようとしている。「現代の青春をいかに有効に燃焼さすべきかについて、またその燃焼はどのようなフォルムをとるかについて、この作者が明確なヴィジョンをもちえていない」という武井の批判を、大江はそのまま現代日本のコミュニズムに向けているのであり、そのことによってあらゆる思想と行動の体系を均しなみに犯している病理一般を普遍化しようとしている。いわば大江においては、すべてのエネルギーの作用形態の無意味と空虚とを強調することによって、行動一般の原理的不可能を証明しようとする試みがくりかえされている。そこから、行動を拒まれた人間的エネルギーは、ただ「自殺」という不条理で、トラジ・コミックな自己主張においてのみその意味を獲得することになる。大江の場合、このようにして、人間的エネルギーの合理化が可能となる。

　大江と同じように、石原慎太郎もまた「行動の不可能」をその思弁の原点としている。かれにとって「われわれは……結局のところどうやっても実質的に政治に参与することは出来はしない。……〈政治〉という観念形態にわれわれの賭けている期待と言ったものから現実の政治ははるかに遠く離れた、と言うよりすでに異った次元にあると言ってしまってもいい」(「刺し殺せ!」——「三田文学」同上)。そこから、およそ現代の状況において、「我々が感じるものは絶対に近いほどの〈不可能〉だけである」ということになる。

　しかし石原は、大江のように、「停滞の底でいつまでも眼をひらき見つめつづける」という一種の主知主義的操作によって「トラジ・コメディ」の原理を発見する行きかたに対蹠する。かれは、むしろコメディかトラジディかの決断を必要とする行動派ロマンチシストとして、かえって「殺意」と「破壊」とを強調する。しかもそれをかれの「不可能」視する政治権力との直接的結びつきによって達成しようとする逆説のうちに、もっともロコツにそのロマンチシズムの精神構造をあらわしているのである。

　石原が一種のエネルギー主義者であることは『太陽の季節』いらい伝説化しているが、その精神構造がむしろ伝統的な日本インテリゲンチャの病理の拡大形態であることはあまり指摘されていない。たとえば私は、芳賀檀のような一種奇型的な精神構造を思い浮べているのである。その両者に共通している「肉体主義、肉体的宇宙感の放埒」さは、ほとんど修辞上のアタヴィズムを思わせるほどであるが、芳賀においては、その肉体主義は老廃せる中国の生理に対する若い日本の侵略を正当化するために用いられ、石原においては「すべての文明的コンベンション」の殺戮を正当化するために用いられている。このことは、前者が帝国主義日本の必要に条件づけられ、後者が再建過程にある独占資本と大衆化状況の必要に条件づけられていることを除いて、全く同一の精神構造の再生を示すものであろう。いずれもがその根底にあの十九世紀的な「イッヒ・インペリアリスムス」を共有しており、ロマン主義的官能主義に基礎づけられているのである。少くともその思想上の努力において、石原はきわめて様式化された日本的インテリの一人でありすぎるほどであり、私などは、むしろ明治初期の放埓な知識人のほうに、はるかに石原のいう「新しさ」を感じないではいられない。だから石原は、生理的若さを危機感におきかえることによって、エネルギーを引き出そうとするよりも、自己の古さを確かめてゆくことによって、エネルギーの正統化をはかるべきだろう。その時には、中曽根康弘礼讃という形の古さは、かえって克服さるべきものとなるはずである。

ともあれ、現代青年のエネルギー構造図を表現するとみられる大江と石原について、私はそこに飽和状態に達した体制の論理の浸透と、その普遍化的平準化のなかにおける焦燥と自虐の心理を鮮かに感じとる。高度に発達した独占資本体制のメディア市場において、あらゆる自己実現の機会と可能性とを制約され、その欲望をすら政治的に規制された「不幸な若者たち」の相貌をそこに認める。そこから、すべてのエネルギーは出口のない壁に包囲され、その壁の物神化によって自己を「不可能」として意識しようとしている。そのために「行動」も「自殺」も「コミュニズム」も「殺意」も素朴なリアリティを喪い、ヒステリックな自虐か、夢想的なメルヘンに転化している。現実においてかれらの出口が見失われたばかりか、かれらの夢想においてさえユートピアは存在しなくなっている。いわば夢想の夢想化という悪しきイロニイがかれらをとらえているかに見える。

しかし、大江と石原というあるラジカルな感性の持主の場合とことなり、同じ若い世代の間には、もっと平均化的なメンタリティが一般化していると思われる。それは、一種「愛すべき健康なハムレットたち」とよばれる青年たちの場合である。このグループは石原のように「価値紊乱者」の光栄と悲惨などを誇示することもなく、大江のようにメタフィジクな「自殺」の可能性にのめりこむこともしない。いわばもっと普通で、もっと温順である。

「若い世代の自己主張は、反抗精神から始まるとされているが、今日の世代にはあまりあてはまりそうにない。反抗というより自然なのである。力んで、無理に自己主張するより、むしろ自ずとふるまって、結果として反抗となる、という点をぼくは重視したいと思う。無理をしているのは、むしろ古い世代の方である、とぼくは言いたいのである」（柳父章「奇型でない日本人の成長」――「論争」2号）。

このグループは、「世界雄飛も、絶対の真理の探求もなく、また渋好みの閉鎖もなく、理想とか目的とかいうハッキリした形も知らず、だが、それでも何かしら少しずつやり始めていく」といったタイプであり、いわばあらゆる異質の価値群とそのフォルムに対して、一切固執することのない相対主義的な合理主義者である。かれらの場合、そのエネルギーの形態はたんに「自然」

であることのうちに実現されており、ほとんど維新開国以前の日本人の、あの感性的自然への復帰を思わせるほどである。この種のタイプの青年たちは、「形をもたぬ不安定の中に漂いながら〈神〉なしにやっていける若者たち」と自己規定されているが、そこではすべてフォルムや規範に凝集されたエネルギーではなく、アモルフな機会の内部に内在する自然なものの機会主義《オカジオナル》的な実現がその行動エネルギーとなる。それはどこやらラフカディオ・ハーンなどの愛したゆかしい日本人のおもかげをさえ思わせるほどである。いわば現代社会における一切の規範価値を疑いながら、「もののあわれ」めいた感性的自然に生きようとするグループである。かれらにおいて権力や体制そのものもまたそうした感性的対象ないし機会にほかならず、一種の「趣味」にほかならないだろう。それは前に見た実態調査における選好の実体をなすグループとみてもよいであろう。

私は現代の若い世代における感性の形態と、そのエネルギーの構造類型というべきものをスケッチ風に考察してみた。そしてそこから、現代社会の体制的成熟に見合う幾つかの徴候を指摘してきた。要約すれば、それらは、新しい「時代閉塞」の様相に関連した現象形態であるとみるほかはないであろう。

日本の近代化過程をみると、その歴史的ダイナミックスを規定している国家理由のある明かな貫徹が認められる。それは、一定の状況のもとでは国民のエネルギーを解放（むしろ散乱）し、一定の時点においてふたたびその開かれたエネルギーの状況を閉鎖的に体制化するという操作である。明治の「開国」ははじめあらゆる既成の価値形態を解体することによってその「開化」をすすめ、十年と少しのちにはその状況のもとで反動化的再編成を強行している。戦後日本の場合にも、そこに働いている体制＝権力の論理は同様のものである。

敗戦による新たな「開国」は従来の閉鎖的な天皇制＝国体論的価値形態を解体し、日本社会の底辺から厖大なエネルギーの解放をもたらした。それは何よりも一切の権威のシステムを解消することによって、いわば価値の自然状態を現出せしめた。そこにおいて、日本人は初めて価値形成の原初的過程に立たされたのであり、そのポテンシャルなエネルギーの自然状態の中から、近代的市民社会のフォルムと論理とを創造するという問題に直面した。戦後の政治過程、社会過程の基本的ダイナミックスは、まさにそのような価値形成（とエネルギーの形態化）を動機として展開しているのである。

しかし、そのようにして解放された原初的エネルギーが、現在、とくに若い層においてどのような状態に追いこめられているかは前述したとおりである。かれらにおいては、そのエネルギーはなお高い熱量を擁したまま、そっくりと体制の再編過程に組みこまれようとしている。そしてかれらは、自分たちがひどく孤独であり、不幸であると感じ始めているのである。

ここで私は、これらの世代とことなるもう一つのエネルギー形態を考えてみたい。それは、あらゆる規範的価値を疑うことにおいて上記のような世代と共通しているが、ただ一つ、歴史を信ずることにおいてかれらと区別せられるようなグループである。しかも、とくに十幾年前の「戦争」のうちに、歴史とその責任の意識を認めようとする人々である。かれらは一般に戦中世代とよばれているが、かえって「世代」の価値意識を超える契機を戦争の歴史に認めていることによって、むしろかんたんに歴史派とでもいった方がいいかもしれない。

かれらは現在のいわゆる「平和」状態を実体として感じえないという感情において共通している。その意味でかれらこそ戦後社会における徹底的疎外者であり、平和の実体化を前提とし、それからの脱出を求めるような大江や石原の倒錯的心理とははじめから切れている。

しかしまた、かれらはいわゆる戦争体験固執者でもない。かれらは戦争を決して実体化しているのではない。かれらは戦争の事実過程をとおして、ただそこからメタ・ヒストリク（＝歴史意識）としての責任の普遍化を求めているのである。このことは、日本の思想伝統においては理解しにくい立場であるかもしれない。なぜなら、つねに感性的事実としての歴史過程のみをその思想の対象とした日本においては、歴史が一個の原理過程であるという意識は成熟しなかったからであり、歴史のうちに普遍者の意味を認めるという思考の衝動も存在しなかったからである。

このグループは一個の世代的存在というよりも、むしろ一種の思想集団とみるべきであろうと私は考えるが、この集団と、前に見たようなグループとの間に、当面原理的連帯が欠けていることは否定しがたい事実であろう。感性的な現在主義者を主体とする後者のグループは、戦争体験という発想をも同様に感性化し、実体化してしかうけとることができない。そこから、これらのむしろ歴史派に対して、それを回顧趣味とか心理的ルサンチマンの表現と思いこんで斥けようとする。しかし、戦争のうちにメタ・ヒストリクの形成を求めることは、なんら心理的衝動の問題ではなく、まして回顧的な惑溺ともかかわりをもたない。

いま、これらの異るグループの関係を図式的に概括するならば、歴史派においては、歴史のダイナミックスがそのエネルギーにフォルムを与えることが期待され、他のグループにおいては、平和のアンビギュイティの意識がそのエネルギーの発火契機となっている。そこからして、後者では平和の意味を倒錯的な戦争のイメージによってつきとめようとする擬ファシズム的衝動が生れており、前者では戦争体験の普遍化による平和過程（＝戦後過程）の理念化が行われている。そしてこれらは、相互に対偶的なエネルギーの配置を構成するものとみることができよう。おそらく感性的現在主義の立場の徹底は、歴史をその究極の保障として要求することとなるであろうし、歴史派はその立場を現在における責任として追及せられるであろうからである。私は、この二つのエネルギーの存在形態の相互作用のうちから、今後の日本を動かす原理が生れるであろうことを期待している。

現代的とは何か
――「怒れる若者たち」および「新左翼」――

1 「怒れる若者たち」のヴィジョン

トム・マシュラー編『若き世代の発言』を読んで、私はある奇異な感想にとらえられた。一言でその印象を表わすことはむずかしいが、たとえばそれを一種の狭隘さの印象、といってもよいであろう。何かそれは閉ざされた同じ檻の中での様々な姿態であり、発言であるという感じがつよく、いわば同一の個性が偶然にあらわす散漫な偏差が見られるにすぎないように思われた。そこには異質な精神という輪郭が薄く、あたかも約束ごとのように、同じ軌道の上に収斂する等質的な個性しか存在しないという印象である。もちろん、その印象は、ここに収められた個々の文学者たちの個性が見わけがたいということではない。むしろ個々の個性はそれとして鋭い対立のもとに識別されるにもかかわらず、それらが全体としてある同一の精神的状況にかかわる系数を意味しているとしか思われないということである。奇異の感というのはそれを指している。いったいこれらのいわゆる「怒れる若者たち」の尺度が、そのように没個性的に感じられるというのは何を意味しているのか？　しかし、その前に、私のその印象をよりいっそう正確に規定する必要があるであろう。

私がここに述べた印象は、同書の中でドリス・レッシングが書いている次のような判断に近い。「われわれは文学の高揚した時期ではなく、沈滞した時期にいる。現代は傑作を生まず、ただ沢山の小さな、生きのいい、頭のいい小説を作っている。特に、現代のイギリス文学は地方的、局地的である。怒れる若者たち……が出現したにも拘らず、地方的なのである。……地方的といっても、彼等が地方出であるとか、地方を舞台にして書いている、というのではない。彼等の視野が、イギリスの生活や基準という直接の経験によって、狭く限られている、というのである。」彼女によれば、現代イギリスにおけるもっとも刺激的な作家たちでさえ「あれほど活気があるのに、みな地方的な態度に堕している」とされるが、私のこの書物に感じたものもまたそのことである。私の感じでは、オズボーン、C・ウィルソン、リンジー・アンダスン、スチュアート・ホルロイドなどの文章と思想には明らかに「活気」が感じられる。そこには緊張とヴィジョンさえあふれている。にもかかわらず、私はそれらがある局地性というか、思想と精神の世界における地方性に浸潤されているという思いを禁じえない。

たとえば「怒れる若者たち」の代表的批評家コリン・ウィルソンを例にしてみよう。この高名な若い評論家のエッセイにあふれる知的なスリルの刺激性と包括性にもかかわらず、私はやはりそこに一種の興味本位ともいうべき知的雰囲気、したがって、知的創造につらなるとは思われない姿勢の方をむしろつよく感じた。ウィルソンの立場を「興味本位」などという言葉で要約することは、もちろん反論をまきおこすはずである。彼のエッセイ――『アウトサイダー』や『宗教と反抗者』が彼自身の強烈な「オブセッション」の産物であり、時代に生きる青年主体の上に強いられた文学史的ヴィジョンであることはほぼ疑いのないところである。それはほとんどロマンティックともいうべき（ウィルソン自身はもちろんロマンティックと呼ばれることを嫌ってはいるが）関心の無限定性を含みながらも、決して「知的関心者のロマンティック」――ディレッタンティズムと呼ばるべきものではないはずである。にもかかわらず、私は、彼の新超人主義ともいうべき実存的宗教者の立場の中に、かえって一種根底なき知的ディレッタンティズムを感じざるをえない。そしてそこにまた、おそらくはウィルソンの意識しない地方性があるとも考えるのである。

ウィルソンのいう「アウトサイダー」とは何か？　それはこの新奇な用語法のために、何か新しい精神の姿であるかのように思われかねないが、実はわれわれがヨーロッパの歴史においてある定型的な精神の型として知っているものにほかならない。それは、人間精神のつくり出す周知のドラマの一つを象徴するものである。ウィルソンが「アウトサイダー」としてあげているおびただしい思想史的形象を思い浮かべるだけでそれは了解されるはずである。たとえばニーチェは「超人」ないし「反キリスト」のシンボルによってヨーロッパ思想史の深い亀裂を永遠に刻印した。その簡潔な象徴の徹底性に比べるならば、ウィルソンのアウトサイダーはむら気な、腹のすわらないロマンティックにすぎない、という印象を私はどうしても禁じえない。なるほど彼はアウトサイダーによって、神秘主義と科学の両極にまたがる思想家たちのアウトサイダー的本質とその課題を定義したかもしれない。それさえも私にはいささか自負心にみちた青年らしい衒学にすぎないと思われるが、ともかくも彼はそれによって、自己のヴィジョンと抱負とを規定しえたものとしよう。しかし、そこから彼が二十世紀におけるアウトサイダーの人間像を提示しようとするとき、われわれの見るものは、いわば鼻づらに人参をぶらさげて疾駆するヴィジョネールのごときものでしかない。彼はいう――

「アウトサイダーは、ヴィジョンによって見る人は、もっとも深く洞察した瞬間において、目的はただ一つしかないことを知る。すなわち、人生をはげしいものにすること、生命力を多く産みだすこと、人間を超人に変えること、これしかないことを。何を考えるにも、かれはこの点から始める。デモクラシー、ファシズム、コミュニズム、アナーキズムといった、社会救済策にすぎぬものを、かれは斥ける。そんなものでは、最高級の人間には束の間も目的を提供しえないことを、かれは知っているからである。そういった救済策を、かれは棄てさりはしない。しかし二次的なものとみなす。戦いの目的として、近くをしか見ぬ社会目的よりも、もっと大きな目的がなければならぬ。」

ここにはすでに一種の貴族主義的ポーズをとった俗物性が感じられる。もちろん彼がそのようなポーズをとらねばならなかった文明史的背景と、それに対する彼の批判的処理とはそれなりに理解されるものではあった。彼は現代におけるアウトサイダーの努力方向を次のようにいうのである。

「第一段階――芸術家と立法者が同じ人でなくなって以後、われわれの文明に何が起ったかを、芸術家が意識すること、言いかえれば、作家が歴史の意識をもつことである。第二は、といって重要さにおいて第一段階に劣らぬが、形而上の意識をもつこと（それも、サルトルが『嘔吐』で、カミュが『シジフォスの神話』で、それぞれもっていることを示したような形而上の意識を）。私が『アウトサイダー』のなかでそのあらましを述べようとしたのは、この意識についてであった。……」

そして、究極のところ、そこから生まるべきものは、「宗教的ヴィジョン、アウトサイダーのヴィジョンに基礎をもつ、新しい宗教の信仰の段階まで進んだ文明」と「最高級の人間」としての「超人」にほかならない。しかも、彼は、そのようなヴィジョンが「乱暴な想像」であるかもしれないことを認めつつも、現代文明はもしその種の「高級な人間」を生み出しえないかぎり「玉砕」するほかはないとし、そのような「危機の意識」をひろめるべく努めることこそが当面の必要であると説くのである。

すべてこのような主張の生まれてくる背景はわれわれにもまたよく知られているものである。そのような超越か没落かの発想の根拠について「証拠としてはただ『西欧の没落』とアーノルド・トインビーの『歴史の研究』を、まだ読んでいない読者には、参照されるようにおすすめしておく」とはウィルソン自身が平然と記すところである。何もこと新しい発言ではないのであり、宗教と神秘主義と、実存主義と反歴史主義との陳腐な装飾が一種の新しさの刺激をまとっているにすぎないように私には思われる。そして、個性的に目立っているのは、その感受性の多様性と自負心だけではないか。

同じ書物の中で、リンジー・アンダスンはウィルソンを批判して「新しいには新しいが、たいして役にも立たぬ インテリゲンチァ」と決めつけ、ウィルソンの「新超人理論のように、自分本位な、論理を無視した、反人間的な言葉で表現されるとなると、それを信用するわけにはどうしてもいかない。ウィルソンが〈自由主義的〉知識人を、ひからびた腑抜けだといって軽蔑するのは正しい。しかし、〈自由主義的〉知識人が己れの敗北感にもっともらしい理窟をつけているにすぎぬとするなら、ウィルソンはウィルソンで、彼の野心、優越感、権力への憧れに、もっともらしい理窟をつけているにすぎない。これでは、振子がやけくそに揺れ戻ったにすぎない」と批判している。さらに彼は「ここでも、問題なのはウィルソンその人ではない、われわれの生きている社会が、かくも未熟な、かくも貧弱な（また、かくも青くさい）哲学を筆にしただけで、一人の青年作家がたちまち有名になれるような、そんな社会だということである」とも記している。アンダスンという映画作家について私は知るところは少ない。ただ、彼がドリス・レッシングのように（また、オズボーンのように）、イギリスの知的社会の停滞と局地性に激しい憤懣をもっていることは、上記引用文を含んだエッセイからもうかがうことができる。レッシングは、ウィルソンの反ヒューマニズム、反マテリアリズムに関して「ウィルソン氏はいかにも、反ヒューマニスト、反マテリアリストたる権利は持っている。しかし自分の世代を代表して、そう発言するのは、彼の心にある救い難いイギリス流な局地性のしるしである。ウィルソン氏の属している極く小さな集団の外では、大勢の青年がヒューマニストでありマテリアリストでもあるのだ。例えば、中国、ソ連、インドの数百万の若者たちは」と記している。そしてアンダスンは、映画の仕事をとおして、イギリスの社会を反映する映画が、ポーランドや日本、フランスやソヴェトやセイロンの映画と比べ、いかにおどろくほど感動のないものであるか、いかに「俗物根性にそまっており、理解力に欠けており、感情を抑圧されており、現在の状勢・現在の問題に故意に目をつぶっており、時代おくれのすり切れた国家の理想にしがみついている」かを指摘している。

『若い世代の発言』は一九五七年の刊行であった。それはスエズ動乱の翌年、クリスマス島水爆実験の当年であり、イギリスの「時代おくれの国家の理想」がいかんなくその悪臭を発揮した年でもあった。この『発言』の中にもそれへの憤懣が所々に見られるが、オズボーン発言はそのもっとも激しい表現となっている。彼はウィンザーとフリート街とウェストミンスターと、すなわち王室と新聞と議会とによって構成されたイギリス社会の停滞と欺瞞性に向って眼のさめるような悪罵を放っている。教会もまたその例外とはされない。しかし、この書物の中のエッセイでは、彼の批判の矢はとくに王室に向って、「この愚劣な産業」と彼の名づける王室崇拝のシステムに向って、集中されている。そのレトリックのあるものは一世紀前に書いたバジョットを思わせるものがあり、辛辣さにおいては奇妙にも北一輝の国体批判を連想させるところが感じられる。ともあれ、やはり彼が「怒れる若者たち」の中の随一の才能の持主であること、彼の「怒り」がまがいものでない根底をもっていることは、その短い寄稿文からも明らかに感じとられる。それはウィルソン風のディレッタンティズムとは異質のものとさえ思われるのである。オズボーンが次のように王室を批判するとき、それはきわめて健全なイギリス下層中産階級の立場を表現している。

「王室は具体的な政治権力を奪われ、つまり必然的に倫理的その他の決断を奪われているから、却って大衆の想像力を他のいかなる制度にもまして捕える不明確な権力を持っている。独特な地位を占めているので、ある問題を解決し、ある決定をしようと勉めねばならぬという要請を受けることもない。批判から超越しているだけではない。自己の存在を正当化する必要からも超越しているのだ。これは不健全なことだ。つまり政治に対する奇妙な愚痴まじりのシニックな態度を奨励することになるからである。」

これはほとんどバジョット的であるが、ここで彼はイギリスのトーリズムの核心をなす「トーテム崇拝」（王室信仰）の非人間性を何のためらいもなく衝いている。しかし、同時にその反面において、彼はイギリスの社会主義者が「それを口外して票を失うこと」を恐れているかぎり、大衆を社会主義に向かって眼ざめさせることは不可能であるとも述べている。すなわち、保守主義の提示する「秩序あるハイラーキー」への反抗、労働党に代表される温情主義化され、かえってセクト化された微温的行き方への反抗、その間にはさまり、オズボーンの怒りは混乱し、氾濫している。しかし、彼のその怒りは本物であり、例えば同じ仲間と見なされるジョン・ウェインやキングズリ・エイミスとはっきり区別されるものである。

ところで、われわれはこれらの「怒れる若者たち」の思想の中に、どのような新しい人間の可能性を見出すことができるであろうか？　しばしばくりかえしたように、われわれがまず気づくのは、彼らの思想における一種の局地性ということであった。アンダースンやレッシングにはより国際的な視野のひろがりが認められるが、それとてもウィルソンやウェインに対する非難を通してあらわれているものであり、積極的な思想にまで高められているとは思われない。要するに文明の現状についての焦燥という点では共通しており、英国社会の進路に関するデッドエンドの意識においては同じである。そこから一方にオズボーンのようにアナーキイなエネルギーを体制にじかにぶっつけようとする態度が生まれ、他方にウィルソンのように「なんといっても、人間の自由の問題は政治上の自由の問題などよりも、はるかに大きなものである」という「形而上学」に傾斜し、実存主義的超人——具体的には「宗教的改革者や東方の賢者のもつような倫理的素質」へのローマン的アピールの態度が生まれる。彼らはいずれも包括的であろうとし、しばしば宗教的人間論と体制変革のイメージとの両極を掌握しようとして努めている。しかも、その到達する限界は、いぜんとして、王冠と国教とトーリー的貴族制の壁であるかにみえる。そしてその皮肉な印象が生まれざるをえないのは、彼らにおいてイデオロギーの権威が解体しているほどには、彼らの社会的生活秩序の壁や支柱がなお動揺してはいず、ウィンザーとフリート街的良識の権威がなお濃密なリアリティを保っているからにほかならないと思われる。例えばアンダスンがウィンについていうように「この調子でいけば、じきに女王の演説原稿でも書けるようになろう」という傾向が若い世代にあるとすれば、それはまさに英国政治における保守的要因の強力な作用によるものにほかならないだろう。そしてそれは、ウィルソンやオズボーンが、別々の方向から攻撃している「自由主義」的伝統の亡霊ということであろう。

2　日本の若者たち――破壊と逆説

ここでわれわれは、急ぎ足で「怒れる若者たち」とよばれるイギリス知識人の生態を見てきた。そして、そこに、相互に見事な形而上学的な、また、生活的な対立をはらみながらも、究極のところ、めいめいが己れの「信念」を吐露しているにすぎない有様をみてきた。まことにそれは己がじしの信条の告白にすぎなかった。不定の、未知のXがあり、それぞれの資質に応じて数個の連立方程式が提示されてはいる。しかし、問題の解答は彼らの解析をさらに一回り大きく上回っているようだ。もしくは、各自の存在自体がすでに一個の解答であり、問題でもあるという状況である。真の解答は、それら無数の存在自体の総合の可能性の中にしかないはずである。いわば問題が正しく立てられる以前のアナーキーな追求の様相が一般的である。ウィルソンの言葉でいえば「文明が精神的無秩序の状態におちいった時代の反抗」という逆説――「理由なき反抗」の逆説がその状況であるといえよう。それは、実存主義以前の実存の問題状況ともいえよう。そこには反抗の対象となる秩序がすでに存在せず、創造のための拠点も与えられない。いわば文明と文明批判のいずれもの原点が不在だということである。そこから、ウィルソンのいう次のように途方もない、しかし実感にあふれた発言も意味をもってくる。彼はいう――

「アウトサイダーは、過去の意識のすべてを、自分のなかに要約してもたねばならない。〈エンサイクロペディスト〉とならねばならない、云々」

すでに言及したように、このようなウィルソンの夢想的超越の思念はなんら新しい可能性を意味するものではなく、たんにその可能性の必要条件を形式的に提示したものにすぎない。しかし、われわれは、このような状況がまた、われわれ日本の若い世代の知的状況と同質の要因を含んでいることに気づかざるをえないであろう。

『若い世代の発言』(原名は Declaration) に呼応するように、日本の若い芸術家たちは、雑誌「三田文学」(一九五九・一〇) において、シンポジウム「発言」を企画した。以下においては、そこに集まった日本の青年芸術家たちの言説をとおし、そこにいかなる「新しさ」の可能性があるか、もしくは、せいぜいいかなる問題状況があるか、を考察することがテーマである。「発言」には浅利慶太、石原慎太郎、大江健三郎、城山三郎、武満徹、谷川俊太郎、羽仁進、山川方夫、吉田直哉らが参加しているが、ここではそれぞれの発言にすべてふれる必要はないであろう。これらほぼ二十代後半に属する人々に共通の精神状況を浮かび上らせるだけで足りるはずである。

総体としていえば、私はこれらの発言者の感受性や知的能力がイギリスの若者たちに劣るとはいささかも思わない。むしろ内省的な肌目の細かさでは、日本の芸術家たちの方がたちまさっているという印象がある。しかし、おそらくただ一つの点で、両者の感受性や思考形式には、決定的な差異があると私は考える。それは日本の青年芸術家の場合、反抗ないし敵対の対象に関して、たとえばウィルソンやホルロイドにとくにいちじるしい「形而上学」的発想が皆無であるということであり、それと構造的に関連するわけだが、たとえば反歴史主義者ウィルソンの場合にさえ見られるような歴史意識が欠如しているということである。それが決定的な差異であると思われるが、そこからは、さらに系として、同じく没形而上学的な感性主義に属すると思われる作家の場合にも、たとえばオズボーンと石原慎太郎もしくは大江健三郎との対照によって想像されるように（この対照はもちろん粗放だが）、その感性的反抗の反極にあらわれる体制像の明確さに質的な差異が生じてくる。いわばメタフィジクと感性のそれぞれの構造が異なるという至極当然の印象はやはり否定することができない。このことは、後の諸点にかかわりがあるが、ここではその指摘にとどめる。

他方、両者における知的状況の同質性は明白である。一方の発言は他方の文脈の中に容易に挿入し、補足的役割を与えることができる。たとえば――

「イギリスの生活は今のところ卑小で空転している。この島の住人は親切で明るく寛大であり、支配者たちがわれわれの作った富を、共産主義に対する戦争――合衆国が決心したら勃発するような戦争――の準備に、大量に消費することを主張するため、お上品な貧乏に段々落ちこんでいくことも、表向満足している。彼等は戦って退くという習慣を失なってしまった国民だ。移民することはあっても、叛逆することは、少なくとも根本原理については、しようとしない。」（レッシング）

「われわれの状況はあきらかな停滞の底にしずんでいる。社会的・政治的停滞が人間的停滞にいまやとってかわろうとしている。そして、われわれはその傾向にさからうためにふるい立つが、勝ちめの少ない戦いという印象は当初からまぬかれがたいのである。」（大江健三郎）

これらの状況的同一性を立証する発言は幾つも引用することができる。「社会的・政治的目標」の喪失感、「富裕階級のいい気持になっているエリート、おとなしい中産階級、勤勉で献身的な労働者」による身分的ハイラーキーの復活、そして「不安と出口のない理想主義」のひきおこすアナーキーなエネルギーの氾濫、政治的参加の衝動とその裏返しとしての高踏的政治離脱の衝動、さらには「王室崇拝」という「養豚飼料」（オズボーンの表現）のマスコミを通しての大量的販売、政治権力者の「光栄あるイギリス」等々のシンボル操作による伝統主義的再編成の努力――これらは、いずれもわれわれ日本の知的状況の与件と同じものである。わが国においても、そこに用いられた認識のカテゴリイは、多少の偏差を修正することによってそのまま使用することができるはずである。

ところで、日本の若い世代における思想状況の中に、たとえばオズボーンのような、もしくはウィルソンのような、ある典型的なタイプを見出すことができるだろうか。それはできる。たとえばそのような一つのタイプとして、石原慎太郎をあげることは問題ないであろう。この作家はその内部に含まれる幾つもの破滅的な攻撃的要素のために、かえってもっともよく現代日本青年の意識における混乱と倒錯を象徴していると思われるからである。

石原の見る、そして石原を包みこんでいる現代日本の知的状況、それはたとえようもない危機の姿としてあらわれている。彼の用いるレトリックと論理的範疇がいかに雑然たる誇張にみちているにせよ、また、彼の作品が時として小説の構成的枠組をはみだすほどに陶酔的な主情的リリシズムを氾濫させることがあるにせよ、彼の感受性のとらえる人間的危機の認識は少しも誤ってはいない。それは、一言でいえば、どこにもよるべき根柢を失いながら、なお人間であろうとする、根源的逆説を強いられた存在のいだく危機感といってよいものかもしれない。もっとも具体的にいえば、人間たることとの意味の絶望的な喪失の中で、いわば手さぐりの「肉体」と「実感」で、まさにその人間を確証しようとする不可能な試みが彼の作業であるということである。出口がないばかりか、回帰すべき原点もない状況が彼をつきうごかしているかのようである。そのことを、彼は「戦後を、この混乱と停滞を誰よりも享受したのは、われわれなのだ。なぜならわれわれにはその以前は殆どなかったのだから」というふうな、あいまいで、模糊とした言葉で表現したりする。いわばそこで彼は、すべての価値、それにともなう現実的な思考のカテゴリイ、それらの結合による文明適応の諸形式、等々の一切が解体したことの実感を現代の基本的条件と考えている。そこからは当然にいかなる行動も価値的には成立しえず、不可能となる。状況がそのまま人間行動の即自的意味によってしか規定されえないような文明状況は、しばしばアノミイという言葉でとらえられる。その言葉の本来の意味——「知覚の連続における常規性の亀裂」ということは、主体的には行動の無限の機会主義化を生じ、社会的には、人間のあらゆる連帯を不可能とする。石原におけるライト・モチーフが人間と人間との「亀裂」を、また、人間の純粋行動の成立要件を追求するものであることはその意味で必然的であった。

しかし、われわれは、石原という一人の日本青年における危機の認識様式が、実はそのまま石原自身の危機を必然化するという構造を見逃すことはできない。いわば、既成のあらゆる文明的価値の破壊者を自任する勇士が、いつの間にか体制の権力核の有効な因子に転化するという、歴史的にはありふれたプロセスの問題がそこには潜在している。たしかに、たとえばウェインが、トーリィズムの公正らしいスタイルを倣いながら「……だからこそ知性が、今日のイギリス人の生活にさし当って最も必要なのである。この知性は、国民性の回復、〈生活様式〉の回復のためにつかわれねばならぬ。そうなれば、いい意味での国民として誇りが、甦えることだろう」といった調子で書き、アンダスンによって、上にへつらい下にいばる俗物性まるだしと批判されねばならなかったのと同じような事情が石原の場合にも感じられる。一切の卑俗を斥け、全身的な破壊者として既成文明に立向う高貴な戦士のポーズをとりながら、もっとも巧みな、無恥な権力者の走狗になりおわった例は、わが国の現代史の中にも累々とその姿をつらねている。そして、その過程が石原において開始されているか否か、それは私の知るところではない。しかし、たとえば彼が『挑戦』において、ある具体的形象として現代人の人間的復権を物語るとき、そこに明朗な声で告げられているものは、前に引用したウェインの文章の思想とそれほどちがってはいないのである。彼が人間の復権を「民族」の名によって義認しようとするとき、それは彼の勝手である。しかし、それは同時に彼がその破壊目標とした日本の文明的既成体の擁護者となり、そのための青年向き広報機関となることを意味することになるのは間違いない。それはすべてのロマン主義者の宿命のようなものであった。フランス革命の讃美からカトリック的階級支配への帰依という構図は現代もなおそのアナロジーを厳密につらぬいているからである。

しかし、いったいどこが間違っているのか？　たとえばウィルソンの危機認識は正しいが、その実存的宗教者は間違っている。石原の現代文明への批判は正当であり、その人間復権の素朴な要求は正しいが、その方法的なヴィジョンは間違っている。それはいったいなぜか？　問題をたとえばそのように絞ってゆくとき、われわれはより深い次元で、また、より広い視野のもとに、現代的人間の存在論を問いつめる必要を感じる。それは次節の主要なテーマとなるはずであるが、差当りここでは、改めて石原の問題を考えておくことにしたい。

石原の着想――それは「文明の迷信を迷信として祭り上げて嘲笑し、既成の価値論理に支えられた観念的諸関係諸形式をすべて破壊してしまうことだ。それらの総てをネグレクトし、当初は彼一個人の、粗野でも生々しい、肉体主義的な、宇宙的な、価値判断で、いや価値判断とまでいかなくとも、その情念で行動するような人間を創り出したい。そして作者自身がそうなりたい」ということだ。このような情念は、たとえばウィルソンの「アウトサイダー」――「超人」の思念に含まれるものとどこか似ている。石原がそのような考えの成功をどの程度信じ、または信じていないのかは、彼のレトリックからは少しもわからない。しかし、たとえばウィルソンは「文明が精神的無秩序の状態におちいった時代の反抗者」としてのアウトサイダーから「文明が生みうる最高級の人間」すなわち「超人」をつくり出すことを自己の努力目標として掲げ、その成否は不可知と言い切っている。ところが、石原は「壊して殺して息がつづけばその後、創るのだ」という肉体主義そのままの曖昧な用語で価値破壊者の未来を述べているにとどまる。もともと、石原における逆説は、既成価値の破壊のためにいわばアプリオリに与えられた根源的価値が前提されていたということである。それはいわゆる「肉体的実感」と「若さ」のことにほかならないが、ウィルソンにおいては、さすがにそのような文明論的誤謬は存在しない。石原においては、そのような「青年の特権である肉体主義」の価値明証性はいわば盲点としてその思考領域から排除されていた。それが彼の思想や行動の無方向性を規定していることは容易に気づかれるところであろう。端的にいうならば、戦前と戦後の日本社会の伝統の（表見的な）断絶の中で、イギリス社会とは比べものにならないほど急速にアノミックな状況が展開したために、石原や石原の追随者たちは本来的な価値破壊の視点を定着する余裕を与えられなかったのだ。彼らは崩壊した社会的秩序の即自的状況の中に、唯一つ残存した「肉体」という存在を自らの創造的方法と錯覚するほかはなかったのではないか。それは本来的に破壊の武器ではなく、その生育とともに必然に膨脹して、むしろ古い政治と社会の体制に順応するほかはないものであった。いわゆる「自然成長」の思想経験の教えるように、それは権力と体制に依存する時にのみはじめてその本来的機能を実現する。破壊――建設という行動のダイナミズムは、その自然の本質には属さないからである。

3　「新左翼」のイメージ

さて、われわれは「怒れる若者たち」と呼ばれるイギリスや日本の青年たちの知的状況を簡単に見てきたが、いずれの場合にも、ある共通の危機意識がいだかれていること、そして、そこに問われている新しい人間像の可能性がたえず超越と総合の方向を志向しながらも、反面体制の側からの巧妙な「伝統と慣習」の再編成、マスコミによる新たなシンボルの創出等によって、むしろ伝統主義的な「神話」の方向へ、イギリスならば光輝ある保守へ、日本ならば「民族」と「繁栄」の幻想へと組織化され、体制化されてゆく気配もまた濃厚であることを知った。むしろ、これら「怒れる若者たち」の出現そのものが、戦後世界の体制的変動期の明らかな徴候と解さるべきものにほかならないはずであった。イギリスのたとえばオズボーンが、マクミランの欺瞞――クリスマス島の抜打ち的水爆実験に憤りをもやしたこと自体が、イギリスの威信政策（Policy of prestige）という権力的現象に刺激されたものにほかならなかったし（この点、日本の若者の場合、大江健三郎を除いて、とくにたとえば石原のように、権力＝体制のイメージがつねにむしろ肯定的に把握されていることと対照的である）、日本の「怒れる若者たち」の場合にも、それがむしろ体制的成熟の過程にあらわれた過渡的現象であったことは、たとえば石原の行動論の権力過程への接近傾向、江藤淳の啓蒙主義的反政治論の同様のものへの傾斜という両極化的現象によって、かなり印象的に了解されるかもしれない。それらを含めて、「怒れる若者たち」の動向はそれぞれの内面的深化のゆきつくところ、むしろ現存の体制像のより洗練された補完という役割へと分化・吸収されることにおわる可能性がつよい。そして、その場合究極の合言葉となるものは、C・W・ミルズの言葉をかりていえば「クローム・メッキしたどんづまり《デッド・エンド》」「自由主義のポーズをとったレトリック」の意識――「常識に還れ」の立場にほかならないであろうと私には思われる。

　さて、ここで、私はいわゆる「新左翼」の問題、ウィルソンや石原や江藤のおしゃべりを超えた地平に、新しい人間像の可能性を探る順序になった。もちろん、そこにたとえばウィルソンのレトリックをさえ真に超越した人間たちを見出すことができるか否かは不明である。ただ、私の直観によれば、おそらく彼らの中にこそ、局地性と修辞的とんぼがえりの悪習に抵抗しうる素質をもった人間たちを見出しうるはずである。なぜなら、現代における新しい人間の可能性は、ただイギリス的な、日本的な、ないしNATO的な「局地性」を越えうる次元においてのみ、また、ウィルソン風の「西欧の没落」の逆説的超越という形に関わりない立場においてのみ、その根底を保つことができるからである。そして、そのような立場は、現実的にはいわゆる「新左翼」の形をしかとりえないだろうからである。

しかし、新左翼とか何か？　私はこの概念に対する比較的正当らしい定義というものを知らない。わが国においても、それは反日共的左派インテリゲンチァ、全学連シンパ、いわゆるトロツキストないしは構造的改良派を含めた社会主義者等々に対する漠然とした呼称として無差別に用いられているようである。また、たとえばイギリスの「ニュー・レフト」がいかなるイデオロギーをいだいているのかもくわしくは知らない。ただ、ミルズが「ニュー・レフト・レヴュー」に寄せた手紙の中には、いわゆる「新左翼」のイメージと問題点がかなり正確にうかがわれるように思われる。しかし、そこでも、ミルズは、むしろ現代における知識人間の一種の流行――「おもに多少とも〈文化自由会議〉および〈エンカウンター〉誌に協力している知識人サークルのなかで始まった」ところの、「現在という一時期にそして富裕な〈西方〉の社会という一地域に集中している、じっさいの年齢よりも早く中年になった人達のあいだでのみ通用する、自己満足のスローガン」であるところの、そして、われわれならそれを簡単に新保守主義とでもよぶであろうような思想傾向に対する対立者として「新左翼」を規定しているのであり、その限りで積極的な定義を行なっているとはいえない。ただ、彼によって、現代における「新左翼」の可能性を考える幾つかの基本的視角が明瞭にされていることはたしかであり、それは少なくともわが国の「新左翼」についても、正当な視角を提示するための、手がかりとはなるはずである。

「新左翼」のイメージは、まずそれに対立するもののイメージによって明らかにされるだろう。ミルズによれば、現代における「右翼」的な文化的作業の意味するところは、まず「社会主義へのなんらかの実際的参加にたいする幻滅感」を知的に称揚する態度であり、もはや政治的・イデオロギー的にいって真に重要な論争点は存在しないという立場のことである。すなわち、イギリス的な「混合経済プラス福祉国家プラス繁栄」という公式の上に立って、「米国資本主義はこん後も引きつづき実行可能であろう。福祉国家はこん後も引きつづき前進していよいよ大きな正義を実現していくであろう」という仮定事項の信奉を洗練された方法・様式によって、説きたてるもののことである。彼らは第一に現状の正当化、政治的帰属の放棄をその根本的前提とし、第二に「経験主義の物神崇拝」と「認識論上の優秀性」のよそおいを特色とし、第三に変化の歴史的原動力と「現行制度との同一視」にもとづく「実践的・柔軟・率直」な態度の称揚者であり、第四に政治的・人間的理想の否認の支持者である。これらの特徴は、ミルズが、NATO知識人の一般傾向としての「イデオロギーの終末」観について指摘したものであるが、それがわが国知識人のあるもの、たとえば福田恆存に関してもかなりの程度あてはまることは容易に気づかれるかもしれない。その場合、ミルズのいう「政治的自己満足のイデオロギー」という表現は「常識の自己満足」と置きかえることもできるであろう。

現代における「左翼」は、これらの態度に対する反対者である。その場合、彼らは、他の一方において、伝統的左翼のイデオロギーに対しても抗争を強いられているが、ミルズのエッセイではその点に対する強調は比較的弱い。ただ彼は、いわゆる「イデオロギーの終末」論者たちの心理的基盤が「スターリニズムのイデオロギーにたいする機械的反作用」にあり、そのために「敵対者であるスターリニズムの内的資質のいくらかを受けついでいること」、また、それに関連して、彼らは「NATO世界の社会主義リアリズム論者……ただし、自己にあわせて調整されている、というか、むしろ流行にあわせて調整されている社会主義リアリズム論者」ではなかろうか、という、鋭い視点を提示しているにとどまる。

この点、日本の「新左翼」の場合は、やや事情の内面性において、複雑な問題がある。というのは、おそらくNATO世界における思想の中で、マルクス主義の占める機能と意味とが、日本の思想伝統におけるそれと異なるという問題に関連する。たとえば、ミルズは、その新左翼のイメージを「新世代の知識人」を主体とする「ユートピアニズム」に求め、そこに「歴史的変化の生きた原動力」を想定しようとしている。それは、日本の知的風土では、たやすくは提示しえないようなイメージである。なぜなら、わが国においては、伝統的マルクス主義の発想に拘束されない知識人の形成基盤は必ずしも広範ではなく、マルクス主義思想の特権的インテリ層による実体化・物神化はたえず再生産される傾向を有するからである。ここでは詳論する余裕に乏しいが、要するに日本の新左翼は、ミルズの予想するような問題状況よりも、はるかに困難な立場におかれているということである。それは日本に固有の「局地性」ともいうべき状況にたえずさらされていることでもある。

たとえば、日本における「新左翼」の中核的エネルギーが学生層にあることは、サルトルやミルズによっても国際的に承認された事実である。日本の社会階層のうち、ミルズのいう意味での「ユートピアニズム」——「文化批判と政治批判とを結びつけ、またこの二つの批判と要求および計画とを結びつける」作業にもっとも精力的に従事しているものは、学生層にほかならないであろう。このことは、広い意味で、つまり、現代世界史の動向の中で承認さるべき簡明な「要点」というほどの意味で理解さるべきであり、ジャーナリスティクな意味で、ないしは「理論闘争」のさまざまな規定との関連でいわれるのではなく、いわんやさまざまなモラリズムの観点からいわれるのでもない。ただ簡単に、現代世界の構造変化の理論と戦略をまじめに追求している世代ならびに階層の所在という意味でそうなのである。しかも、この階層において、日本の場合、まさにさまざまな局地的条件の浸透が問題となるのである。それは、まず日本における既成左翼の攪乱作用の強力さとそれへの反撥という動機の複合によって、構造変化のための強力な理論活動がたえずムード化に流されるという傾向のことであり、次には、おそらく世界の「新左翼」の場合に例を見ないことがらだと思われるが、敗戦の経験による世代断絶の深刻さのために、理論と思想形成の方法論的操作に特有の困難があるということであり、さらに、もっとも根本的だと思われることは、体制信仰へのラジカルな反抗がたえず陥入らざるをえなかった「理論信仰」の陥穽が、いぜんとして若い世代の政治思想家たちをも待伏せしていることであろう。この最後の点は、ミルズもまた「新左翼」のもっとも劣っている戦線として指摘している「社会・歴史・人間性についての理論」の弱さと関連するはずであり、われわれが現在読むことのできる

「新左翼」理論家たちの思想もまた、しばしばその点において、幾重にもの錯誤を含んでいる。そして、それらの複合的な状況の中に、現代日本の「新左翼」は広範な流動をくりひろげている。

しかし、この集団のみが、同時にこの「局地性」ないし「過渡期性」を乗り切ることのできる唯一のものではないかと私は考える。この場合、彼らの人間論がいかなるヴィジョンと結びつき、いかなる行動原理を創出するかという問題については、これを他の機会に委ねるほかはない。ただ、彼らが歴史と人間、政治と人間に関する全体的ヴィジョンをたえず追求している限り、それはなによりも倫理的な正しさを主張しうるのであり、たとえばウィルソン風の超越とかかわりない形で、人間的実存の総合を達成しうるはずである。

『若い世代の発言』は小池・檜口共訳本から、ミルズの言葉は『みすず』（一九六〇・一二）掲載の、「現代の知的状況」から、それぞれ引用した。

戦争世代を支えるもの

この十四日から、銀座の松屋で「平和のための遺書展――戦没青年を偲ぶ」という展示会が行なわれている。その会の手伝いをしながら、私の感じたことから書いてみたい。

まず、当然のこととはいえ、いまもなお遺族・友人の手もとに保存されている遺品の尨大さには目を見はるものがあった。私たちの集めたのはわずか百数十人の遺族から提供されたものにすぎないが、それでもそのおびただしさと多様さには呆然たらざるをえなかった。

遺書・遺品は遠く一九三〇年代にさかのぼって集められた。したがって、すでに戦前からほとんど伝説化されて私たちの記憶の中にあるいく人かの人たち――たとえば「太田伍長の手記」の太田慶一氏とか、アララギ派の歌人渡辺直己氏の遺品などが現実に眼の前におかれたときには、ほぼ四半世紀にわたるその残存の確実さに、私たちは改めて驚異の念にうたれた。戦後でいえば、塩尻公明氏の「或る遺書について」でひろく世間にも知られた木村久夫氏の遺書――田辺元氏「哲学通論」の余白に記されたという、その現実の「哲学通論」を手にしたときにも、同様にまた遺品のもつ原初的な迫力が私たちをうった。

思えば、戦後十九年の間、私たちはさまざまにあの戦争の歴史を解釈し、おびただしい歴史記述の中にその意味を定着し、事態と人間の行為との間に生じる諸関係を理論化し、体系化しようと努めてきた。いわば、そうして歴史を私たちの観念に従属せしめようとしてきたのである。しかし、それらの遺品は、やはりいかなる理論や解釈によってもびくともすることのない確実な、自立的な物としてそこに実在した。さまざまな歴史観とそれらの遺物とは、ほとんど関係をもたない別のもののようにさえ思えてくる。

考えてみれば、それが当然のことかもしれない。かつてのあの戦争の実在は文字に書かれた太平洋戦争史、もしくは大東亜戦争史によって保証されているのではない。その実在は、もっと確実・明瞭な形象として、つまり、ある個人の遺品のように疑いようのない物の姿をとるか、もしくは、幾十年もの間、それらを保存した多くの具体的な人間の心や行動という姿をとるかして、根源的に保証されているのであるから。

もう一つ、ある遺族のところで戦死した海軍兵学校出身の爆撃隊員のアルバムを見ているとき、私は思いがけぬ個人的な発見をした。それは、私にとって、眼を洗われるような思いであった。

そこには、関行男大尉（最初の神風特攻隊敷島隊の指揮官）の写真を含めて、ほぼ二十一、二歳と思われる三十人ばかりの航空将校が、一人一人手札型の写真で並んでいた。私が思いがけぬおどろきを感じたのは、一人一人の顔写真の中に、中学時代の級友Kの肖像を見つけたときである。

Kは中学卒業と同時に海兵にはいり、生き残って、いまは郷里で健在である。ずばぬけて聡明でもあり、不敵な反権威主義者でもあった彼のことが、私には戦後わからなくなることがあった。どうして彼はあのように変わったのか、かつての明朗な放胆さがなぜ消えてしまい、なぜむしろ小心善良な家庭人の姿勢を装おうとするのか、なぜ彼の名前の部分が、私の調べた海兵同期生の名簿の中では空白になっているのか。彼は同期生をさけているのだろうか、それとも、何をさけているのか。――私は、東京で暮らしながら、しばしばKのことを思い浮かべることがあった。そして、いま、はじめて二十幾年前のKの戦争期の姿を見て、ハッとさとるような気持ちをいだいた。――

彼は、さいごまで特攻隊員たることを頑強に拒否したか、もしくは、特攻隊員として出撃しながら、死に就かなかったか、そのいずれかにちがいない、と私は直感した。別に戦友四、五人と写っているKの表情は、唇に浮かぶ精悍さと、眼ざしの深い内省とを同時にあらわしている。その眼ざしは、そのことを明らかに物語っているように私には思えた。

Kは、戦後、何かに恥じらうように生きている。しかしそれは、たんに死におくれた者のうしろめたさなどではない。この一種説明しがたい感情は、およそあの戦争の時期に、その同輩の死を次々と経験した人々には通有のものではないかと私は思う。それはこの世の諸関係に対する含羞というものではなく、人間の相互関係につきまとう感情や思想というものでもない。それはほとんど存在としての羞恥であり、いわば知られざる神の前におかれた無の意識である。戦争がもし彼らにとって可視的な絶対者であったとすれば、その終焉は彼らにとって明らかに神の喪失であり、しかも彼らは神の不在を信じきるには、あまりに生々しくそれを見たのである。彼らは、こうして、たえずいまは隠された者の眼ざしを意識しながら、戦後の生という不条理の試練にたえねばならない。彼らは人と世に対してはむしろ気にしないのである。

話がおのずからいわゆる戦争世代の心情という方向に傾いたが、もしそれをいうなら、この世代の心性の中には、知られざる神に対する恐怖もしくは羞恥の心とならんで、怨恨ないし憤怒というべき実質もまた認められる。しかしここでも大切なことは、これらの心性がその後の世代に関してしばしばいわれる挫折感というのと、微妙に異なるということである。その点をもっと簡明にいえば、前述のように戦争世代にとって、世間志向の契機は後者ほど優越していないため、怨恨、憤怒といっても、心理学的実証の素材にはなりにくいということであろう。戦争世代は戦争において心理学を学んだのではなく、むしろ神学と形而上学を学んだという気味があり、そこらの表現のくいちがいが、しばしば無用の混乱をひきおこしているともいえそうである。たとえば作家三島由紀夫氏などは、その意味での誤解をひきおこすことにもっとも巧みな才能といってよいかもしれない。

ところで、前述のような心性を前提としてそこからさまざまな思想家の型が生まれてくる。恐怖ないし羞恥という実質は、およそ生活もしくは仕事における方法主義者＝スタイリストとしてあらわれる。戦争世代を代表するような政治家・実業家・学者・作家の中に、そのタイプを見いだすことはむずかしくはないであろう。ただ、いまのところ方法的乱心の天才ともいうべきファシストがあらわれてこないだけである。

もう一つの実質としての憤怒ないし怨恨の心性からは、彼が独創的である場合はさまざまなカリスマ的タイプが生まれてくる（独創的でない場合はモノマニアになる）。谷川雁氏、吉本隆明氏の場合がそれであり、鶴見俊輔氏、藤田省三氏などにもいく分その気味がある。彼らに共通しているのはいずれも常識的には異常と思われる体験をくぐっていながら、それをほとんど気にかけようとしないことと、常識的には平凡と思われる体験に向かって、しばしば獅子のように挑みかかることである。前者の方法主義者が知られざる神を期待するがために仮面の生を計算するものとすれば、後者はおのれの中に隠された原理の内在を信ずるものといえるかもしれない。

しかし、これは近ごろ気づかされたことであるが、戦争世代もしくは戦中派といっても、その概念の内包は、いつの間にか徐々に拡大ないし拡散する傾向があるのではないだろうか。元来、ある世代の固有の枠というのは流動的なものにすぎないが、それでもたとえば政治学者丸山真男氏と作家山口瞳氏とでは、やはり同じ世代とは普通いわないであろう。ところが、山口氏の作品の微妙な含羞の実質はまさしく上述した戦争世代のものであるし、丸山氏の政治学的著作もまた、戦争体験を抜きにしては考えにくいものであろう。現に昨年オックスフォード・プレスから出版された氏の論文集のバック・フラップにある簡単な著者紹介をみると、丸山氏が戦争中陸軍一等兵であったことをわざわざ記している。それはたんに日本の軍隊というのは奇妙なところであったという説明のためにではなく、やはり必要な著者紹介として付記されたものと私は思う。

かつて、四年前の安保闘争の時期、あるイギリスの新聞はその闘争を二つの世代の戦いとして解説していた。つまり、かんたんにいえば、日本の世代構造は戦争も悪くはないと思っている世代と、それを憎悪する世代の二つから成り立っているという簡明な見かたであるが、近ごろの私の感じでは、だんだん世代論はそういう大まかな方向に収斂されてゆくようにも思えるのである。たとえば「近代文学」の終刊ということもまた、戦後二十年間の古典的な世代観の終焉を意味するととることもできそうである。

戦後、確実に十九年目の夏が来た。広い意味での戦争世代は、ようやく而立から不惑にはいろうとし、ある者はすでに知命の域に達している。

かつて、ギリシャ思想の精髄を形づくったものは、ペロポネソス戦争期に成長したグレート・ジェネレーション（大世代）であったといわれる。ペリクレスも、ヘロドトスも、ソクラテスもこの世代の人物であった。しかも、その戦争は二十七年間にわたったのである。

わが戦争世代の戦争は十五年間といわれる。しかし、試みに太平洋戦争期の戦略地図を広げてみるがよい。反攻と防禦の矢印が、たとえば現在東南アジアをめぐって、この二十年間、ほとんど変わっていないのを見いだすはずである。私たちにも、望みなきにあらずといいたいところである。

あとがき

雑誌「文学」(一九五八年四月号)が「昭和の文学(その一)——日本浪曼派を中心に——」を特集したとき、私も「日本ロマン派の諸問題——その精神史と精神構造——」という二五頁ほどのエッセイを寄稿した。このエッセイは、資料的には少し珍しいものも含んでいるが、全体として重複のきらいがあるので、本書には収録しなかった。ただ、その冒頭に付した「はじめに——世代的回想として」という二頁ばかりの文章は、私にはあるなつかしさがあるので、ここに再録しておきたい。

日本ロマン派がいわゆる「十五年戦争」(鶴見俊輔)の中期以降、かなり広汎な青年知識層によって読まれ、熱烈な追随の対象となったことは、今でもその世代のものには忘れえない記憶である。とくに、その異様な文体のリズムとなぞのように耽美的な情感によって、青年層のあるものにカリスマ的な魅力をもった保田与重郎の名前は、しばしばその頃の思い出として今だに口に上されることが少くない。もし少年期から青年期へかけての人間が、必ず自らの偶像として何人かを撰ぶとするならば、保田も明かにそのような意味での偶像であり、それよりもやや早い青年達が、小林秀雄を英雄化したことと同じ意味合いをもったといえよう。むしろ、私の推察では、保田の影響範囲はもう少し広く、そして年少の層にまでひろがり、階層的にも、都市インテリゲンチャのワクをややはみ出す傾向もあったのではないかと思う。徴用者、少年工、運転手といった人々にまで、あるていど浸潤することがあったのではなかろうか。いわば、インテリゲンチャの第二類型とよばれるものを中心としながらも（戦争にともなう第一類型との無差別化の事情もあって）、それはもっと広く下降する傾向があったと思われる。しかし、これらのことは、やはり推定にすぎず、私のわずかな見聞が、ややそれを裏づけるにとどまる。

いずれにせよ、日本ロマン派、とくに保田与重郎は、ある一時期の一部の青春像にとって、トータルな意味をもった精神的存在であった。そのトータルという意味は、それがその世代のものにとって、自分達の存在様式を保証し、正統化する意味をもったということである。

一昨年の春、特集「文芸春秋」の一冊として出された「赤紙一枚で」のグラビヤ・ページの中に、人はその歴然たる証拠の一つを見ることができる。そこには「学徒出陣」のさいに東京帝国大学総長内田祥三から贈られた日章旗の写真があるが、その旗に記された幾多の寄書の中に、一きわ鮮かに墨痕をとどめているのは、「尊皇攘夷保田与重郎」の文字である。それは、例外的とはいいえないものであった。たまたま、そこに記された寄書の名前は、私にも親しいものが少なくなかったが、それは特別の人々であったり、かわったグループであったのではない。そのことは、かつて保田の「ファン」であったそれらの人々が、現在ではことごとく善良な（？）家庭人＝社会人のコオスをたどり、会社重役から映画監督、ジャーナリスト、官吏、銀行員等々として生活していることでもわかる!?

現在でも、その頃保田のものに心酔した友人たちと語っているとき、「日本ロマン派」とか保田与重郎という名前が、甘美な少年時代の共通な秘密を口にする時のように語られることがあるのにきづく。それは必ずしも実在の人間の名前としてではなく、一種共通の夢想に与えられた触媒のようなひびきさえもっている。そしてまた、「それは日本ロマン派だよ」という評語によって、なにかおたがいの生存そのものにユーモアとイロニイを感じあったりする場合がある。しかし、それでは、お前は保田のこれこれの著書について、いかなる解釈をもっているか、と詰問されても、私たちの多くは答えることができないであろう。まことに頼りない話であるが、それが実際である。私たちの世代は、めいめいの心の奥底において保田の暗示を情緒的にうけとめるにとどめ、それをお互いに語り合って、概念的に確かめようなどとはしなかったようである。

しかし、いうまでもなく、そのことは、私たちが、今だにロマン派であるということとは関係がない。ただ、日本ロマン派という、私たちにとってかなり自明なある原体験が、他の多くの人々にはよくわからないらしいとしたら、それは愉快なことじゃないかといったていどの、苦々しい反省は含むようでもある。

そのようなものとしての日本ロマン派は、私たちにまず何を表象させるのか？　私の体験に限っていえば、それは、

命の、全けむ人は、畳菰、平群の山の
隠白檮が葉を、髻華に插せ、その子

というパセティクな感情の追憶にほかならない。それは、私たちが、ひたすらに「死」を思っ

た時代の感情として、そのまま、日本ロマン派のイメージを要約している。私の個人的な追懐でいえば、昭和十八年秋「学徒出陣」の臨時徴兵検査のために中国の郷里に帰る途中、奈良から法隆寺へ、それから平群の田舎道を生駒へと抜けたとき、私はただ、平群という名のひびきと、その地の「くまがし」のおもかげに心をひかれたのであった。ともあれ、そのような情緒的感動の発源地が、当時、私たちの多くにとって、日本ロマン派の名で呼ばれたのである。

いささか詩的な表現を用いれば、日本ロマン派の詩人伊東静雄が書名に題した「春のいそぎ」の心持をそのままに、私たちの心せわしい支度の雰囲気を、鮮かに彩った全体のトーン、それがつまり日本ロマン派であった。

「『夏花』から『春のいそぎ』への変貌に、私は今、卓抜な浪曼的イロニイを感ぜずにはいられない。かつての青春において、反時代的青年の孤独な詩心が培った詩作は、自分がいまや失った青春をうけついだ次の時代の青年たちの、一つの時代の中に生き、その時代とともに滅びた情熱の裡に、清冽な感情移入を企てた詩作へと移ってゆく。それこそ浪曼的イロニイというべきである」(「伊東静雄」)。三島由紀夫はそのように書いている。そこにいわれる移行の姿の中に、私たちは自分らの多くの仲間の群像をうつしてみることができる。そのようなものとして、日本ロマン派は、私たちにとっては、「昭和の日本の青春の夭折の予言」(三島)として回想されるのであり、「国粋」「右翼」「反動」とよばれるには、何かそぐわないものとして思い出されるのである。(右翼グループは別にあったし、それはかしわ手とみそぎのグループとして、敬遠ないし黙殺されていた。日本ロマン派は、高校時代におけるフランス・サンボリストの徒、ボードレールやランボオの心酔者、ドストエフスキーやリルケの徒とも矛盾することなく交錯していたのである。）

戦後、日本ロマン派は全く抹殺され、黙殺されてきた。それには、しかるべき理由があったし、それについては、後にふれることにする。しかし、戦後のいわゆる「デモクラシイズム」の風潮にもかかわらず（それ故にか？）、日本ロマン派の提示したはかないような問題意識は、それとしてどこか奥底の方でよどんでいるという感じを私はいだく。それは恐らく、いわゆる反動・復古主義の動向とかかわりない形で、しかも、それに随伴する逆説的な否定的エネルギーとして、再び同じ精神史上の笑うべきドラマを現すかもしれない。かつてそれがあったと同じ意味で、しかも自ら再び登場することの愚劣さを自らのイロニイとして。

本書に収めたエッセイのそれぞれについて、とくに「日本浪曼派批判序説」については、早くから多くの人々の評価と批判を与えられた。同人雑誌に気ままなスタイルで独白的に書きつづけていた私にとってそれらは多く「まさか」と思われる当惑を与えた。とりわけ「連載の力作」などといわれると、率直にいって答えるすべを知らなかった。「力作」とか「研究」とかをものするような人間だったら俺はこんな風じゃなかったろうになあ、などと感じた。ただ、初めの頃、丸山邦男、藤田省三、久野収などの友人・先輩が、それぞれ独特のことばで言ってくれた評語はぼくを喜ばせた。それと、ぼくが内心ひやひやしながら気にしていた丸山真男先生が、じかにはひとことも批評されなかったのもぼくには嬉しかった。さらに、平生評論の類を見むきもしない有能な実務家であるような友人の誰かれが、わざわざ「同時代」を買ってくれているのを知ったときも嬉しかった。かれらも、おりにふれて、あの日本ロマン派の体験をその内面において追求しているのである。

新聞・雑誌その他で批評を与えられた人々で記憶しているのは、林富士馬、小田切秀雄、平野謙、佐々木基一、鶴見俊輔、大岡信、竹内好、江藤淳などである。別の意味で影山正治、保田与重郎の名前も記しておくべきかもしれない。それらの批評に対して、なんらかの回答を行うことは、現在ぼくには不可能であり、とくにぼくは何かを積極的に打ち出したものとは考えていないから、差当りその必要もないと思っている。ただ「序説」といういかめしい題名は一種のてれかくしであり、「本論」とか「完結」とかを予想するものでないことは付言しておきたい。要するにこのエッセイを、ぼくは完結したものとはみなしていないし、かといって、再説・本論を必要とするものともみなしていない。「序説」というのはいわば不定法で用いられている。

一部の「補論」と二部のエッセイとは直接には書名に関係ないものが含まれている。これらについても弁明したいことは多いが、今はこのままにするほかはない。ただ、たとえば江藤淳などとくらべて、なんと下手くそな文章であることかという感慨を新にする。

最初の「日本浪曼派批判序説」は同人雑誌「同時代」の四号、五号、六号、七号、八号、九号に連載された。四号は一九五七年三月、九号は一九五九年六月に発行された。しかし、九号ではなお未完であり、一〇号には掲載されなかった。それはこのエッセイの終結部分（七「美意識と政治」）を書きあげて本にするのが、一〇号刊行以前になる予定であったからである。しかし、その執筆がおくれたため、「同時代」ではぽつんと切れたことになってしまった。

本書に収録したすべてのエッセイは、註の部分を含めて、すべて掲載当時のままである。むろん字句の修正ていどのことは行ったが、削除・補筆などは行わなかった。その必要を感じなかったのではなく、結局同じことならもとのままにと思ったからである。

本書の刊行にさいして、私はあるやましさを感じている。それは、「コギト」「日本浪曼派」「祖国」などという入手困難な資料を久しく拝借している人々の厚意に対して、あまり酬いるところがなかったということである。とくに、杉浦明平さんからは、多数の貴重な資料を拝借しながら、それを十分に生かしていないことで気がとがめている。他に、資料の点でお世話になったのは、友人の知念栄喜、樫原雅春の二人である。

なお、本書の編集作業はほとんど未来社の松本昌次、松田政男をわずらわし、装幀では「同時代」の曽根元吉の厚意に甘えた。私はただあれよあれよと見ていただけである。

しまいに、慣例的な意味でなく、かつて私の編集者時代の上役であり、現に私的にも種々厄介になっている未来社の西谷社長に改めて感謝したい。

本書の中に引用されている多くの人々——とくに丸山真男先生への感謝はここでくりかえす要はないであろう。

一九六〇・二・一九、駒場寓居にて

著　者

増補版 あとがき

1

本書初版が出されたのは五年前の昭和三十五年二月であった。こんど版を改めることになったのも、前同様、未来社の好意によるものである。

2

初版との異同を初めに記しておくと、新版のⅠは初版のⅠに補論四―七を増補したもの、Ⅱは初版にはなく、すべて新たに収録したもの、Ⅲは初版Ⅱから「ウル・ファシスト論」「二つの超克論」の二つを削り、新たに「現代的とは何か」「戦争世代を支えるもの」の二つを補ったものである。新たに増補したエッセイはすべていちど印刷されたものである。初版掲載の文章について、誤植や字句・引用の誤りなどを訂正したことはいうまでもない。また新収録の文章にも若干の手が加えてある。

3

増補ないし削除の理由は、初版に示された著者の発想なり、思考展開の筋道なりを、ありのままいっそうわかりやすくしたいと考えたからにすぎない。とくにⅡはそのための配慮である。この新版によって、著者の考え方は正邪ともに、より鮮明になったであろうことを希望している。

4

著者の日本ロマン派関係のエッセイとしては、他に「日本ロマン派の諸問題」という小論文があるが、これは『歴史と体験』（春秋社・昭和三九年六月刊）に収められている。それ以外の、多少とも日本ロマン派に関連した著者のエッセイは、すべてこの新版に収録されたことになる。

5

この五年間に、日本の思想的クリマの変動は著しいものがあった。とくに、いわゆるネオ・ナショナリズムの再生にともなって、政治と思想の領域においては、多くの悲喜劇的出来事が進行しつつある。広義における日本ロマン派の再登場ということも、初版あとがきで予告しておいたところであるが、著者はさしあたりそれらの現象を逐一論評する興味をもってはいない。この新版が、旧のまま「批判序説」として提示され、新たな論点を付加しない所以でもある。

6

本書の発行いらい、必然の結果として、著者は多くの未知の人々との接触に恵まれることになった。そして、ある人々からは、しばしば手きびしい質疑をつきつけられることにもなったが、その中には、この機会に答えておいた方がよいと思うものがあった。それはつづめていえば「言え、お前は何者であるか?」という、倫理ないしスタイルに関連した問いである。学者か、思想家か、評論家か、それとも何か? という処世上の質疑をも含んだ問いである。甚だ煩わしい問いであるが、そうした好事の人々の安心のために、著者はG・ソレルの大変明快な答えを、そのまま本著における著者自身の立場として、提示できるように思う。「私は、私自身の教育のために役立ったノートを、若干の人々に提示する一人の autodidacte である。」

以上がこの増補版に付するあとがきである。

一九六五年三月二六日、世田谷寓居にて

著　者

初稿発表覚え書

Ⅰ

一　問題の提起……………………………「同時代」4号1957年3月刊
二　日本浪曼派の問題点…………………「同時代」5号1957年7月刊
三　日本浪曼派の背景……………………「同時代」5号1957年7月刊
四　イロニイと文体………………………「同時代」5号1957年7月刊
五　イロニイと政治…………「同時代」6,7号1957年12月,58年5月刊
六　日本浪曼派と農本主義…「同時代」8,9号1958年11月,59年6月刊
七　美意識と政治……………………………………未発表1960年1月稿
「社会化した私」をめぐって……………………「文学」1958年11月号
転形期の自我……………………………………「文学界」1958年12月号
日本浪曼派と太宰治……………………………「国文学」1960年3月号
日本ロマン派と戦争………………「文学」1961年5月号，61年8月号
資質と政治について…………………………「中央公論」1964年5月号
夭折者の禁欲………『三島由紀夫自選集』解説(集英社1964年7月刊)
愛国心―その栄光と病理……………………「現代の眼」1962年11月号

Ⅱ

ロマン主義について…『世界文学体系』月報73(筑摩書房1963年11月刊)
擬回想……………………………………………「同時代」1959年8月刊
歌の捜索……………………………………「古典と現代」1961年1月号
戦中の読書…………………………………「国語通信」1960年12月号
詩について……………………………………………「無限」1960年冬季号
敗戦前後……………………………………「映画芸術」1964年8月号
八・一五紀行………………………………「中央公論」1963年10月号

Ⅲ

世代論の背景……………………………「日本読書新聞」1958年1月1日号
実感・抵抗・リアリティ…………………「新日本文学」1958年6月号
今日の文芸復興…………………………「週間読書人」1958年9月15日号
戦後世代の精神構造1……………………「東大新聞」1958年2月5日号
〃　　　　　2……………………「東大新聞」1959年9月30日号
〃　　　　　3……………………「明大新聞」1959年10月29日号
〃　　　　　4………………………「映画芸術」1960年1月号
若い世代と戦後精神……………「東京新聞」1959年11月11,12,13日号
停滞と挫折を超えるもの1……………「駿台論潮」45号1959年11月刊
〃　　　　　2…………………………未発表1959年11月稿
現代的とは何か…『現代の発見』「亀裂の時代」(春秋社1961年3月刊)
戦争世代を支えるもの……………「東京新聞」1964年8月15, 16日号

〔新装版〕
増補　日本浪曼派批判序説

1960年2月27日初　版第1刷発行
1965年4月15日増補版第1刷発行
2009年5月7日新装版第2刷発行

定価（本体3200円＋税）

著　者　橋　川　文　三
発行者　西　谷　能　英
発行所　株式会社　未　來　社

〒112-0002　東京都文京区小石川3-7-2
電話03-3814-5521　振替00170-3-87385
http://www.miraisha.co.jp/
e-mail info@miraisha.co.jp
印刷・製本／萩原印刷

ISBN978-4-624-60093-8 C0095
©橋川文三 Bumzo Hashikawa

橋川文三著　〔新装版〕近代日本政治思想の諸相　四五〇〇円
橋川文三著　歴史と感情〔雑感集Ⅰ〕　一八〇〇円
橋川文三著　歴史と人間〔雑感集Ⅲ〕　二〇〇〇円
シュミット著　橋川文三訳　政治的ロマン主義　二〇〇〇円
丸山眞男著　〔新装版〕現代政治の思想と行動　三八〇〇円
丸山眞男著　後衛の位置から　一五〇〇円
石田雄著　明治政治思想史研究　四八〇〇円
福島新吾著　日本の政治指導と課題　七五〇〇円
安部博純著　〔新装版〕日本ファシズム研究序説　四八〇〇円
川田稔著　柳田国男の思想史的研究　四二〇〇円
（消費税別）